旺家俏娘子 2

文創風 117

農家妞妞 著

目錄

第四十一章　狐狸吃癟

「錢鎮長，你要去哪裡？我也一起！」遠遠站在人群外的紫袍男子，本來就一直暗中打量喬春，這會兒見喬春領著錢萬兩離開，哪有不跟著的道理？

「少爺，這個……咳咳。」錢萬兩看著皇甫傑，面露難色，輕咳了兩聲，朝喬春暗使眼色，希望她出聲拒絕。

喬春看了他一眼，迅速撇開臉，假裝不明白他的意思，自顧自地往前走。呵呵！那老狐狸一定是不想讓他跟著，因為只要有他在場，許多話就不太好開口了。她偏偏不甩他，看他一臉吃癟的模樣，真是讓人痛快！

「怎麼，錢鎮長不想讓我一起去？」皇甫傑站定，微瞇著眼，如同獵豹般的眼神冷冷地掃過錢萬兩，尾音拉得長長的。

走在前面的喬春也停了下來，轉身緊盯著錢萬兩，她可不想錯過看他臉色變了又變的有趣模樣。

錢萬兩聽到皇甫傑不悅的口氣，頓覺背後一陣冷風吹過，額頭上布滿了細密的汗珠。他嚅動了幾下嘴唇，著急地解釋：「少爺，這話可就嚴重了，老夫能站在少爺身邊是至高的榮幸，哪會有其他冒犯的想法？只是……不知道東道主怎麼想？」

喬春早就心想如果有個人在場壓制，他或許不會說些太難聽的話，現下見錢萬兩將他眼中的燙手山芋丟進自己手裡，她嘴角的笑意更濃。這個芋頭對她來說，可是一點都不燙！

喬春上前幾步對皇甫傑淺淺一笑，輕輕向他施禮道：「公子有禮了，上次承蒙公子相助，小婦人一直未得機會親自答謝。如果公子不嫌棄小婦人家中簡陋難以安腳的話，就請到家裡來喝杯粗茶吧。」

錢萬兩聽到喬春的話，當場傻了。他的嘴角不停抽搐，眸光不悅地射向喬春。

本想要她幫忙拒絕皇甫傑，哪料到他們居然認識？

「小嫂子謙虛了。在下正想討杯茶水喝，聽聞山中村的唐家兒媳有著一手好茶藝，看來在下今日有口福了。」皇甫傑的眼角餘光瞥到錢萬兩一臉尷尬的模樣，忍不住輕笑起來。聽錢財說，那些奇特又好看的茶具，全都出自於她的巧手，讓他很是驚奇。

他今天來這裡，就為了滿足自己的好奇心，想看看喬春這女人為何能讓錢財和柳逸凡同時動心？

一路上，皇甫傑不停問喬春一些問題，從上圍下走到下圍下，錢萬兩就這樣被他們晾在一旁。

「公子、錢鎮長請進。這裡就是小婦人的家了，希望公子和錢鎮長海涵。」喬春領著他們來到唐家門口，將他們請進了堂屋。

「春兒，妳回來啦！」正在房裡照看孩子們的林氏，聽到喬春的聲音，急忙走了出來。

「這兩位是……？」林氏打開房門，看到兩位身穿華服的陌生男子出現在家裡，很是疑惑地看向喬春。

都說寡婦門前是非多，春兒怎麼會把兩個陌生男人帶回家裡呢？要是被人看到了，教他們唐家的面子往哪兒擱？

「娘，這位是錢鎮長，另一位是鎮長的朋友。鎮長想來咱們家了解一下茶園的事，您先進去照顧孩子，這裡我來招呼就行了。」喬春向林氏介紹著，至於皇甫傑，她不知他姓啥名啥，又怕林氏事後問起，乾脆說他是鎮長的朋友，反正全村的人都看到他們坐同一輛馬車來的。

林氏定睛一看，這才認出中年男子是錢萬兩，怪不得她剛剛忽然覺得有點眼熟。

「唐老夫人好！」皇甫傑微笑著看向林氏，率先點頭打招呼。

錢萬兩見皇甫傑紆尊降貴，一時之間竟不知如何是好，只好簡單向林氏點了點頭，算是交差。

「春兒，妳好生招呼鎮長和他的朋友，我進去照顧果果和豆豆。」林氏神情複雜地看了皇甫傑和錢萬兩一眼，閃身進去，隨手關上了門。

喬春拿起小鐵棍撥了一下爐火，提起溫在爐子上的水，慢條斯理地沖著茶具，接著又到院子往銅壺裡添了水，再將銅壺放在爐子上，等待水開，好沖泡茶湯。

屋裡的兩個男人都沒有吭聲，默默看著喬春熟練的動作，原本是再平常不過的舉止，在她操作下卻顯得賞心悅目。那專心致志的模樣、淡泊寧靜的表情，讓旁人看著看著，浮躁的心也跟著平靜下來。

喬春提起銅壺，動作熟稔地沖泡茶湯，銅壺嘴裡流出的水，劃成一道道優美的弧線，搭配上喬春修長的手指，煞是好看。不一會兒，兩杯香氣四溢的茶湯，就遞到了他們面前。

皇甫傑和錢萬兩怔怔看著眼前這兩個造型奇特的茶具，剛剛看喬春先將茶湯倒進高一點的杯子裡——也就是聞香杯，再用小茶杯蓋在上面。

皇甫傑抬眸對喬春淡淡一掃，只見她嘴角輕抿，眼眸裡閃爍著狡黠的光芒，瞬間明白她的用意，嘴角不由自主地微微上揚。

「兩位請！」喬春溫雅有禮地請皇甫傑跟錢萬兩喝茶，神色不卑不亢，嘴角逸出淺淺的笑。

錢萬兩看著眼前的杯子，覺得很是奇怪，悄悄朝喬春瞥了一眼，見她面無異色，便伸手拿下蓋在上面的杯子，端起聞香杯輕輕啜了一口茶湯，讚道：「好茶！」

喬春沒有應聲，而是以迅雷不及掩耳之勢，將杯子上下反調了個位，再優雅地端起湯色純正的茶湯，輕輕啜了一口。

皇甫傑也學喬春將茶杯旋轉翻了個位，再慢慢品茶，享受其中的樂趣。

皇甫傑現在確實覺得又樂又有趣，他剛剛看到錢萬兩白裡透紅、紅裡透青的臉，實在樂得慌；見喬春這般不動聲色地讓錢萬兩難堪，又覺得有趣得很。

錢萬兩看著喬春和皇甫傑淡定地喝著茶，再想到自己剛剛的動作，頓時老臉黑到底，嘴角不停抽搐，狠狠的向喬春刮了幾道眼弧子。

這女人分明就是給他難看，讓他在皇甫傑面前丟人，真是太可惡了！

錢萬兩本來心情就不悅，這會兒更是緊抿著嘴，怒火漸生。

突然，錢萬兩側過身子，微微傾向皇甫傑，嘴角逸出一抹僵硬的笑容，道：「少爺，老夫想請唐夫人到院子裡去一下，先失陪了。」

「別！你們有什麼話就在這裡說吧，當我不在就行。我覺得這茶實在太香了，正想讓小嫂子替我多泡幾杯呢！」皇甫傑輕輕放下杯子，抬眸一臉無辜地看著錢萬兩。

想避開他，門兒都沒有！他可不想錯過任何一齣眼下發生的好戲，更何況是老狐狸吃癟呢？

「呃……這個……」錢萬兩為難地看向皇甫傑，可人家根本不理他，正開心地喝著茶，滿臉享受，讓他硬是把滿腹苦水都給悶得死緊，無處宣洩。

唉，誰教人家是位爺呢？自己也不過就是個小小的鎮長罷了，論起身分地位，差了何止千百里？

錢萬兩想起自己今天來山中村的主要目的，是為了兒子的身體和名譽著想，頓時咬緊牙根，瞅著仍一派淡然的喬春，生硬地勾起唇角道：「唐夫人，老夫就有話直說了。我覺得和妳挺是投緣，我只得兩子，沒有女兒，所以老夫想認下妳當義女。」

「不敢高攀！」喬春轉動著手裡的杯子，直截了當地拒絕他。他心裡打的是什麼主意，她難道還不清楚？認義女，他不嫌煩，她還嫌累呢！

「為什麼？我認了妳做義女，往後在和平鎮就不會有人敢對妳怎麼樣了！」錢萬兩不解地看著喬春，不死心地列舉認他當義父的諸多好處。

「小婦人的爹娘安在，對我也是疼愛有加，我實在不缺父愛。如果錢鎮長這般博愛，還不如多關心您家二公子。」喬春停下手裡的動作，抬眸一眨也不眨地看著他，眼神堅定。

「我勸妳再好好的想一想，我認了妳做義女，滿江也會忌諱著，不會三番兩次找妳麻煩。」錢萬兩的臉色一變，乾脆把話挑明了說。

「手足之情都不念的人，對義妹更不在話下吧。」喬春仍舊淡淡的，毫不留情地痛指錢滿江的無情絕義。

這話就如一把利刃刺進錢萬兩心裡，直戳他的痛處。只見他一張老臉瞬間脹成豬肝色，偽裝的和顏悅色頓時龜裂，也不管皇甫傑在場，憤憤地站了起來。

他頭頂冒煙，重重拍了一下桌子，冷哼一聲道：「別以為老夫給妳幾分顏色，妳就不識好歹地開起了染坊。如果妳不應下來，我保證讓妳的茶園開不了！」

喬春絲毫不將錢萬兩的威脅聽進耳裡，只是勾了勾唇角，似笑非笑道：「錢鎮長，說這話可就嚴重了。」

錢萬兩一看喬春把姿態放低，瞬間得意了起來。只要關乎利益，有幾個人心裡能平靜無波？

「我只翻了地，茶樹苗都是錢少爺買的，說起來我們家也不會有任何損失。」喬春頭也不抬，而是提起銅壺，又開始沖泡茶湯，將茶湯遞到他面前，又道：「錢鎮長，請喝茶！」

「哼！」錢萬兩重新坐了下來，端起茶杯，啜了一口。說了那麼多話，他還真的是口都乾了。

「錢少爺跟我簽過協議，如果開不了茶園，他得奉上一萬兩銀子當作信譽理賠。」喬春笑吟吟地看著錢萬兩，輕輕吐出一句讓人震驚的話。

「噗！咳咳……」錢萬兩剛喝進嘴裡的茶水，瞬間全部噴了出來，他瞪大了眼珠子，一臉不敢置信地看著喬春。見她不像是唬人的樣子，心中更是掀起滔天巨浪。

他怎麼不知道世上有這般不合理的協議？她只占便宜卻不吃虧，錢財怎麼會如此糊塗？難道真是被眼前的女人給迷住了?!

喬春內心樂到極點，神色卻依舊淡然，她微笑著看向錢萬兩，道：「錢鎮長，其實您心裡在擔心什麼，我都明白。我喬春這輩子生是唐家的人，死是唐家的鬼。」

喬春說著，瞅了憋笑憋到快得內傷的皇甫傑一眼，又道：「如果您真的愛錢少爺，那就多教教錢二少爺什麼叫做手足之情，這樣一家人或許還能開開心心生活在一起。小婦人家中還有小孩要照顧，先失陪了，兩位請慢走。」

喬春聽到房裡傳來果果和豆豆的哭聲，心想他們餓了，便向皇甫傑和錢萬兩施了個禮，轉身閃進房裡。
錢萬兩徹徹底底愣住了，張大嘴巴無言地盯著那扇緊閉的房門。
他什麼時候成了蒼蠅，被人如此拍趕？在這和平鎮，喬春是第一個敢對他如此無禮的人！
「好一個直率的女子！錢鎮長，看來你無緣認人家做義女了，不過，我倒是很想認她做義妹。」皇甫傑回過心神，不由自主地輕笑起來。喬春果真是個奇女子！
「走，我們回去吧！」皇甫傑說完，便踏著優雅的步子率先往坪壩走去，將仍處在震驚中的錢萬兩甩在身後。
今天真是太有趣了，回去跟那兩個人說說，不知他們會有什麼樣的表情？
人家生是唐家人，死是唐家鬼，看來柳逸凡和錢財怕是沒希望了。注定是流水有意，落花無情！
翌日一大早，喬春和鐵成剛就帶著出工的人馬，浩浩蕩蕩來到清水山，正式開始分隊翻地，準備種茶樹的前置工作。
下地前，喬春將全部人員集中在地邊上。她站在隊伍前，嘴角微微上揚，輕輕往隊伍掃視過去，字字清脆道：「各位鄉親，首先，我很感謝大家前來幫忙。」說著，向大夥兒微微鞠了個躬。

「唐家要種的是茶樹，幹的活兒也不比一般田地，各方面都很講究。我選了五個人來當小隊長，他們會領著大家幹活，另外，每個小隊分三層的地，我希望大家能在三天之內理完。如果你們理得合格又迅速，不管是一天還是兩天理完，我同樣結算三天的工錢給大家。但是，我也先把話都說清楚了，不管是誰，只要有一塊地沒按要求理好，全隊的人都要留下來，一起理好才算完工。」

喬春頓了頓，看大夥兒個個眼神炯炯，腰板挺得直直的，士氣高昂，內心很是滿意。

「現在我唸到名字的人，請站出來。鐵百川、李大、石虎子、鐵嬸子、廖大娘。」喬春見他們一個個略帶靦覥地站在隊伍前，不由得彎唇淺笑。

喬春抽回視線看著眾人，又道：「他們就是我選出來的五個小隊長，從今天開始，請大家都以小隊長為中心，一切聽從安排。」喬春說完，轉過頭對身旁的鐵成剛點了點頭，便退在一邊，含笑看著他分小隊。

連續幾天，大夥兒為了早日把活兒幹完，全都使出渾身解數。在幾個小隊長帶領下，每隊幾乎都是用兩天半的時間，就理完了所有的地，而喬春也信守承諾，給大夥兒發足了三天的工錢。

「鐵叔，您下午找幾個人來幫忙，從這裡到那裡挖一個五十公分深的淺池子出來。」喬春在自家院子門口發完工錢後，喊住了正要往回走的鐵成剛，領著他一同來到院子旁邊的地裡，拿著木棍子圈下一塊方形的地。

昨天錢財就差人過來通知，明天茶樹苗就會運到。七萬棵的茶樹苗不是一、兩天就能種完，她必須挖個池子暫養茶樹苗，以保持茶樹苗的生命力。

把事情交代給鐵成剛後，喬春轉過頭就往堂屋走去。這幾天白天幹活，晚上一沾床就沈沈睡著，一直沒有好好抱過果果和豆豆。等明天茶樹苗運來了，只怕就更加忙碌，她可得把握機會多抱一下孩子。

「桃花，我告訴妳，現在那鐵百川在咱們家的地裡幹活不打緊，不過妳可千萬別動什麼心思，絕對不能和他單獨在一起！地裡人多，耳目也多，如果讓我聽到一句關於你們的閒言碎語，妳就別怪我馬上找人給妳說媒訂親了！」

喬春一腳才剛踏進自己的房門，就聽到林氏義正辭嚴地對桃花說教，而桃花則是垂著臉，一邊聽一邊點頭，就是不出聲。

喬春看著，不由得心疼起桃花，連忙出聲打斷林氏的話。「娘，這些事您別擔心！我每天都跟桃花在一起，不會讓他們有單獨相處的機會。再說，桃花又不是不懂事的姑娘，您大可放心。」

「最好是這樣。春兒啊，妳得多注意點，可別出什麼岔。原本王氏就已經把話傳得亂七八糟了，可別真的被人落了口實，那樣誰家還敢來提親啊？」林氏說著，眼眶忍不住紅了起來。

喬春不由得苦笑。桃花今年才十三歲，娘是不是太急了一點？以桃花的條件，哪愁沒有人上門求親？

「娘，您多慮了。古話說得好，兒孫自有兒孫福、姻緣天注定。桃花才十三歲，不著急的。」

「就是啊！娘，人家才十三歲，您別老覺得我是嫁不出去的老姑娘好不好？」桃花見大嫂站在自己這邊，便抬起頭，嘛著嘴委屈地看著林氏。

「十三歲還小嗎？我剛剛跟妳說的話，妳最好全給我記在心裡。要是讓我知道妳跟那小子有來往，小心我打斷妳的腿！」林氏惡狠狠地刮了桃花幾眼，才轉身出去做午飯。

喬春怔怔地看著林氏怒氣沖沖的背影，她還是第一次見林氏如此生氣。平時她對桃花很是疼愛，怎麼每次一談到這件事，她的態度就會驟變？

喬春回過神來，看著旁邊低聲抽噎的桃花，急忙輕聲安慰。「桃花，妳別這樣，娘不是真心要凶妳的。」

林氏明明對鐵龍沒什麼惡意，但為何娘跟幽靈女人的反應都這麼奇怪？對桃花和鐵百川的事情，反應更是激烈。

「大嫂，嗚嗚……」桃花紅著眼，一頭栽進喬春懷裡，嚶嚶哭了起來。

「桃花，妳快別哭了！」喬春伸出手，輕輕的拍著桃花的後背。

「哇啊……哇啊……」

「桃花，妳快別哭了。瞧，豆豆都心疼妳了，正陪著姑姑一起哭呢！」喬春揶揄起桃花，見她破涕為笑，才放開她，走到床邊將豆豆抱了起來。

豆豆一聞到熟悉的味道，就安靜了下來，她瞪著圓溜溜的黑眼珠盯著娘親，嘴角逸出一抹若有似無的微笑，不過她右邊嘴角上的梨渦，喬春倒是看了個分明。

「桃花，豆豆她笑了，我看到她臉上的梨渦了！」喬春驚喜地衝著桃花招手，眼眸裡閃爍著璀璨的星光。

「大嫂，果果也笑了。他右邊嘴角上也有一個梨渦呢！我就說嘛，這梨渦可是咱們唐家獨有的！」或許是雙生子之間心有靈犀吧，豆豆才剛醒，果果也跟著醒了過來。桃花抱起果果，一掃剛剛的傷感，驕傲地訴說唐家特有的梨渦。

「這就叫獨門標誌，以後只要見到右邊嘴角上有梨渦的，指不定真有可能是你們的親戚！」喬春開心地對桃花打趣道。

桃花被喬春一逗，頓時大笑起來，徹底忘了剛剛的不愉快。

第四十二章　義兄妹

這一天是正式種茶樹的日子，唐家人全都早早起床，喊了隔壁的廖氏一起吃過早飯。早飯過後，想到食材所剩不多，林氏便到鎮上採買，讓桃花和喬春看家。喬春剛坐下準備餵奶，就聽到院子外響起了馬鳴聲。

喬春走出大門，只見門前的小路上排著好幾輛馬車，錢財和皇甫傑居然一起來了。

「兩位少爺早！」喬春上前微笑著跟他們打了聲招呼，轉過身子對一旁的桃花交代照顧果果和豆豆的事，就領著他們進堂屋坐。

「錢少爺怎麼自己過來了？巧兒呢？」一陣子沒看到她了呢。」喬春好奇地問道。

「巧兒最近都在省城的茶莊裡幫忙。」錢財淡淡回答，心裡泛起一絲苦澀。難道她就這麼不想見到自己嗎？

前幾天聽到皇甫傑說起喬春和爹的對話時，他生平第一次笑得那麼開心。能讓他爹如此憋屈的人，這和平鎮恐怕也就只有她一人。

只是，當聽到她這輩子生是唐家的人，死是唐家的鬼時，內心又充滿了酸楚。

這句話怕是她借皇甫傑的嘴轉述給他的吧？她那顆玲瓏剔透的心，對他的情意怎麼可能一點感覺都沒有？也罷，反正自己這副身體不適合談情說愛，只要能遠遠守著她，他就心滿意足了。
「兩位少爺請喝茶！」喬春微笑著將茶湯挪到他們面前。
「妹子，別少爺、少爺地叫，多見外啊！妳該叫一聲『大哥』才對，那天我不是說要認妳做義妹嗎，難道妳沒有聽見？」皇甫傑接過茶，輕蹙著眉頭，一本正經地糾正喬春對他的稱呼。雖然當天他說這話時喬春已經閃進房間，但他知道她肯定聽見了，他不信她對自己和錢萬兩的對話不感興趣。
喬春沖泡茶湯的手頓了頓，抬眸朝他瞥了一眼，輕聲道：「少爺，您折煞小婦人了。」那天隔著房門，她的確聽他說過，可就算他說了，自己也沒答應，他這般擅自認定，未免太自我了吧？
「什麼折不折煞？妳若不叫大哥，我可是會生氣的。」皇甫傑說著就板起了臉，微瞇著眼，緊緊盯著喬春。
喬春突然覺得有股無形的氣壓流竄在空氣中，壓得自己有點窒息。這個男人到底是什麼來歷？
「唐大嫂，您絕不是高攀。以您的才氣和膽量，若身為男兒身，大齊國沒幾個人比得上您。再說，皇甫少爺向來灑脫，不拘泥小節，他此番舉動，實屬真心。」錢財淺淺一笑，看著喬春和皇甫傑，道出自己的觀點。
喬春輕蹙著眉，垂下頭半合著眼簾，沈思了一會兒，才站起來提起茶壺，替他們續滿茶湯，接著舉起自己的茶杯，對著他們笑道：「小妹喬春以茶代酒，敬兩位大哥一杯，謝謝大哥厚愛！」

說完，豪爽地一飲而盡。

錢財怔怔看著喬春，又偏過頭滿眼疑惑地望著皇甫傑。他剛剛不是聽錯了吧？喬春說的是兩位大哥？不是皇甫傑要認她做義妹嗎，怎麼扯上他了？

「兩位大哥不想認下喬春這個義妹了？」喬春手裡拿杯子，看著一個愣然，一個笑盈盈的男子，輕聲問道。

本來她是不想認什麼大哥的，不過剛剛聽到錢財喊他「皇甫少爺」，他的身分已是昭然若揭——大齊國的皇室就姓皇甫。雖然大齊國姓皇甫的不只皇室，但從他身上釋放出的懾人氣息看來，大概八九不離十。既然人家堅持要認自己做義妹，往後還多了棵大樹可以乘涼，她倒不吃虧。

不過，既然要認大哥，乾脆兩個一起認算了，這樣以後自己跟錢財相處起來，也不會再惹來什麼閒話，也好將他心裡那顆剛萌芽的種子早日捏斷，省得日後大家連朋友都做不成。

「好好好！」皇甫傑輕輕用手肘碰了下一旁的錢財，開心地連說了幾聲好。

「敬妹子。」皇甫傑優雅地舉起杯子，仰頭一口喝完杯中的茶。

「敬妹子。」錢財終於回過神來，也舉起茶杯，仰頭一口乾掉這杯斷情茶。

這樣一來，以後他不能再對喬春抱有任何幻想了，但反過來說，他就能名正言順地在一旁守護、照顧她。

「咱們三個人中，我的年紀稍大，以後我就是大哥了，錢財是三哥，妳是四妹。來，四妹，這是大哥給妳的見面禮。」皇甫傑簡單排了一下他們的輩分順序，笑著解下腰間的紅玉，塞進喬春手裡。

「大哥，這個太貴重了，我不能收。」喬春只覺得那紅玉散發著暖暖的熱氣，乍一看還真像是有鮮血在裡面流動，這塊玉一定很貴重。

皇甫傑不高興了，他瞅著喬春，不悅道：「只是身外物，哪有什麼貴重？難道這東西還能比兄妹之情來得更重？」

喬春一聽這話，不由得一顫，忍不住抬眸，細細打量皇甫傑，見他一臉真誠地回視著自己，突然覺得自己太過矯情了。

原來他是個性情中人，認為情義比一切物質都重要。身分如此不凡的人，居然擁有一顆赤子之心，除了讓她感到意外，也深深為此折服。

「謝謝大哥！」喬春笑看著皇甫傑，甜甜道了聲謝，不再推辭，將紅玉收進腰間的暗袋裡。

「四妹，三哥身上沒帶什麼可以當見面禮的東西，下回三哥再補上。」錢財平日不喜歡掛一些有的沒的東西在身上，有些窘迫地看著喬春。

「三哥不必如此，咱們兄妹重的是情義，不需要這些。」喬春輕笑著揚頭，頭一次不躲不閃，直接與錢財四目相觸。

「嗯。」看著喬春清澈見底的眼眸一眨也不眨地看著自己，錢財發現原來這樣他就已經很幸福了。

「大哥，為什麼大哥後面就是三哥？」喬春問出剛剛放在心裡的疑惑。

「因為妳二哥的位置要留給逸凡啊！」皇甫傑一副理所當然的模樣，淡淡笑道。

如果柳逸凡知道自己擅作主張幫他認了個義妹，而且，這個義妹還是他心中牽掛的人……光想到柳逸凡聽到這件事情時的表情，他就忍不住想笑。

「逸凡？」喬春不解地看著皇甫傑，低聲細喃。

「大嫂，茶樹苗跟出工的人都到齊了，妳快點出來吧！」院子裡響起了桃花的聲音。

「等一下，馬上來。」喬春向皇甫傑跟錢財點頭示意後，便站起身。

喬春走出院子口，見工人們和馬伕已經開始卸茶樹苗，地上擺著一捆捆茶樹苗，但並不是按她提的方法包裝，細細的樹根上半點泥土都沒有，看得喬春一陣心痛。

「你們幾個拿桶去河裡挑水，倒進池子裡去，再把茶樹苗統統豎著擺到池子裡，千萬要輕搬輕放，可別傷了那些幼根。」喬春站在人群中安排工作，不停提醒著那些搬茶樹苗的人。

她當初明明交代過錢財，結果卻變成這樣。幸好自己事先請鐵叔挖了個池子，不然這些茶樹苗的存活率一定會大打折扣。

喬春透過人群往錢財的方向瞪了一眼，接著向他招了招手。錢財見狀，趕緊從忙碌的人群中穿了過來。

「三哥，你幫我看著他們卸茶樹苗，動作千萬不能粗魯。我當初不是請你跟人家說茶樹苗的根部要留些泥土，用稻禾包紮好，路上也要多噴點水，怎麼會這樣就送過來了呢？」

「三妹，我的確交代他們這麼做了，想來這中間出了什麼差錯。」錢財抱歉地看著喬春。雖然他也心疼這些茶樹苗，但眼前只能儘量想辦法補救了。

喬春緊皺著眉頭，心疼地瞅著那些茶樹苗，又道：「我待會兒就帶人去種茶樹，現在這種情況愈拖只會愈糟糕。家裡就交給三哥你了，請你盯著他們往池子裡倒半池高的水，別太多，也別太少。」

見錢財點了點頭，喬春便叫上一旁的鐵成剛，讓他召集好人馬，一群人挑著一部分茶樹苗和肥料，浩浩蕩蕩往清水山走去。

「你們看好，種植溝的最下層放些肥料，蓋上一點泥土。接著將茶樹苗扶直，再蓋上一些土，澆上齊溝面的水。等水被泥土吸收後，再將種植溝填平，用腳踩平。大家看懂了沒？」

喬春抬頭看著那五個小隊長，見他們都用力點著頭，這才讓他們領著各自的人馬，到上次分好的地裡去種茶樹。幸好她事先讓他們將種植溝挖好，不然現在可就真的來不及了。

一個上午，喬春就來來回回在地裡穿梭，矯正這個，又訂正那個，繞得頭暈腦脹，嘴巴也乾得快要能吐出火來了。

喬春中午放工先回家時，把工具往院子裡一丟，洗了把手，就衝進堂屋，提起水壺幫自己倒水，一杯喝完接著一杯往嘴裡灌。

「呵呵！瞧，咱們四妹累成了什麼樣子？我說三弟，你這個合夥人是不是要表示一下？」堂屋裡驟然響起皇甫傑夾著輕笑聲的揶揄。

喬春驚訝地抬起頭，這才發現他和錢財都在屋裡。剛剛自己一心想要喝水，根本就沒注意屋裡的狀況，這下她忍不住放聲大笑起來。

「哈哈……」喬春捧著肚子狂笑，想不到自己這麼快就形象盡失了！

皇甫傑和錢財則被她笑得一頭霧水，你看看我，我看看你，最後無解地聳了聳肩。

「咕……」

「哦！果果，你這是在跟義父說話嗎？」皇甫傑低下頭，嘴角逸出一抹溫和的笑容，輕聲與他懷裡的果果溝通。

喬春停下了笑，用手按按笑得發痛的肚子，出神地看著皇甫傑動作生澀卻溫柔地抱著果果。

真沒想到他們兩個竟然接手幫忙看顧果果和豆豆，更沒料到皇甫傑沒有一絲不耐，臉上還泛著柔柔的光輝，像是濃濃的父愛。

錢財的情況也差不多，只不過他懷裡的豆豆很是乖巧，靜靜地睜著一對黑眼珠，好奇地盯著他看。

今日雖然是種茶樹的第一天，但由於林氏出門，所以喬春就留了桃花在家照顧孩子、煮飯，反正桃花是她小姑，學種茶樹不怕沒機會。只是想不到一回家卻見到皇甫傑和錢財令人意外的一面，這倒是她始料未及的。

「大哥，為什麼我家的果果變成你的義子了？我這個做娘的怎麼不知道？」喬春好笑地看著皇甫傑問道。

「我看著他們，心裡很是喜歡，就自己決定了，反正妳會同意的，是不是？」皇甫傑笑了笑，低下頭繼續逗弄果果。

「不會是三哥也認了吧？」喬春轉過頭，看著一臉笑意，輕輕點著頭的錢財。她忍不住抽了抽嘴角，這兩個人也太會撿便宜了吧？想要當爹，自己不會生嗎？

「大哥、三哥，你們過來。」喬春朝他們招了招手。

皇甫傑和錢財飛快對視了一眼，慢慢站起來，走到喬春面前，異口同聲問道：「有事？」

「你們真的要做果果和豆豆的義父？」喬春抬眸盯著他們，輕聲問道。

「真的。」兩人迅速點頭。打從第一眼看到幾乎長得一模一樣的果果和豆豆，他們就喜歡上了。

現在抱了這麼久，他們一點都不覺得累，還覺得很好玩。小孩子的臉粉嫩嫩的，很是可愛，尤其是他們睜大眼睛看著你，而你又從他們的眼瞳裡看到自己的時候，那種感覺很奇妙。

喬春眸底閃過一道精光，嘴角彎彎地盯著他們，輕輕吐出四個字：「我不同意！」

「為什麼？」兩人又是異口同聲，不解地看著她。

「因為……不吉利！」喬春偏著頭淺笑。

「不吉利？」這下兩個大男人可淡定不了。怎麼在喬春眼裡，自己變成不吉利的人了？

「沒成親沒生過小孩，想做義父，沒門！」喬春抬眸掃過他們困惑的神情，淡淡道。

皇甫傑和錢財頓時傻住了。沒成親沒生過小孩就不能做義父？他們怎麼沒有聽過這樣的事情？

「那個……四妹，咱們大齊國好像沒有這種說法吧？」皇甫傑寵溺地低頭看了正手舞足蹈的果果一眼，抬起頭看著喬春問道。

「我也沒聽過。」錢財附和著。

「四妹，這個說法打哪兒來的？」見喬春不回答，皇甫傑不死心地繼續追問道。

上午聽果果和豆豆哭得厲害，桃花一個人又忙不過來，他就自告奮勇抱過果果。哪知他一抱過來，這個小傢伙立刻就停止哭泣，烏黑晶亮的眼珠子骨碌碌地看著他，嘴角還逸出若有似無的笑容，一下子就把他的心給收服了。現在他簡直是疼得捨不得放手，喬春不想讓他認下這對義子女，同樣是——我不同意！

「這是我定的說法，不行就是不行。」喬春不給他們任何商量餘地。

「四妹，妳再考慮一下，我和大哥之所以想認下果果和豆豆，最重要的是因為我們真的很喜歡他們，其次是因為他們都是遺腹子，需要父愛。雖然我們無法取代親生父親的地位，但至少我們可以讓他們感受到關愛。」

「嗯。」皇甫傑斂起笑容，輕輕點頭。

他之所以萌生認喬春做義妹的想法，一是欣賞、佩服她；二是想到一個女人撐著一個家實在不容易，不想讓類似錢滿江找碴的事情再次發生，起碼他的義妹沒人敢動；三是看到她那天不給錢萬兩留一點顏面，還為錢財打抱不平，如此真性情的女子難能可貴，也很適合自己的擇友條件。

雖然只當喬春是朋友，奈何男女有別，為了不讓她在背後受人指點，也為了不讓她在婆家受到指責，更為了自己可以光明正大來找她，所以皇甫傑才堅持要認下她這個義妹。以後有他們三個義兄護著她，她或許就不會再那麼辛苦了。

「就是因為明白，所以不行。等你們成親後，我會讓他們義父、義母一起認。你們先幫我照顧一下孩子，我去廚房幫桃花忙。」喬春紅著眼，低下頭迅速往廚房走去，不讓他們看到她眼裡的淚水。

皇甫傑和錢財的眉尖輕蹙，兩個人對視了一眼，輕輕搖了搖頭，又各自哄起果果和豆豆。

喬春的心意他們理解，她這也等於答應了，只是時間上的問題而已。他們本來就不是講究形式的人，只要自己把父愛灌注到果果和豆豆身上，叫舅舅和義父其實沒差。

那天的午飯，是皇甫傑和錢財有生以來吃得最香的一次，兩個人都不顧形象迅速掃蕩桌上的菜，看得桃花和剛回家不久的林氏笑呵呵。

「好飽！」皇甫傑吞下最後一口番薯餅，心滿意足地打了個飽嗝。

「大哥喜歡就好，我還擔心你們吃不習慣呢！」喬春輕笑道。

或許他們是山珍海味吃多了，才會覺得百姓家的粗茶淡飯也很可口吧！

「等一下我們要去下地種茶樹了，大哥和三哥就先回鎮上去吧，你們應該都有事要忙。」喬春幫他們倒了一杯茶，輕聲道。

「我沒事，我下午也隨妳一起去種茶樹吧，正好想看看茶樹是怎樣種的。」皇甫傑一副興致勃勃的模樣。

種茶樹？搗亂還差不多！憑他這萬金之軀，要像莊稼漢一樣下田地，結果可想而知。喬春挑著眉，但笑不語地看著皇甫傑。

「妳看不起我！那我就非去不可。」皇甫傑瞥了喬春一眼，立刻看出了她表情背後的真實想法，很是不服氣地說。以她的聰明才智，想必已經猜出了自己的身分，他可不能讓她這般看不起！說起來，他一直都挺嚮往田園生活，這會兒可得好好體驗一下。

「你去吧，我先回鎮上，晚點再叫馬車來接你。」錢財倒是沒想跟著去，他可不想去幫倒忙。況且還有茶樹苗沒運回來，他得去看看情況。

「三哥，剩下的茶樹苗什麼時候運過來？他們出發了沒？如果還沒出發的話，請他們按要求將茶樹苗運過來，我實在擔心傷了茶樹苗根。」喬春明白錢財要回去處理茶樹苗的事，茶莊也不能放著不管。只是想到現在運來的這批茶樹苗，喬春實在很不滿意。

「全都在路上了，不過我會差人通知一下，要他們在路上多噴些水。妳這邊忙得過來嗎？」錢財將茶樹苗的情況簡單告訴喬春，又問起種茶樹的事。

「沒事，還沒種的茶樹苗放在池子裡養著，很妥當。種茶樹講究慢工細活，急不來的。」喬春為他們各添了一杯茶，續道：「大哥、三哥，我們現在既然已經是兄妹，那四妹就有話直說了。我明白大哥和三哥對我的愛護之心，也很是感動，但是撇開兄妹之間的情誼，生意上該怎麼做就怎麼做，好嗎？」

她不想以後他們兩個打著大哥的名號，今天送這個、明天送那個，這樣就失了她與他們結拜的本意。她不需要他們物質上的給予，那些東西她想靠自己獲取。她也沒想過要賺很多銀子，只要夠家裡過上好日子就行了。

平平淡淡的生活，才是她最想要的。

「嗯。」皇甫傑和錢財看著她，點了點頭。

正在照顧果果和豆豆的林氏和桃花聽到喬春的話，都不由得為她感到驕傲。

送走了錢財，皇甫傑就隨著喬春和大隊人馬來到清水山的地裡，興沖沖地種起茶樹來。

「大哥，先抓一些肥料撒進種植溝裡。」正在旁邊種茶樹的喬春抬起頭，對站在一旁不動的皇甫傑吩咐道。

「怎樣抓？」皇甫傑唇角輕抽，看著喬春問道。

「這樣。」喬春伸手往裝著肥料的簸箕裡抓了幾把肥料，撒進種植溝裡。

皇甫傑窘迫地看著喬春，遲遲不動手。

「怎麼啦？」喬春抿著嘴忍住笑，明知故問地看著他。

皇甫傑瞅了臭烘烘的肥料一眼，一張好看的俊臉緊緊皺著。這也太臭了，而且好噁心的樣子，居然要他用手抓?!

「不行就到那邊樹下坐著，要不就回去。」喬春白了他一眼，低下頭熟練地種起了茶樹，垂下的眸子閃爍著精芒。

「誰說我不行的？」皇甫傑很是不服氣地說。他一個大男人，居然被一個小女子如此看不起，他強大的自尊心瞬間開啟自衛開關。

「那還等什麼?等丫鬟?還是侍衛？」喬春抬起頭，直直看著他。

皇甫傑緊抿著唇，皺著眉頭，一副視死如歸的樣子，迅速朝簸箕裡抓了一大把肥料放進種植溝裡，挑釁地看著喬春，朝她努了努嘴。

「怎麼樣？我可以吧？撒得又快又好，比妳還棒。」雖然手上傳來陣陣難忍的臭味，皇甫傑仍是得意地望著喬春。

「很好！」喬春朝他的種植溝裡瞥了一眼，點了點頭，想了一下，又道：「大哥，不如你就順手把這塊地的種植溝裡都撒些肥料，我來做其他事。」

「我……」皇甫傑怔怔看著喬春，再看看自己的手指。

「撒得又快又好，比我還棒呢。」喬春直接拿他剛剛說的話堵住他的嘴。

皇甫傑苦著臉看著簸箕裡的肥料，終於明白什麼叫搬石頭砸自己的腳，他就是血淋淋的例子。

皇甫傑不想讓喬春又笑話自己，於是咬牙抓起肥料，繼續往種植溝裡填。

一個優雅高貴的公子，面朝黃土背朝天，手抓肥料撒植溝，頓時成為唐家茶園裡最美的一幅畫面。

喬春低下頭，嘴角翹得高高的。她不是存心捉弄皇甫傑，而是刻意讓他體會一下百姓的生活，還有種植莊稼的艱難。或許哪天會因為他今天的親身體驗，而為百姓謀福利，減少稅收。

那天繳稅時，她可是清清楚楚聽到村民都在抱怨地稅年年漲。如果想要一個歷久不衰的盛世王朝，稅收絕對是重點之一，她希望皇甫傑能明白這點。

翌日一大早，院子外又響起了馬鳴聲。

喬春出門一看，皇甫傑又來了。昨天傍晚放工後，他可是在院子洗了半個時辰的手，又是搓又是揉，看得她目瞪口呆，結果沒想到他今天居然還敢來，哈哈！

「大哥，你怎麼這麼早啊？」喬春迎上去打招呼。

「我向來有早起的習慣，這幾天妳這裡都會很忙，所以我就過來了。」皇甫傑將手裡的食盒交給喬春後，便笑呵呵地走進堂屋。

他是習武之人，每天都要早起練功。昨天雖然是他這輩子第一次種東西，整個人又累又髒，但想到喬春一介弱女子都樂在其中，自己也沒什麼好喊苦的。

這次從和平鎮回去以後，正好可以向大哥聊一下民間生活，看來百姓的生活並不像那些地方官上報的那麼好。昨天休息時，他就看到來種茶樹的那些人圍在一起，抱怨起今年的地稅。

「春兒。」院子外傳來喬春她娘——雷氏的聲音。

喬春心中一喜，扭過頭一看，竟然全家大小都來了。

「爹、娘，還有妳們幾個，怎麼都來啦？」喬春問道。

雷氏看著喬春，略有些責備地道：「家裡有這麼多茶樹要種，怎麼也不捎個信過來？如果不是昨天隔壁家的娟兒從你們這裡回喬子村，跟我說起，我們都不知道妳這麼累呢！所以昨晚我和妳爹就商量帶著一家大小全都過來幫忙。」

「娘……」喬春的眼眶迅速紅了起來，忍不住掉下眼淚。

「閨女，以後家裡有什麼活兒忙不過來的，一定要託人捎信過來，不然爹娘怎麼安心呢？」一旁的喬梁心疼地看著喬春。

林氏聽到院子裡的聲響，從廚房裡探出頭，看到喬氏一家人時，高興地迎了上來，親暱地拉著雷氏的手，笑道：「親家公、親家母來啦！走，大家都進屋去坐，外頭露水重。」

「大姊，冬兒抱抱。」喬春笑著低下頭，看喬冬拉扯著自己的裙襬，軟軟地叫著自己。

「呵呵，冬兒，大姊抱。」喬春彎下腰，笑著將胖乎乎的喬冬抱了起來，嘟著嘴在她白嫩嫩的臉頰上親了一口。「冬兒真香！」

「大姊，妳也好香！呵呵！」冬兒學著喬春，摟著她的頸項，湊上去就是一口，在喬春的臉上留下了一個大大的口水印子。

濕濕、暖暖、甜甜的，喬春不禁幻想以後果果和豆豆的吻是不是也這麼香甜？

「冬兒真乖，大姊最喜歡妳了。」喬春童心大發，抱著喬冬又親了幾口後，讓喬冬摟緊她的脖子，兩姊妹就在院子裡玩起了轉圈圈。

「哈哈……」院子裡響起她們姊妹倆開心的笑聲，讓所有探出頭看著她們的人，都忍不住咧開嘴笑了起來。

「快點停下來！轉多了會暈，冬兒，到娘這裡來。」雷氏笑著從堂屋裡走出來喊停，伸手接過冬兒，欣慰地看著喬春。

雷氏在女兒出嫁後，第一次看見她這麼開心，似乎真的走出了喪夫之痛，她這個做娘的，總算寬慰了一些。

「親家母、春兒、姑娘們都進來吃早飯吧，待會兒飯菜就涼了。」林氏站在門口，笑看著院子裡的喬氏母女，催促道。

「哇！原來大哥帶了這麼多好吃的過來。」喬春看著桌上的脆皮鴨、糖醋排骨、白切雞，驚喜地看著皇甫傑。

「咦？大家怎麼都不坐？」喬春奇怪地看著一屋子的人全都站著不動，尤其是喬家的人，還偷偷打量著皇甫傑。

喬春看了一眼皇甫傑身上的華服，突然明白了過來。一定是自家爹娘看他打扮不俗，又看他渾身散發著高貴氣質，所以都站著不敢動了。

「爹、娘，這位是我的義兄。沒跟爹娘說一聲，春兒就認了三位義兄，請爹娘見諒！他們都很愛護女兒，都是好兄長，所以往後爹娘也不用老是擔心女兒了，三位兄長不會讓女兒吃虧的。」喬春一手牽著雷氏，一手拉著喬梁，來到皇甫傑面前站定，輕聲為他們介紹。

「在下皇甫傑，喬伯父、喬伯母好。」皇甫傑微微頷首，向他們打招呼。

「呃……公子好！」喬梁和雷氏，窘迫地向皇甫傑鞠了個躬，手腳都不知往哪兒擺。

「爹、娘，你們別這麼拘禮。我大哥雖是大戶人家的公子，可他從來都不會亂擺架子，不信問問我婆婆。」喬春看著自家爹娘的樣子，實在很無奈。誰教皇甫傑的氣場這麼強，自家爹娘可是老實的農民，根本沒見過什麼大人物，她只好向一旁的林氏暗中使了個眼色。

「春兒說得沒錯，親家公、親家母，快點坐下來吃飯。皇甫公子人很好，也很隨和。」林氏收到喬春的提示，隨即笑著對喬氏夫婦解釋道。

「親家母請坐！皇甫公子請坐！」喬父聽林氏這麼一說，知道是自己太小家子氣，沒見過世面，便憨笑著，客地請林氏和皇甫傑入座。

「大哥哥，我要和你一起坐。」喬冬伸手扯了一下皇甫傑的袍角，抬頭看著他，眼睛笑成了一彎新月。

皇甫傑聽到喬冬軟軟的聲音，頓時心情大好，將她一把抱起，安置在自己旁邊的座位上。自從抱了果果和豆豆以後，他發現自己愈來愈無法抗拒童言童語了。

一頓飯下來，因為喬冬不斷說些天真的話語，氣氛倒是緩和了不少。喬氏夫婦見皇甫傑果真如林氏所說的，沒什麼架子，一直跟喬冬玩得很開心，也就真的放鬆下來，不再有拘束感，喬父偶爾還會跟皇甫傑說上幾句話。

第四十三章　茶園爭執

才剛吃完早飯，外面就熱鬧起來，喬春開始安排大夥兒挑上茶樹苗和肥料，繼續去清水山種茶樹。

或許因為昨日是第一天，大家都不太熟練，一天下來沒種下多少茶樹。喬春暗暗計算了一下，照這種速度，估計得超過半個月才能種完，不由得著急起來。

很多戶人家已經準備開始在自己田裡播種了，如果種茶人數減少，真不知要種到什麼時候。這些茶樹苗都是裸根運過來的，就算有池水養著，久久不種下地也不行。

因此下午開工時，喬春又把大夥兒召集起來。

「各位鄉親，我在這裡承諾一件事，我給大家半個月的時間，如果能在半個月內種完，我給足十六天的工錢。但是，咱們醜話說在前頭，如果誰不按規定來種，整個小隊每個人都扣五文錢。」

一時之間，大夥兒都交頭接耳起來，有人認為不好，有人覺得這樣很公平，有人則是嫌自己小隊裡的人不積極。

「大家都靜一靜，聽我說幾句。子諾媳婦為人如何，大家很清楚，天天都幫咱們準備餅和水，工錢也給得很高。你們可以向同村的人打聽一下，外面一個月是多少工錢。只要大家做得好，以後唐家茶園要請人幫忙的事情還很多，但這次要是讓我發現誰不好好做事，下回我可不會再用他。」

鐵成剛站到喬春身邊，緊皺著眉頭，看著喧譁的人群，大聲一吼，全場頓時鴉雀無聲。站在人群中的石虎子大聲應了一句：「明白了！鐵叔，只要唐家請我們一天，我們就一定會好好做事。」

緊接著，大夥兒都跟著應了下來。

喬春見大家士氣高昂，輕輕勾了勾唇角，大聲道：「往後還有很多事情要麻煩大家，到時請各位一定要多幫忙，工錢方面我不會虧待大家。現在請各位小隊長領著你們的人，好好做事去吧！」

「是！」大夥兒齊聲應道，全都下地幹活去了，只留下喬家的人和皇甫傑怔怔地看著她。

喬春輕蹙著眉，走到他們面前站定，不解地問道：「怎麼啦？幹麼都用這樣的眼神看我？」

「大姊，妳好厲害，就像個大將軍一樣！」喬秋一臉崇拜地看著喬春。

「秋兒，這也太抬舉妳大姊了吧？大將軍可不是這樣子的。」喬春伸手刮了刮喬秋的鼻子，看向其他人道：「今天我們這些人就一起種吧，待會兒我和桃花會教你們，不用急，能種多少就多少。把你們累壞了，我可是會心痛的。」

眾人點頭應允，便依照喬春跟桃花的指示開始種起茶樹。

中午放工回家後，喬春心疼地看著她爹一臉疲憊的樣子，忍不住站在他身後，輕輕幫他按摩肩膀和頸椎。看著他臉上露出享受的表情，喬春便輕笑道：「爹，要不下午您和娘就別去地裡了。您也看到了，地裡有那麼多人，實在不用您這般辛苦。明天你們就別過來，來回奔波太累了。」

聞言，喬梁睜開眼睛，著急地站起來，轉身看著喬春。「不行！說啥都不行，在茶樹沒有種完之前，我們每天都會過來。」

喬春又是感動，又是無奈。這是幹活，又不是分銀子，怎麼這麼積極呢？不過，她心裡明白，這是因為爹娘心疼自己，不忍她太過操勞。

「爹，看你們這麼辛苦來回跑，我也會心疼。從山中村到喬子村，可是要走上一個時辰，冬兒會吃不消的。」喬春無奈之下，只好拿年幼的喬冬當作藉口，希望她爹打消念頭。

現在她們家只有兩間房，根本不可能留他們住宿，看來種完茶樹後，還得和婆婆合計一下建座大一點的房子，將來好把老人家跟妹妹們接過來享福。

「阿傑說了，下午放工後，會送我們回去。」喬父瞅著她，不以為然道。

「阿傑？」喬春偏過頭，看了正抱著果果與喬冬玩得不亦樂乎的皇甫傑一眼，道：「大哥，怎麼回事？」

她怎麼不知道早上還對皇甫傑唯唯諾諾的爹，一個上午的時間，就阿傑長、阿傑短地叫。

「四妹有事？」皇甫傑怔了怔，從果果和喬冬身上抽回目光，含笑看著她。

「大哥，你下午要送我爹娘他們回喬子村？」喬春問道。

「嗯，反正順路。」皇甫傑一聽不是什麼大事，便又低頭和喬冬一起哄逗果果。

喬春無語。她可沒聽說過從大道再拐進山路，然後再七彎八拐地走上半個時辰，叫做順路。不過人家都不嫌辛苦，自己似乎也沒什麼好說的。喬春將喬父按回凳子上，又繼續幫他按摩。

喬春低頭看著喬梁已經花白的頭髮，又想到異界的老爸，忍不住心酸起來。沈思了一會兒，她抬頭看向皇甫傑。「大哥，四妹有件事想請你幫忙。待會兒可不可以叫你的馬伕回鎮上幫我買一輛馬車回來？」

茶樹起碼還得再種上十天，既然爹娘的態度這般強硬，自己還是買一輛馬車好了，反正以後遲早也得買。

「妳要買馬車？誰來趕？」皇甫傑猛地抬起頭看她。

「爹，您會趕馬車嗎？」喬春沒有回答他，而是輕聲問起喬父。

「我只趕過驢。」喬父有些窘迫地瞅了一眼皇甫傑，聲音細如蚊鳴。

喬春瞧著自家爹爹那可愛的樣子，不由得愣了一下，隨即回過神來，抿著嘴笑道：「驢車也是車，道理一樣。」

「我只是趕驢耕地而已。」喬父既窘迫又著急，又偷偷瞄了皇甫傑一眼，見他沒有異樣，這才稍稍放心一點。

其實，他原本不用害自己這麼難下臺，實在是因為上午皇甫傑說要用馬車送他們回喬子村，他怕人家瞧不起自己，便順口跟他談起駕馬車的要點。

那些全是他聽村裡唯一的馬車戶說的，至於那些話是真的還是假的，他心裡也沒個準兒。

喬春有些無語，看喬父這樣的表情，又忍不住出聲安慰他。「一樣的，您只要拿穩手裡的鞭，想讓牠走，您就抽牠；牠要是不走，您還是抽牠。」

喬春實在不知該說什麼。馬車跟驢子她都沒趕過，但是心一急，張嘴就說，都不知自己在講些什麼了。

「噗！」皇甫傑本來就拚命忍著笑了，聽到喬春的話，硬是支撐不住，噗哧一聲笑了出來。

喬父見皇甫傑笑了起來，一張老臉瞬間熱得像火燒，恨不得地上有個洞可以讓自己鑽進去。

「笑什麼？有這麼好笑嗎？」喬春沒好氣地瞪了皇甫傑一眼，扭過頭對喬父道：「爹，等我大哥把馬車買回來後，我來教你，一定把你教到會。」喬春說著又朝皇甫傑瞪了一眼，拍著胸口保證。

皇甫傑實在看不下去了，他收住了笑，一臉正色道：「今天還是坐我的馬車回去吧，明天買了馬車，就請錢財叫個馬伕跟過來，讓他來教伯父，這樣可以嗎？」

「行！」喬春雖然被皇甫傑剛剛那一笑弄得有些窘迫，但自己確實不會駕馬車，剛剛不過就是為了爭一口氣而已，現在既然他有更妥當的安排，她也沒道理拒絕。

交通安全可是很重要，不是誰都可以做教練的，還是讓專業的人來吧！

第二天一大早，皇甫傑真的幫喬春買了一輛馬車過來。利用中午飯後的時間，他親自陪著喬父和錢財派來的馬車伕到老屋坪壩上學駕馬車。不知是喬父有慧根，還是師傅會教，只用了一個中午的時間，喬父就學會駕馬車了。

從那天開始，喬家人每天來回跑就方便了許多。

不過，唐家又是弄茶園，又是買馬車的，倒是引來一堆羨慕和嫉妒的目光。對於外面的風言風語，唐家的人倒是都沒多在意，反正日子是自己過的，嘴巴長在別人身上，好聽的笑一笑，不好聽的當作沒聽到就行了。

這一天，喬春按習慣到處看看大夥兒種植茶樹的情況，順便了解一下這幾天下來到底種了多少茶樹，還有大概得再種多久。

「子諾媳婦覺得大家種得怎麼樣？」鐵成剛跟著喬春一起巡視，巡了一圈下來，見喬春臉上淡淡的，忍不住出聲詢問。他是茶園的大管事，下面的人做得好不好，直接就能看出他有沒有盡到責任。

「很好，大家都很快就上手了，依我看十天就能種完了。」喬春停了下來，掃視一層層已經種上茶樹的地。

微風吹過，綠綠的茶樹苗輕輕搖曳著。喬春的嘴角微微翹起，明眸璀璨，彷彿已經看到茶樹已成叢，叢上還冒出嫩嫩的綠芽。

真是沒想到另一個時空的她還是與茶葉結緣。只是，這次自己比之前要幸運很多。至少她擁有一對可愛的兒女，沒遇到待人苛刻的婆婆，也沒遭遇負心漢，還擁有相親相愛的家人。

「鐵叔，現在只是將茶樹種下，以後還有很多事情要做，春兒希望鐵叔可以多幫忙。」喬春轉過頭，一片摯誠地看著鐵成剛。

如果可能，她倒是想請他長期為唐家工作。不過，這件事情還得等種完茶樹以後，跟林氏商量一下，再作決定。

「這是哪裡的話，只要用得上，妳就出個聲，鐵叔一定竭盡所能！」鐵成剛看著喬春輕笑道。

「鐵百川，你別以為自己是小隊長，就可以這樣刁難人！你說說，我哪裡沒有做好？你今天要是不說出個道理來，可別怪我的拳頭不認人！」突然間，從下面地裡傳來李自強的怒吼聲。

喬春和鐵成剛飛快對視了一眼，抬腳就往下面走去。

「你怎麼打人啊！」鐵百川喊道。

「我就打了，怎樣？」李自強吼了回去。

「你想打我堂哥，也得看我的拳頭肯不肯？」鐵牛子加入了戰局。

「你們就是一起上，我也一樣能把你們給收拾得服服貼貼的！」李自強自信道。

「來啊！」鐵牛子不甘示弱，捲起了袖子。

喬春和鐵成剛趕到時，看著地上扭打成一團的三個人，再看了一眼他們壓斷的茶樹苗，還有那些正在勸架的人，頓覺心中怒火狂燒。

又是李自強！這個人給她的印象怎麼就這麼差？冒冒失失、口無遮攔，還不思後果，這會兒居然打起群架來了?!

「你們三個都給我停下來！」鐵成剛氣急敗壞地看著他們三個人，還有那一地被壓斷的茶樹苗。他忍不住偷偷瞥了喬春一眼，見她生氣的模樣，更是著急起來。

喬春冷冷勾了勾唇，眸光如冰，輕啟紅唇道：「三十棵，一棵二十文，全隊的人一起賠。」

「呃？」扭打成一團的人驟然停了下來，怔怔地看著喬春。

「啥？全隊一起賠？」勸架的人也停下來，不可思議地看著喬春。

「三十棵，一棵二十文，那是多少？」不少人狠狠瞪了一腳還踩著茶樹苗的李自強一眼，開始計算按喬春說的得賠多少錢。

六百文！鐵成剛被自己心算出來的數目嚇了一大跳。一個小隊是十個人，攤算下來就是每人得賠六十文，等於兩天的工錢。也就是他們這個小隊的人，兩天都白幹了。

「子諾媳婦，妳要我們每個人都賠六十文？他們打架跟我們有什麼關係啊？這些茶樹苗又不是我們弄斷的！」李二家的媳婦不樂意了，狠狠刮了自家姪子一眼，轉過頭不甘心地向喬春抱怨。

「不是六十文。」喬春撇了撇嘴，笑了一下。

眾人心中一喜，心想：就說嘛，喬春一直都是個好說話的人，怎麼可能讓大家一起賠錢呢？

「是每人六百文。」喬春看眾人一副如釋重負的模樣，冷冷加上這一句。

「每人六百文？那不是白幹了還要自己貼錢嗎？」

眾人紛紛指責起鐵百川他們幾個，也憤憤地責怪起喬春，認為她就是賴工錢，還想乘機訛詐大夥兒一筆。

剛剛趕來的喬氏一家人擔憂地看著喬春，他們都是老實的莊稼人，心裡也是有點怪喬春要得太多、看得太重。

桃花在看到那三個一身狼狽的人時，整個人愣在那裡。她眼睛一眨也不眨地盯著嘴角瘀青的鐵百川，又是心痛又是疑惑。她實在搞不懂這三個人好好的怎麼就打起來了？

鐵成剛看著現在的局面，又著急又無措。每人六十文，他都擔心人家不肯，現在變成每人六百文，這些人不鬧翻天才怪！

只有皇甫傑贊同喬春的做法，也明白她的用意。做事情如果沒有規矩，哪成方圓？

「子諾媳婦，妳這是獅子大開口吧？擺明著就是要訛詐我們吧？」李二家的媳婦忍不住叫了起來。

「想要不賠？」喬春掃了人群一眼，只見大夥兒都拚命點頭。

喬春勾了勾唇角，嘴角逸出一抹笑意，但她的眸中卻無一絲笑意。底下的人一個個屏住呼吸，側目看著她，等待她下一句話。

「兩個方法，是讓他們三個走人，還是要大家一起賠？你們自己選，只要告訴我結果就可以了。」喬春不再看他們，而是轉過身對一臉呆滯的鐵成剛道：「鐵叔，您是這裡的大管事，這事就交給您了。」

喬春說完，就朝小路那邊離去了。

鐵成剛看著喬春的背影，一時之間也不知如何是好。這犯事的三個人都是他看著長大的，一個是自家兒子，一個是親姪子，一個是李大家的兒子，他還真不知該怎麼辦才好？

「鐵大哥，這事跟我們可是一點關係都沒有，全是他們這三個臭小子的錯。要我們賠錢，我可是第一個不答應！」李二家的媳婦率先提出自己的看法。她才不管誰要走人，只要不用她賠錢就可以了。

「是啊！成剛，這事跟咱可沒啥關係，我剛剛幫忙勸架，還被他們踢了幾腳呢！你瞧這衣服上的泥印子。」田耀祖站到鐵成剛面前，伸手指著自己褲腳上的泥印子。

「就是啊，跟我們一點關係也沒有。」

「都怪他們三個。」

「特別是李自強，都是他挑的頭！」

「按我說，就讓他一個人賠得了。」

「就是，如果不是他，哪會連累全隊的人？」

目睹整個過程的人，為了不讓自己賠錢，紛紛站了出來，不停的指責那三個鬧事的人。

鐵百川、鐵牛子、李自強都紅著臉，低頭站在人群中。聽見眾人的責怪，開始後悔自己剛剛的衝動了。

這次算是他們第一次靠自己掙錢，結果卻變成這樣。現在他們也不知該怎麼辦，只好悶不吭聲，一動也不動。

「弄成這樣子，你們三個人就沒什麼話要說嗎？」鐵成剛氣得吹鬍子瞪眼睛，看著自家兒子，一副恨鐵不成鋼的模樣。剛剛他聽得分外清楚，如果不是他跑過來跟李自強較勁，依百川的性子，根本不會打起來。

鐵牛子微微抬起頭，瞄了一眼氣得臉色發青的鐵成剛，又迅速低下了頭，嚅動了幾下嘴唇，低聲道：「我錯了。」
「我也錯了。可是，鐵百川他不能仗著自己是小隊長，就一直對我大呼小叫，老是指責我種得不對啊！」李自強也跟著認錯，但後面的話聽起來倒又像是鐵百川的錯。
「本來就是你種得不好！你也不想想，就是因為你，我們小隊的人都誤了多少時間來幫你擦屁股了？」鐵牛子聽李自強這一說，頓時轉過頭瞪著他。
「我哪有？你可別亂說。」李自強黝黑的臉瞬間紅了起來，大聲為自己辯解。
「你就是這樣，不信你問問大家？」鐵牛子一臉不服氣。
李自強窘迫地抬起頭，瞧大夥兒都對著他指指點點，連忙又低下頭。
「成剛老弟啊，他們三個人都是小輩，年輕人總是比較血氣方剛，氣頭上難免衝動。要不，你去找子諾媳婦說一說，就原諒他們這一次吧？」李大從人群中站了出來，看著大夥兒對自家兒子指指點點，他這個做爹的都抬不起頭來了。
「子諾媳婦的意思大家都聽明白了，這會兒我去說也沒有用。難道你們大家不明白這茶樹是什麼東西？下種時，她就仔細交代過大家。這件事情實在是他們三個人做錯了，如果求情就可以，那她家的茶園還要不要開？大夥兒也該聽說過，這茶園錢府也有分。」
鐵成剛沒有多想就拒絕了李大，他現在也算明白喬春要重罰的用意了。如果這次就這麼算了，下回大家都會有樣學樣，那她家的茶園準就毀了。
拿人錢財，替人消災。喬春一直以來可都沒有虧待過他，還對他這麼信任，今天無論如何也要替她把這事辦好。只是，如今看來，要百川那隊每個人都拿六百文出來賠，絕對不可能。

「百川，你也說說話？」鐵成剛看著一直不吭聲的鐵百川，輕聲問道。

這個姪子他從小看著長大，自己對他也是一直抱有期望，畢竟他比自家的牛子要成熟懂事很多，又愛學習，哪像牛子成天上竄下跳，沒個樣子。

「叔，這事是我錯了，我沒做好一個小隊長該做的事，我現在就走。請您替我跟唐大嫂說聲對不起。」鐵百川抬起頭，眸底沒有一絲猶豫和不甘，他穿過人群拾起自己的工具，扛在肩頭上，轉身就往邊上小路走去。

「你……」鐵百川經過桃花身邊時，她失神地看著他，欲出聲挽留，卻不知該說些什麼。只吐了一個「你」字，喉嚨就梗住了。

鐵百川飛快看了眼淚在眼眶裡打轉的桃花一眼，沒吭聲也沒停頓，而是挺直了腰桿，頭也不回地走了。

「你們兩個也回家去吧。」鐵成剛看著鐵百川的背影，感到很是欣慰，同時也覺得惋惜。他抽回視線，看著眼前站著的兩個小夥子，不再多說，也不顧他們眼裡的企求，直接要他們回家。

「既然這隊走了三個人，就讓喬老哥來做小隊長，喬大嫂和喬夏一起加進來吧。耽擱這麼久了，大夥兒都做事去吧。」鐵成剛招手喊過人群外的喬梁，跟他交代了一下，便揮散圍觀的人，轉身朝喬春那邊走去。

「當家的，要不你還是跟春兒求一下情？」鐵嬸子攔住鐵成剛的路，眼眸底下流過一絲不理解，畢竟剛剛離開的三個人中，一個是自家兒子，一個是親姪子。

「妳是小隊長，趕緊帶隊幹活去吧。這次是他們三個人做錯了，這樣處理很好。」鐵成剛怎麼會不明白自家婆娘的意思？可是這件事情這樣處理最好。有些事情確實不能開先例，不然後面只會衍生更多事端。

「鐵叔，您會不會覺得我太計較了？」喬春聽著身後的腳步聲，沒有回頭，手裡拿著樹枝隨意在地上畫來畫去，輕聲問道。

她剛剛一直坐在這裡，反思自己是不是太過嚴厲。只不過，茶樹才剛剛種下，以後要請人做的事情還很多，如果每件事都能一笑置之，她不知道茶園還能不能經營起來？

茶園是自己發家致富的根本，這裡面還承載著錢財的希望和翻身的籌碼，可不能毀在自己手裡。

「妳做得沒錯。這麼大一個茶園，如果每個人都抱著僥倖的心態做事，那麼不只妳會很為難，茶園也可能弄不起來。」鐵成剛低頭瞥了喬春顯得柔弱的肩膀一眼，肯定她的做法。她肩上的擔子可不輕，以後自己能幫的，都得多幫著點。

「謝謝鐵叔的理解，我想再坐一會兒，麻煩鐵叔幫我多巡查幾遍吧。可別讓剛剛這件事，影響了大夥兒做事的心情。」喬春仍舊低著頭，手邊的動作沒停過。

「嗯。」鐵成剛應了一聲，轉身看到迎面而來的人，微笑著向他點了點頭，隨即往茶地裡走去。

皇甫傑看喬春拿著樹枝在地上胡亂畫著，明白她思緒紛亂。他走過去坐了下來，揶揄道：「四妹，妳這是在畫什麼？可別告訴我，那些茶具都是這樣畫出來的。」

喬春沒有應聲，繼續怔怔地盯著地面，讓人猜不透她心裡到底在想些什麼。

「四妹，今天這事妳做得對。要是按我的意思來處理，估計得讓他們賠上幾百兩，才算完事。現在我總算明白，種茶樹真不是一件簡單的事，裡面的學問太深了，還真是只有我們的四妹才辦得到。」

皇甫傑偏著頭，見喬春仍舊那副表情，嘆了一口氣，續道：「四妹，妳能不能畫一套適合婚禮的茶具給我？」

「大哥，你要成親？」喬春猛然抬起頭，看著皇甫傑問道。

「不是我，是宛如公主。」皇甫傑緊抿著嘴，眼眸朝山坡下的村莊望去，目光悠遠，彷彿陷入某種回憶中。

「宛如公主？是你妹妹嗎？」喬春不解地看著他，自家妹妹成親，不是一件值得開心的事嗎？

喬春眉尖輕蹙，緊緊盯著眼前的皇甫傑。

「不是，她是右相之女，皇兄封她為宛如公主，送去陳國和親。」

右相之女？和親？喬春慢慢消化自己剛剛聽到的消息。這完全就是大齊版的王昭君啊！看大哥這副表情，這個右相之女八成是他的心上人。

世界上最痛苦的事情應該是心愛的人要結婚了，可那另一半卻不是自己吧？

「大哥，你別太傷心了，命裡有時終須有，命裡無時莫強求。或許最適合你的人，還被月老掐在手裡呢！」喬春也不知該怎麼安慰皇甫傑，論起感情，她的傷疤絕對夠深夠痛，但時間就是心靈傷痛的最好丹藥，急不得的。

「妳想哪兒去了？我和她是非常合得來的朋友，我一直都視她為妹妹，只是想到她要遠嫁他鄉，所以有些感傷罷了。」皇甫傑聽到喬春的安慰，料想她一定是想歪了。

「大哥，你真討厭！看你一副傷心欲絕的樣子，害人家都不知該怎麼安慰你耶！」喬春瞋了他一眼，索性拿樹枝往他腳上掃了過去。

你攻我閃，兩個人你看我，我看你，雙雙笑了起來。

「那你要回京城去送她嗎？」喬春將手裡的樹枝丟在一邊，歪著腦袋看著皇甫傑。

這幾天相處下來，她非常慶幸自己認了這個義兄，但並不是因為他背後的權力，而是因為他真的很純粹，一心一意對朋友好，沒有任何架子。

「當然！畢竟以後也不知還有沒有機會見面。我打算和逸凡一起送她到陳國，柳伯伯現在也在陳國。」皇甫傑拾起被喬春丟在一邊的樹枝，學著她的樣子，也在地上隨意亂畫。

「逸凡？柳神醫為什麼會在陳國？」喬春一時之間想不起皇甫傑口中的「逸凡」是誰。

皇甫傑忍不住抽了抽嘴角，道：「妳不記得逸凡是妳二哥？柳神醫在陳國找到一種藥，有去疤活肌的效果，現在他一心想的都是怎麼治好逸凡臉上的傷疤。」

皇甫傑也沒見過柳逸凡臉上的傷疤，不過據柳伯伯說，那道疤有點嚇人。為了讓柳逸凡可以順利摘下面具，他可是費了不少心血才找到配方，最重要的一味藥就長在陳國。

「哦，對，是二哥，我想起來了。大哥，我問你一下，二哥怎麼沒跟你在一起？你好像跟柳神醫很熟？你、二哥、三哥是怎麼認識的？」喬春一口氣問出她一直埋在心裡，卻又一直忘記開口的問題。

她實在對柳逸凡很好奇，不斷猜測他戴著面具的原因，對於他們這三個八竿子都打不到一塊兒的人怎麼會湊在一起，也是好奇得不得了。

皇甫傑嘴角含著笑，默默打量著喬春。他怎麼會覺得喬春對柳逸凡好像有點什麼呢？

喬春被盯得毛毛的，沒好氣地瞪了他一眼。「大哥，你幹麼這樣看著人家？我的問題你還沒有回答呢！」

「沒事。」皇甫傑收回目光，輕聲道：「逸凡上京城去了，我有點事情要他代辦。至於柳伯伯嘛，因為他是我母后的師兄，也曾做過御醫，所以我從小到大都叫他伯伯。我和妳二哥、三哥其實都是因為柳伯伯的關係，才會相識相知。」

原來如此，怪不得這三個人能混到一塊兒去！

「大哥，你什麼時候回京城？」喬春輕聲問道。雖然只短短相處了幾天，可是這會兒聽到要離別，心裡還是有點捨不得。

「後天。」

「哦，那我明天把草圖給你。對了，宛如公主平時最喜歡的東西是什麼？」喬春想了一下，又出聲問道。

「蝴蝶。」

「嗯，我明白了。」

「走吧，幹活去了。」皇甫傑站起來，拍了拍身上的泥灰，有點不喜歡這種離別前的沈悶氣氛。

第四十四章 廖家逆子

傍晚放工後，喬春請鐵成剛留下來，將鐵百川、鐵牛子和李自強的工錢算好，請他幫忙送給他們。另外也向他交代，這件事情不能對外說，幾個當事人知道就可以了。

「春兒，妳今天這樣會不會太過了？大家都是鄉親，人家會不會在背後說什麼啊？」喬父送皇甫傑離開後，又折回堂屋，撓著頭，好半天才吐出他想了一個下午的話。

喬春抬眸看著自家爹娘和婆婆都是一副擔憂的模樣，勾了勾唇角，安慰道：「不會的，這茶樹苗可是咱們未來生活的保障，再說，如果不這樣，大家做事只會愈來愈隨便。這茶園不僅是我們的，還是錢府的。」

林氏聽喬春這麼一說，想了一下，便贊同地點了點頭。「春兒說得對，如果不這麼做，大家以後都不會好好做事。這茶園春兒可是費了大把心血，可不能讓他們幾個不懂事的給毀了。」

林氏聽到今天下午的事情時，很氣李自強他們三個，不過對於兒媳婦的處理方式，她當時也覺得太過。畢竟大家同住在一個村裡，也怕人家會在背後說些什麼，但現在她想通了，還是嚴格一點才能立下規矩。

「爹、娘，你們都過來坐，喝杯茶，我正好有點事想跟你們商量一下。」喬春招呼長輩們坐了下來，遞上茶水，認真地看著他們道：「種完茶樹後，我想建新房子。」

喬春說完頓了頓，含笑看著喬父他們三個驚愕的表情。

「春兒想要建新房子？」喬父抑住心中的喜悅，不確定地看著喬春問道。

「是的，我想建新房子。現在的房子太小了，本來就不夠住，等果果和豆豆長大一點，就更住不下了。況且等將來茶園上了軌道，少不了要一些專門用來製茶的房間。」

林氏點了點頭，眼眶紅紅的。她沒想到本來已經快要過不下去的家，在喬春支撐下，居然還能建新房子。這樣總算對得起唐家的先祖了，不然一想到那賣出去的兩間房，就覺得心痛難耐，畢竟這些家產是敗在自己手裡，她心中有愧啊！

「娘同意建新房子，只是咱們家種完茶樹後，剩下的銀子還不知夠不夠呢！」林氏道出內心的想法。

一旁的喬氏夫婦忙著應和，點了點頭，直直看著自家閨女。

「銀子的事情，我來解決。」喬春說著，將視線調到喬父臉上，看著他道：「爹，眼下我這茶園也算正式開始了，後面還有很多事情要忙，我怕我一個人會忙不過來。」

「捎個信給我們就可以了。」喬父隨即應了下來，心疼地看著女兒。

「太遠了，來回不方便。」喬春撇了撇嘴，一副煩心的樣子。

「我們不嫌麻煩，只要妳需要幫忙，爹爹一定準時趕到。」喬梁趕緊打起包票。

「那春兒的意思是？」林氏倒是看出一點喬春的想法，輕聲問道。

喬春喝了一口茶，放下杯子，沈思了一會兒，道：「建好房子後，我想讓爹娘帶著妹妹們搬到山中村來住，這樣我們一家人在一起，凡事也有個照應。再說，果果和豆豆就我婆婆一個人顧著，實在太累了。」

林氏安慰地笑了。她並不覺得兒媳婦偏愛娘家，親家搬過來，受益的可是唐家。再者，親家只得四女，家中無兒，如果他們能跟春兒住在一起，再好不過。

「親家，你們就聽春兒的安排。咱們幾個老傢伙以後在家一起照顧果果和豆豆，彼此也多了伴，不是很好嗎？茶園弄起來以後，家裡沒個男人也不方便，要是有親家公在，一切就好辦多了！」林氏笑呵呵地看著喬氏夫婦。

「這個……我們再想想。」喬氏夫婦對視一眼，又驚又喜。如果可以跟女兒住在一起，一家人有個照應當然好，可是畢竟喬子村才是他們的家，在那裡住了大半輩子，說搬就搬，還是會捨不得。

「爹和娘回去後，好好商量一下。春兒真心希望咱們一家人可以開心地在一起生活。」

喬春看著他們淺淺一笑。

爹娘沒有兒子，如果她這個大女兒不照顧他們的晚年，實在說不過去。往後一家人天天都能見面，爹娘也能享受含飴弄孫的快樂，怎不教她開心？

喬春在心裡規劃未來的遠景，內心不由得洋溢著充實的幸福感。

經過半個月的努力，大夥兒終於種完七萬棵承載希望的茶樹。

一大早錢財就過來道賀，不僅差人在茶園豎了一道門，又在唐家擺了酒席請村民吃飯，算是慶祝茶園落成。

喬春興奮地看著放在堂屋裡的六棵大葉茶樹，三哥說，這是二哥逸凡送給自己的禮物。

她真是沒有想到，二哥居然為她送來了六棵大葉茶！現在他們種的全是小葉茶，當初她問錢財有沒有大葉茶時，他說沒有，真不知道二哥是怎麼弄來這六棵大葉茶樹？

「大嫂，這是什麼東西啊？好像跟咱們家的茶樹有點像，又不完全是。」桃花走過來，好奇地看著喬春寶貝地伺候著那幾棵樹。

「這是大葉茶。」喬春沒有回頭，而是滿心歡喜地打量眼前的茶樹，黑眸閃爍著光芒。有了這些茶樹，以後她就可以自己育些大葉茶出來了。只是，不知道這裡的環境適不適合種大葉茶？看來自己得去山頂上翻一塊地出來試試看了。

「桃花，走，咱們進屋去看看二哥送給果果和豆豆的禮物又是什麼？」喬春拉著桃花走進房間，拿起床頭上放著的一個香樟木盒子。她坐下來緩緩推開盒蓋，明眸頓時晶亮起來。

「哇，好漂亮啊！」桃花探著頭，看著裡面的東西，興奮的叫了起來。

喬春輕輕拿起靜躺在盒子裡的兩個銀項圈，本來銀項圈也不算什麼稀奇的東西，但那兩個墜子卻很精美。兩個墜子全都是用玉雕成的，一個是栩栩如生的迷你型青蘋果，一個是微微開口、裡面有四粒花生米的花生。喬春拿在手裡不停翻看著，這東西無論是圖樣還是雕刻，都是一等一。

喬春若有所思地打量著。蘋果跟花生……呵呵！她現在明白哪個是給果果，哪個是給豆豆的了。看來，她那位二哥也是個心思細膩的人，他送給他們母子三人的禮，可謂用足了心思。

「大嫂，拿來我看看。哇，真是太漂亮了！這青蘋果就像是真的一樣，這花生更絕，像是被剝開了一個小口子，連裡面有幾粒花生米都能看到。」桃花接過項圈，讚不絕口。

因為果果和豆豆還太小，所以這兩個項圈就由喬春幫他們暫時保管。

第二天，因為暫時不用再去茶園幹活，日上三竿，喬春還沒醒來。

忽然間，喬春耳邊不斷傳來吵雜的聲音，喬春皺了皺眉，她緩緩睜開眼睛，偏過頭看見果果和豆豆還在睡，便輕手輕腳起床洗漱，就往門外走去。

才剛走出大門，喬春就看見林氏和桃花站在院子裡，神色不安地往隔壁廖家那邊望去。

「娘，廖大娘家發生什麼事了嗎？」喬春看著她們這樣，不禁有些著急地走過來，站在她們身邊輕聲問道。

林氏扭過頭看了喬春一眼，嘆了一口氣，擔憂道：「妳大娘的兒子今天一大早就回來了。娘兒倆都還沒說上幾句話，就吵起來了，不知是怎麼一回事，我們也不好過去打聽。」

早上聽到廖仁的聲音，林氏還暗中替廖氏感到高興，她兒子總算想到她了，誰知他剛回來，他們母子兩人馬上吵了起來。

「這事我們也不好處理。桃花，妳去喊鐵伯伯來一下，可別鬧出什麼事來才好。」喬春對身旁的桃花交代了一聲，便看到桃花飛速往上圍下跑去。

「我不賣房子！你把房子賣了，要我去哪兒安身啊？」廖氏手裡拿著掃帚，將她兒子趕到門外，紅著雙眼大聲怒吼。

「鬧夠了沒有？妳再動手，可別怪我不孝了！今天這房子我是賣定了，別想攔我！」廖仁狼狽地躲閃著，伸手指著廖氏吼道。

喬春算是聽明白了，這廖仁久久不露面，這趟回來，不過是心裡還惦記著家裡兩間土房子。真是個不忠不義不孝的無恥之徒，活生生的啃老族！

「無恥之徒。」喬春走到廖家門口，黑眸怒瞪，眸光冷冷地射向廖仁，一字一句吐出了四個字。

對峙中的兩個人猛然停了下來，一個惡狠狠地瞪著她，一個則是紅著眼睛，輕抹眼淚。

「妳說誰是無恥之徒？」廖仁氣呼呼地走過來，站在喬春面前，憤憤地瞪著她。

「無恥之徒在說什麼？」喬春鄙視地瞪了他一眼。

「妳……」廖仁掄起了大拳頭，咬牙切齒地瞪著喬春。突然間，他放下了拳頭，輕浮地笑了起來。「妳叫喬春是吧？我看妳啊，肯定是太寂寞、太無聊了。別人的家事，妳也要插上一腳？」

廖仁說著頓了頓，手摸著下巴，雙眼色迷迷地盯著她，嘴角露出一抹邪笑，輕佻道：

「嘖嘖，真是白白浪費了一朵鮮花，怪就怪子諾老弟無福消受。妳做女人的滋味還沒嚐夠，就沒了男人的滋潤，真是怪可憐的，要不妳跟我……嘿嘿！」

雖然廖仁早就不住在山中村了，而是到省城去謀生，但偶爾回到和平鎮時，還是能聽到一些關於山中村的事情，特別是唐家最近很出名，他自然知道這些傳言。

喬春聽見他說的話，並未立刻還嘴，而是冷冷地瞪著廖仁，看他還能說出怎樣齷齪的話來。

「仁子，你這張臭嘴在說些什麼?!你不要臉，我還要我這張老臉！」廖大娘聽自家兒子的話愈說愈不堪入耳，頓時氣得渾身顫抖，跑了過去，拉起廖仁的手，使勁往屋裡拖。

「妳這個老不死的，給我放手！我說的都是實話，指不定她聽著，心裡早就發癢了呢！」

廖仁用力一甩，廖氏頓時「砰！」的一聲摔在地上。她一臉不敢置信地看著廖仁，嘴唇嚅動著，卻說不出一句話。等她終於回過神來，便滿臉悲戚地一手拍著胸口，一手拍著大腿，放聲嚎啕大哭起來。

「當家的，你怎麼就那麼狠心丟下我一個人啊！我含辛茹苦拉拔大咱們家的仁子，他怎麼就成了一個渾蛋啊？老天啊！我真是活不下去了啊我……」

或許是聽到了廖家的動靜，附近的村民都趕了過來，想弄清楚發生了什麼事。

誰知廖仁臉皮厚得比海還深，見大夥兒都圍了上來，還覺得很自豪。他將頭抬得高高的，伸手指著喬春，道：「嘖嘖，真是可惜了。看得哥哥我……啊！」

「妳這個老寡婦！竟敢打我?!」廖仁吃痛大罵。

林氏再也忍不下去了，她使勁掙開被喬春抓住的手，衝上前，用頭撞向廖仁的肚子。趁他閃神時，拾起廖氏剛剛用過的掃帚，劈頭蓋臉地向他招呼過去，嘴裡恨恨罵道：「你這個良心被狗吃了的東西！一年到頭不見人影，腳一進屋，就連你娘棲身的房子也要賣掉，還敢對我兒媳婦說這般齷齪的話，看老娘我今天打不打死你！」

「這臭老太婆！看我教訓妳！」廖仁大罵，一把就想奪過林氏手裡的掃帚。儘管林氏死命抓著不放，但她一個中年婦女豈能敵得過廖仁的力氣？

「大家快來幫忙啊！」眼看林氏就要處於下風，喬春趕忙衝上前去，她跳起來一把扯住廖仁的頭髮，大聲喊道。

「哦！」圍觀的人這才回過神，趕緊勸架的勸架，扶廖氏的扶廖氏。

「你們這是在做什麼？全都給我鬆手！」鐵龍怒目圓瞪，眼見廖家滿院狼藉，他眸光冷冽地射向廖仁，問道：「廖仁，你說說，這是怎麼一回事？怎麼剛見你回來，就鬧這麼大事情？」

廖仁被鐵龍這麼一瞪，忍不住縮了縮脖子。「我叫我娘把房子賣了，她不肯，就吵了幾句。哪知道唐家的黑心娘兒們沒事找事，硬是插手管我們家的事。」

「你說誰黑心呢？你才是個不折不扣的黑心渾球！一年沒回過家，丟著老娘在家不管不顧。破天荒回來一回，原來是惦記著家裡的兩間房！我呸！如果不是你說那些齷齪話，我連看都不想看你一眼，省得毒瞎了眼睛！」

林氏推開一旁扶著她的桃花和喬春，單手扠腰，伸出手指憤憤指著廖仁的鼻子愈罵愈起勁。如果不是鐵龍出聲打斷，估計她一時半刻停不下來。

「廖仁，你把房子賣了，是要接你娘到省城去住嗎？」鐵龍嚴厲地看著廖仁問道。賣房子是別人的家事，就算他是村長，也無權作主。不過，看事情鬧成這樣，自己還是得設法調停。

「我……我婆娘不喜歡跟我娘住一起。」廖仁猶豫了一下，回頭看了正趴在人家肩膀上哭泣的廖氏一眼，低聲道。

「那你把房子賣了，你娘去哪兒棲身？你要她去討飯嗎？」鐵龍緊緊擰著眉，強壓住心中的怒火問道。

「我……我也沒辦法！」廖仁結結巴巴應著，眼神閃爍地朝圍觀的人掃了一眼。

「這廖仁真是渾蛋！」

「只要婆娘，不要親娘，死沒良心。」

「早知道剛剛就下狠手教訓他！」

「他是咱們山中村的恥辱！」

村民們議論紛紛，今天他們算是看清廖仁的為人了。

此時鐵龍突然走上前，伸手用力搧了廖仁幾個耳光。他胸口劇烈起伏著，牙齒咬得咯咯作響，怒指著他罵道：「羔羊都知道跪著喝乳，烏鴉都會反哺，你這個東西連畜牲都不如！我今天這幾下就是替你死去的爹好好教訓你一頓！」

鐵龍說著，又揚起巴掌想往廖仁臉上摑，卻被淚流滿面的廖氏給攔了下來。

「鐵兄弟，這事就算了。他要賣就讓他賣吧，他還有兒子要養，饒了他吧……」廖氏死死抓著鐵龍的手，眸底流過濃濃的哀傷。

「房子你想賣多少錢？賣給我吧，趁村長在這裡，咱們也不用再找見證人了。」喬春看了廖氏一眼，又扭頭看向廖仁，問道。

這房子本來就是唐家的，如今可以買回來，也算是了了婆婆一樁心事。至於廖氏，她心中有個想法，卻不適合在廖仁面前提起。

「妳要買？」廖仁微微怔了一下，一臉不可思議地看著喬春。唐家難道真的是鹹魚翻身了？

「你賣給誰不都是賣？現在你就說個價，不過，可別想漫天要價。當初唐家賣給你多少，我那裡都有記錄。」鐵龍實在看不慣廖仁，本不想與他多說，但又怕他亂喊價，便直接去了他的後路。

「鐵叔，話可不能這麼說，現在什麼東西都漲價了，房價當然也不能一成不變。」廖仁雙眸賊光盡現，跟鐵龍討價還價起來。畢竟在省城住了一年，人也變得狡猾許多。

「在原價的基礎上，我再加一兩銀子，如果嫌少，那你就自個兒找冤大頭去。」喬春冷冷斜視了他一眼，隨即撇開視線，淡淡道。

這種噁心的小人看多了實在反胃！她這輩子最恨的人就是忘恩負義、薄情寡義、眼裡只有錢的人。

「成交！呵呵，鐵叔，走，到你那裡寫契約去，地契我隨身帶著呢！」眼見目的得逞，廖仁立馬堆起滿臉笑容，一刻也不願多等。

村民見狀，更是不齒。

在村長見證下，喬春跟廖仁簽好契約，收下地契，交了銀兩，房子再度回到唐家人的手裡。而廖仁則是揣著銀子，春風得意地回省城去，沒再回去看廖氏一眼。

「鐵伯伯，春兒借用一下您的紙和筆，待會兒還要請您再做個見證。」喬春拿過筆和紙，一口氣寫下一份兩式的「長工契約協議書」，吹乾了墨痕後，輕輕遞到了鐵龍面前。

鐵龍驚訝地看著滿滿一紙的娟秀字體。他沒想到喬春居然能一氣呵成寫出這麼一大篇的協議書！

鐵龍低頭細看喬春剛寫好的內容，愈看愈覺心驚，愈看愈是佩服。半晌過後，他才慢慢從紙上抽回目光，嘴角含笑看著她道：「子諾媳婦，妳這是想請廖大嫂做妳家的長工？以後生老病死全部由妳負責？這事妳可跟妳家婆婆商量過了？」

喬春輕輕點了點頭，一臉堅定地看著鐵龍。想了一下，又道：「鐵伯伯，我想建新房，但家裡的舊房子用地不夠。我記得我家旁邊那一大塊地是您家的吧？您看可不可以用我家的地對調？您覺得哪塊合適就選哪塊。實在不行的話，就把地賣給我。」

以前的房子買回來了，茶樹也種下了，正好有點閒工夫，該把房子也建了。不然，以後炒茶、存茶、居住等各方面的空間肯定不夠，何況她現在一心想讓爹娘帶著妹妹們搬到山中村來住。

「子諾媳婦要建新房是件好事，地對調一下就行了。」鐵龍開心地笑了起來，彷彿要建新房子的人是自己一樣，沒多想就應了下來。

「謝謝鐵伯伯，那等我丈量好地，再來找伯伯換地契。」喬春沒想到事情居然這麼順利，現在她就是不想建新房都不行了。

喬春笑著接過鐵龍簽好字的協議書，小心疊放在袖口裡。正想抬腳離開，又想起一事。「鐵伯伯，等我建好房子後，想讓我爹娘帶著妹妹們搬過來住，到時還需要在您這裡寫份文書，省得村裡有人說閒話。」

「還是妳想得周到，放心吧，到時我會寫份關於搬遷的文書給妳。」鐵龍點了點頭，很是讚賞喬春的細心。

「那我先回去了，鐵伯伯再見。」喬春笑著揮揮手。

「再見！」鐵龍送喬春出門，看著她那纖弱的背影，突然覺得她就像是個不小心落入人間的仙子。

人美，心更美！

第四十五章 建新屋

當晚，喬春就與林氏一起核算家裡剩下的銀子，隔天又去鎮上找錢財預支了一些分紅，除了蓋房子，也打算一口氣擴充整個製茶過程需要的空間與設備。

「三哥，你來簽一下這個協議書。」喬春笑著將手裡剛剛乾透的協議書遞到錢財面前。

「協議書？」錢財有點疑惑，拿起來一看，不禁有些生氣。

「四妹，妳只是預支了分紅，咱們兄妹之間還有必要簽這東西嗎？說一聲就可以了。再說，現在茶具生意可是蒸蒸日上，之前妳幫宛如公主設計的那套茶具，京城裡那些千金小姐們可都喜歡得很，只能說供不應求。」

「三哥，其實上一回預支分紅時，就該寫這分紅攤還協議書了，只不過當時我滿心都想著種茶樹，就疏忽了。現在把這些內容都講清楚，往後才好做事。」喬春靜靜看著錢財說道。

「要是妳心裡真的過不去，就換一種方式償還吧。妳回去再畫一些草圖出來，這次咱們製一些應景的茶具出來，例如生辰、民俗節慶，看看行不行？我正計劃去京城開一家分店，款式多更好。」錢財想起最近茶具的銷量驚人，不由得打從心底歡喜。

「好啊！京城繁華，什麼人都有，重點是那些大戶人家的銀子多，也喜歡新鮮玩意兒。」喬春坐下來，喝了一口茶，續道：「平日京城裡應該還有很多其他國的人，搞不好我們的茶具就這樣出國了呢！」

京城是一個國家最繁華的地方，那些富豪可不在乎那幾個錢，圖的是新鮮和潮流，他們得跟上大家的腳步才行。

「呵呵！四妹不是一直對這些名利不在乎嗎？怎麼現在想要名揚四國了？」錢財忍不住打趣。

現在他越發覺得跟喬春結成義兄妹好處多多，至少他們可以無拘無束地聊天談心，甚至是開玩笑。

「因為你在乎啊，所以妹妹我也就慢慢開始在乎啦！」喬春一副理所當然的模樣。

「三哥，你快點簽吧，不然這些銀兩我可不會拿走。」喬春指了指桌上的協議書，提醒錢財。

輕輕搖了搖頭，錢財認命地拿起筆在協議書上簽下自己的大名。真是拿她沒有辦法，什麼事都分得那麼清楚，這預支個分紅，還要簽什麼攤還協議書？不過，這份協議倒是可以用在生意上就是。

「三哥，我最近建新房會很忙，但以後我每個月會畫五份草圖給你。茶樹雖是種下去了，但後期工作還很多，而且也不是短時間內就有茶葉可摘，茶樹真正成熟，至少得兩年。所以我除了理茶園、畫茶具草圖，還得看看有沒有其他賺錢的路子。」喬春接過錢財簽好的協議，一邊疊好放入袖中，一邊對他訴說自己的想法。

「其實妳不需要這麼累的，我……」錢財急著想分擔喬春的重擔。

「停！三哥，你接下來要說什麼我都知道。我早就說了，我不需要，這不是累，而是樂趣，也算自給自足，我崇尚這樣的生活。」喬春揮手打斷了錢財的話，雙眼閃動著耀眼的光芒，真摯地看著他。

錢財眸底流過暖光，終於真正理解喬春對生活的看法和追求，也就不再多說。

告別錢財，從鎮上回來以後，喬春就給喬梁捎了信。

鐵成剛幫忙請了建房師傅，量地、打地基、準備材料，唐家的新房就在全村人的觀望之下，開始火速建起來了。

日子就這樣一天一天過去，喬春成天帶著桃花和喬夏她們整理茶園，三個月過後，清水山終於由昔日的黃土斑斑，變成現在的綠意盎然。唐家的新房也已經建好，在喬家三個大閨女努力勸說之下，喬家終於舉家搬到山中村來。

霧都峰

三個氣質非凡、瀟灑倜儻的男子圍坐在石桌前，開心地小酌著。

「三弟，你說四妹家的新房子建好啦？你居然沒有給予幫助？」皇甫傑半眯著眼，有些不悅地看著一旁神情淡然的錢財。他離開的時候可是一再交代三弟，要暗中多照顧四妹一點，三弟怎麼連他的話都不聽？

四妹是個弱女子，家裡又沒有男人，全部的擔子都落在她一個人肩上。雖然她說過不需要特殊照顧，可是暗中幫一下總是可以的，他不知道錢財平日這麼精明的一個人，居然連這點小動作都做不來，真是太讓他失望了！

「按我說，你那分紅就當是送的就好，還簽什麼分期攤還協議書？」皇甫傑說著，不禁狠狠瞪了錢財一眼。

「我說，你能不能給我申冤的機會？四妹是什麼樣的人，你難道不清楚？她自己寫好拿來讓我簽的，說不簽就不拿銀子。你知道她說了什麼話嗎？」錢財頓了頓，端著酒杯，輕啜了一口，道：「她那不叫累，而是樂趣，也算自給自足，她崇尚這樣的生活。」

皇甫傑一聽，頓時彎起了嘴角，輕笑起來。這話還真就是喬春的調調，不愧是自己看重的人，性情夠真！

柳逸凡往嘴裡倒了一杯酒，唇角微微上翹，腦子裡浮現出「她」的倩影，只覺醉意染上眸底，黑眸中散發絲絲柔和的光芒。

三個月前，皇甫傑回京後告訴他，在和平鎮幫他認了一個義妹，而且還是當時自己出手相救的女子，他當場就傻了。

他從沒想過會與她有這層關係。而自作主張的皇甫傑，竟然還笑嘻嘻地問他是不是高興傻了？

「二哥，你聽大哥冤枉我，怎麼就坐在旁邊一聲不吭呢？還是……你還在擔心柳伯伯的傷？」錢財瞥了一眼端著酒杯發呆的柳逸凡，輕聲問道。

以前柳神醫隔幾個月就會去和平鎮幫他看診，再送上一些他煉的丹藥，但這次柳神醫為了治柳逸凡臉上的傷，千里迢迢去陳國沼地裡採取一種稀有的藥材，不料卻吸入過量的毒氣，傷了身子。如果沒有找到頂尖藥材治療，恐怕很難像從前那樣健康。

「這次師父傷得很重，他老人家變成這樣都是為了我，我……」聽到錢財提起柳如風，柳逸凡立刻將自己的思緒從「她」身上移走。他握著酒杯的手青筋畢露，清澈見底的雙眸充滿了自責。

師父在他心裡不僅是師父，更親如父親，沒有柳如風，就沒有柳逸凡。

「二弟，別太擔心！柳伯伯目前沒有生命危險，算是不幸中的大幸。」皇甫傑嘆了一口氣，安慰道：「幸好柳伯伯在暈迷前，盡力保護好藥材，平安離開沼地，不然還真是白費了柳伯伯的心血。」

現在柳如風拚命找回來的藥材已送進皇宮太醫院，由皇甫傑信任的幾個御醫一起煉製去傷疤的膏藥。他已經下令，膏藥一煉好，就要立刻送來霧都峰的蘭風小居。

「我情願師父沒有找到配方，這樣他也不會受傷。」柳逸凡為自己倒滿了酒，仰頭一口灌了下去。

旁邊的錢財和皇甫傑都不知該怎麼安慰柳逸凡，只好陪著他喝酒，岔開話題，聊起了果果和豆豆的事。

兩個大男人已經離開和平鎮一段時間，聽錢財眉飛色舞地說著，都不禁想立刻抱抱那據說已經會笑、會咿咿呀呀叫的小傢伙們。不過，他們也真的只能想想，因為隔天皇甫傑就領軍出征，保家衛國，而柳逸凡則為了救師父，四處尋找解藥。

第四十六章 貼心寶貝

時光荏苒，歲月如梭，轉眼間已過了兩年。

山中村

「哥哥，你別跑這麼快，你等我一下下！」一個肥嘟嘟的小女孩，上氣不接下氣地追著前面那抹淺藍色的身影。

只見一個身穿淺藍色袍子的小男孩，雙手扠著腰，嫌棄地瞥了一眼小女孩圓滾滾的身子，道：「圓小貝，妳該減肥啦。」

「臭哥哥，我叫唐豆豆，不叫圓小貝！」豆豆噘起了嘴，腮幫子鼓鼓的，如黑寶石般的晶眸不悅地瞄了一眼果果，氣呼呼地糾正。

哥哥真是討厭，明明人家就叫豆豆，他卻總喜歡叫人家圓小貝。自己的身子之所以會這麼圓，絕對是他喊出來的。

「你等我一下，別跑啊！」豆豆回過神，看到果果不知何時跑遠了，便提起小裙襬，搖搖晃晃地跟上去。

大廳裡，果果悠哉地喝著茶，掃了一眼氣喘吁吁進門的豆豆。豆豆真該減肥了，她什麼時候才能像自己這般俊美好看呢？

「娘親說我們都是她的寶貝，意思就是我是寶，妳是貝。」唐果果說著，手摸下巴歪著腦袋，細細打量了豆豆一番，末了，搖了搖頭道：「妳這身材不是圓是什麼？」

豆豆站著不動，睜大眼睛瞪著果果，一副「我要用眼神擊敗你」的模樣。果果靜靜地回了她一眼，搖了搖頭，繼續喝茶。

此時豆豆聽到熟悉的腳步聲，她黑溜溜的眼珠轉了轉，閃過一絲狡黠的光芒，分秒之間淚水狂飆，哇的一聲哭了起來。

「果果，你又欺負妹妹了，是不是？」人未到，聲先到。喬春邁著輕盈的步伐走進大廳，簡單的一條淺綠色長裙掩不住她出塵脫俗的氣質，更突顯了幾分純淨和自然。

喬春輕輕皺了皺秀眉，蹲在豆豆面前，抽出手絹溫柔地幫她擦拭眼淚。看著那清澈見底的黑眸，頓時覺得心裡滿滿的，她伸手刮了刮豆豆微紅的小鼻子，打趣道：「瞧瞧這梨花帶雨的模樣，再哭可就不好看了。」

「親親，抱抱！」豆豆戲劇性地收住眼淚，張開雙臂，眼睛眨巴眨巴地看著喬春。

果果朝豆豆瞥了一眼，偏過頭，努起嘴。「羞羞臉，就只會撒嬌。」

其實他也好想讓娘抱抱自己，可是姑姑和姨姨都說他是個男子漢，不能老是撒嬌，要跟姥爺一起保護家裡的女人。

「好，娘親抱。」喬春摟過豆豆，眉頭瞬間一緊。真沈，她都快抱不動了，看來該控制一下她的飲食了。

豆豆出生時因喉嚨受了傷，所以大家一直都對她格外照顧。週歲前她一直比果果瘦小，哪知週歲後，她體重就一直往上飆，現在比果果壯上不少。

「親親，哥哥剛才叫我圓小貝，他老是笑我肥。」豆豆指著果果，向喬春控訴他的惡行。

果果撇了撇嘴，笑呵呵地看著喬春道：「娘親，這叫顧名思義，是昨天姑姑教我的成語。」

「噗！有像你這樣用這成語的嗎？」桃花和喬夏從房裡走了過來，瞋了這個古靈精怪的小姪子一眼，嘴角逸出寵溺的笑容。

「娘親說，我們是她的寶貝，我是哥哥排在前頭，那就是寶，豆豆自然就是貝。再看豆豆的身材，她不叫圓小貝，那該叫什麼？」果果說著，得意地掃了她們一眼。

「果果，向妹妹道歉，哥哥該保護妹妹，而不是拿著妹妹的短處來說笑。你這樣如果被老夫子聽到了，他準會氣得七竅生煙。」喬春看著又快要哭出來的豆豆，有些生氣。雖然果果的解釋也算合格，但是也不能拿自己的妹妹來當現成的教材，更何況是負面的意思呢？

偏心！娘親就是偏心！

果果紅著眼，倔強地抬著頭，努力不讓眼眶裡的淚水掉下來。他吸了吸鼻子，淚光閃閃地看著喬春，道：「娘親，您偏心！您只喜歡豆豆，不喜歡果果！」說完就一溜煙地跑走了。

看著那抹倔強的背影，喬春忍住心酸，抱著豆豆就往裡院走去。真是個倔強的孩子！看來得抽個時間好好跟他溝通一下了。

這兩年來，唐家日子是過得愈來愈好了，過幾天茶園就要正式採摘了。她一心都在體弱的豆豆和茶園上，倒真是忽略了他。

「大嫂，果果他……」桃花有些擔心果果。

「大姊，我去找他回來。」喬夏立刻站出來，自告奮勇要去找果果。

「沒事的，他應該只是跑到院子裡去了。」喬春輕嘆了一口氣，抬腳回房。

打了個哈欠，慵懶地伸了個懶腰，喬春放下手裡的筆，轉頭看著已經在她床上睡著的豆豆，臉上泛起了柔柔的光暈。她輕輕抱起她，往裡面那間房走去。

這是她和果果、豆豆的親子房，外面大一點的房間是她的書房兼睡房，裡面的小房間則是果果和豆豆的睡房，中間只隔著一道木牆，牆上有道拱形的門，上面掛著珠簾。

走進孩子們的睡房，裡面的擺設都跟現代的兒童房較為相似，地上鋪著厚重且繡有動物圖形的地毯，這是雷氏和廖氏忙了幾個月的成果，當時果果和豆豆正開始學走路，大家都怕他們摔痛了。

房間的牆上則掛滿喬春親手繪製的卡通圖，兩張小床旁邊放著兩張小床頭櫃，櫃子上擺放的是這些日子以來他們三個舅舅不時差人送來的小玩意兒。

有時喬春一腳踏進這個房間，恍惚中會有一種跨越時空的感覺。

喬春探頭看了躺在自己床上，緊閉著眼，死死抿著嘴的果果一眼，無奈地搖了搖頭。看來這個小傢伙還在嘔氣呢！

輕輕將豆豆放進軟軟的小床上，喬春幫她蓋好薄被，轉身坐在果果床邊，嘆了一口氣，像是自言自語地說：「唉，我這個做娘親的實在太失職了。自以為果果已經是個男子漢，不需要娘親時時關注，可以保護妹妹和娘親了。我錯了，原來果果還沒有長成男子漢，他也需要娘親的愛……只是，我以為咱們山中村的第一小才子心裡明白娘親很愛他，看來這第一小才子還是不夠聰明啊！」

說著，喬春偷偷瞄了一眼拚命咬著嘴唇的果果，續道：「看來果果男子漢還需要時間長大，明天開始，我得更加忙了，因為還有個果果等著娘親關愛啊！」

說完，喬春俯首輕輕在果果額頭上親了一口，轉身就往外間走去。

五、四、三、二、一。喬春在心裡默默倒數，當她踏出第五步時，內心忍不住有點緊張，可當她聽到身後那帶著鼻音的童聲時，鼻子忍不住一酸，有種想哭的衝動。

「娘親，對不起！」果果一個翻身坐了起來，他癟著嘴，眼睛一眨也不眨地望著喬春，眸底流過濃濃的歉意。

「是娘親對不起果果，是娘親忽略了果果，對不起，娘親的心肝寶貝！」喬春大步上前，將果果摟進了懷裡，不停向他道歉。她就知道果果是個貼心的孩子，能夠理解她的用心。

「不是，是果果錯了，我不該那樣說豆豆，她是妹妹，我是哥哥，我應該要保護她。」果果窩在喬春溫暖的懷抱裡，咧著嘴。

他向喬春承認自己的錯誤，同時立下承諾：「娘親，果果以後一定會保護好豆豆還有娘親，跟家裡每一個人！果果也會好好學習，做個有用的人。」

「呵呵！果果好乖！那果果覺得怎樣才是有用的人？」喬春輕輕拍著果果的後背，很是感興趣地問道。

這兩個孩子很聰明，如果在二十一世紀，可以稱為天才，九個月就會走路，週歲就會說話。也不知是不是因為沒有父親陪伴，還是跟她的教育方法有關，這兩個孩子的心智比同齡的孩子成熟很多，有時你根本不敢相信那是一個兩歲多的孩子會說的話。

「愛家人、愛學習、會種茶樹的人，就是一個有用的人。」果果從喬春的懷裡掙開，黑眸閃亮地看著她，字字圓潤地說著。

喬春勾了勾唇，嘴角逸出一抹驕傲的笑容。真不愧是自己的兒子！雖不全面，但道出來的話語卻承載著自己的觀念，言傳身教果然重要！

「果果快睡吧，晚安！」喬春探過頭又在果果額頭上親了一口，幫他蓋好被子，吹滅了油燈，含笑走出小房間。

「娘親，晚安！」果果的嘴角翹得高高的，開心地合上了眼簾。

真好！娘親沒有偏心，她也是很愛自己，只是希望自己做個男子漢罷了。

想通了這點，果果很快便滿足地沈入夢鄉。

第四十七章 製茶

「爹，早飯過後您就去找一下鐵叔吧。我看咱們家的茶葉可以正式採摘了，請他找當初整地的人手過來一起幫忙採摘。」喬春放下了碗筷，看著一旁的喬父道。

「嗯。我吃完早飯，馬上就去。」喬父高興地點了點頭。這茶樹都種兩年多了，中間也只在修茶叢前採摘了一些，這次才算正式採摘茶葉，看著女兒兩年多的心血終於有了收穫，他這個做父親的又怎會不開心呢？

「大姊，我也要去。」

「大嫂，我也要去。」

「大姊，冬兒也要一起去。」

喬春看著那四雙閃閃發亮的眼睛，彎起了嘴角，輕輕應了一聲。

他們一家人辛苦了兩年多，現在終於有收成了。今天她還能帶著大家摘茶葉，接下來她就要沒日沒夜地趕製茶葉了，因為這裡只有她一個人會製茶。

「今天大家一起去摘，明天桃花、夏兒跟冬兒三個人留在家裡幫我的忙，我要開始製茶了。秋兒頂上廖大娘之前的小隊長工作，帶小隊採摘。廖大娘在家幫忙照顧果果和豆豆就好，茶園裡的事情就交給爹和鐵叔管。」

「事情就這麼決定，我吃飽了，大家慢吃。」喬春站起來轉身往後院的房間走去。

現在茶葉採摘跟製茶的事情得分頭進行，但家裡只有一個男人，很多事情做起來不方便。以前自己計劃請長工的事情，看來也該進行了。

「鐵叔，您這幾天巡視時，幫我留意一下。我想請一些長工，十個女的，五個男的，最好是年輕一點、手腳俐落一點的。」

去茶園的路上，喬春和鐵成剛、喬父並排走在最後面。喬春見與其他人離得較遠，便低聲對鐵成剛交代了一下。村民的品行和做事能力，還是鐵成剛清楚一點。

「春兒想要請長工？」鐵成剛不禁興奮起來。

「嗯，現在開始茶園正式採摘了，有很多事情要忙。」喬春輕應了一聲，隨即又轉過頭看了鐵成剛一眼，道：「我早就想問問鐵叔，您和鐵嬸願不願意做我家的長工？我想請您做管事，分擔一下我爹的擔子。」

「願意，願意！」鐵成剛沒有多想，也沒問工錢是多少，就應了下來，反正他知道喬春不會虧待跟她做事的人。

一行人來到茶園，喬春照例把他們分成幾個小隊，並且在每個人的竹簍上都標下符號，這樣便於自己檢查，有問題時可以直接找到當事人。

「各位鄉親，待會兒採摘茶葉時，大夥兒一定要照小隊長的手法採摘，他們都已經跟我學過了。採摘時，只需摘下一心二葉，不能過長，也不能過短，不能扭摘，只能快速掐斷，現在大家都下去幹活吧。」

待人群全部散開後，喬春便開始四處巡視茶園。

喬春從小路向上慢慢走去，看著路邊豎著的小木板，她忍不住彎了彎唇角，笑意盎然。自從茶樹種完後，她就在每個小隊的地邊上，豎起一個木牌子，上面寫著小隊名。

標明小隊的幹活範圍，大家會更認真做事。因為只要稍不認真，一眼就能看出來，想要推卸責任都不行。喬春想著，心裡不禁有點得意，沒想到現代的工業管理方法，在她這個小茶園裡同樣受用。

看著上午採摘回來的茶葉，喬春決定下午就開始製茶，否則按這種採摘速度，她一個人絕對炒製不來，摘下來的新鮮茶葉如果不及時處理，就會影響茶葉的口感和品質。

「夏兒，妳去工具室拿一些竹匾出來。」

「桃花，妳把竹簍裡的茶葉倒進竹匾裡，將老葉、單葉、雜物挑出來，一定要保證茶葉的淨度。茶葉一定要攤開，千萬不能疊得太厚。」

「大娘，您來幫我燒火，火候要注意一點。」

「娘，您去把我請人做的揉茶專用簸箕拿過來。」

喬春站在小院子裡，忙碌地指揮著。炒製茶葉是道細活，每道工序都得把握好。

「春兒，妳來看看鍋溫合不合適？」廖大娘對正在外頭忙得團團轉的喬春喊了一聲。

「來了！」喬春端著一竹匾剛剛檢查過的茶葉走了進來，伸手在鍋面上晃了晃，笑道：「再等一下。大娘，待會兒我開始炒時，如果沒要您減火或添火，您就保持原來的柴火，明白嗎？」

唉，此刻她好懷念現代化的電炒鍋和揉撚機，只要調好溫度和時間就可以了。

喬春又伸手試了試鍋溫，對廖大娘使了個眼色，便將新鮮茶葉撒進鍋裡，飛快翻動著。茶葉殺青必須得做到翻得快、揚得高、撒得開、撈得淨，這樣才能殺透、殺勻。

站在一旁的雷氏目瞪口呆地看著喬春熟練地翻炒茶葉、揉撚成型、炒乾水分，直至步驟完成。

「娘，幫我把這炒好的茶葉用竹匾晾涼。」喬春將手裡已經炒乾的茶葉遞給雷氏，轉身又周而復始用同樣手法炒製茶葉。

「春兒，妳休息一下吧，可別累壞了身子。」雷氏和林氏雙雙站到喬春身邊，神色擔憂地看著她。

五天了，她每天就只睡兩個時辰，其餘時間就是不停炒製茶葉，白嫩的手已經紅腫了。

「等一下，我把這鍋炒完就去休息。娘，妳們去煮點吃的，待會兒大家吃了東西再休息。」喬春偏過頭，笑著對林氏和雷氏道。

誰說她不累呢？她早就累得手都抬不起來了。唉，看來她真得教桃花她們幾個炒製茶葉才行。

「大嫂，我來幫妳搽點藥酒，瞧妳的手又紅又腫的，一定抬不起來了吧？」桃花手裡拿著一瓶藥酒走了進來，心疼地看著喬春的手。

剛剛吃東西的時候，她就發現大嫂的手連拿筷子都不太順手了。這幾天她一直不停炒製茶葉，肯定累壞了。

「啊……桃花，妳輕點。」喬春咬緊著牙，還是忍不住倒吸了一口冷氣，她抬起頭，可憐兮兮地看著桃花。

「很痛？可別是傷了筋骨。大嫂妳明天還是別炒了，乾脆站在一旁教我，以後就由我來炒製茶葉。等大嫂的手好了以後，我們再一起炒，這樣這活兒也不至於都落到妳一個人頭上。」桃花放輕了手勁，控制好力度，慢慢幫喬春揉捏手腕和手臂。

「桃花就是知道心疼大嫂！妳要學也可以，不過明天還是得由我來炒，妳就在一旁邊學邊炒，不然會耽誤時間的，到時那些鮮茶葉可就浪費了。」看著一臉關心的桃花，感動地說。

「還有我們呢，我們也要學！」喬夏跟喬秋推開門，走了進來，同樣是一臉擔心地掃過喬春的手。

「大姊，讓我們一起分擔吧，可不許妳累壞了自己。」喬夏晶眸聚積水霧，語氣哽咽地看著喬春。

被這麼多人關心，就算是累，也是幸福的！喬春點了點頭，笑道：「好，大姊把全部的手藝都教給妳們，以後妳們幹活，大姊就蹺著二郎腿坐在一旁邊看邊喝茶，好不好？」

喬春彎起嘴角，忍不住揶揄起這幫漂亮又貼心的小妞。

「最好是這樣！」整齊劃一的聲音強而有力，三個人異口同聲幫喬春作了決定。

「娘親，我也要學，我也要幫娘親幹活。」剛剛睡醒的果果出現在拱門珠簾下，他伸手揉了揉眼睛，緩步向她們走來。

「果果，你怎麼醒來啦？是不是娘親把你吵醒了？」

喬春溫柔地看著果果，張開手臂正想抱抱他，他卻緊緊擰著眉，飛快閃到一邊，低頭看著她的手，眸裡浮現出濃濃的憂色，道：「娘親痛痛？果果吹吹，待會兒就不痛了。」

喬春眼角含淚，怔怔地看著果果蹭到她身邊，彎著腰，對著她的手腕輕輕吹氣。剛剛搽了藥酒，還辣痛著的手，在那一口口暖氣下，慢慢沒了痛感。

「娘親，還痛嗎？」果果抬起他那張可愛俊俏的小臉，眨巴著眼睛看著喬春。

喬春微怔了下，從唇邊逸出一絲暖暖的笑意，她揉了揉果果的腦袋，道：「果果好厲害哦，你吹一吹，娘親的手就不痛了。」

「果果真棒！來，姨姨抱。」喬夏彎腰一把抱起果果稱讚著。

「可不是，咱們家的小帥哥長大了，知道心疼娘親了。」喬秋忍不住捏了果果的鼻子一下。

「果果，疼不疼姑姑啊？」桃花也逗弄起果果。

房裡的人都被果果的舉動感動得一塌糊塗，紛紛笑著誇他，接著抱著他猛親。

「姨姨、姑姑，妳們別亂來啊！只可以親額頭和臉，不准親嘴！」果果紅著臉，有些生氣地掃了幾個「色女」一眼，乾癟著嘴道：「人家的初吻，差點被妳們奪走了！」

喬夏、喬秋跟桃花腳底一滑，幾乎栽倒在地，忍不住抽搐著嘴角，雙手撫著胸口，心碎一地。

這就是喬春教出來的小孩，常常語不驚人死不休！

「大家都累了，快去睡吧，明天還要早起呢！」喬春見果果打了個哈欠，便要桃花她們都回屋去睡覺。

喬春則在果果的纏功下，抱著香香軟軟的他，一覺到天明。

喬春轉了個身，舒服地伸了個懶腰後，才發現懷裡的果果已經不見了。她透過窗戶看了看外面的天色，連忙從床上跳起來，急匆匆地穿衣、洗漱。

糟糕，看來自己睡過頭了。昨晚炒好的茶葉，她還沒有包裝起來呢！

「親親，您起床啦！」豆豆開心地看著走出房門的娘親，連忙迎了上去。她有好些天沒跟娘親說過話，娘親也好幾天沒有抱過她了。

早上豆豆本想喊醒娘親，結果被果果瞪了一眼，拉到外頭對她叮嚀了一番。吃過早飯後，她也不敢進去打擾娘親睡覺，只好在房門口守株待兔。

「豆豆，來，娘親抱抱。」喬春蹲下身子開心地看著豆豆，伸手就要去抱她。

誰知喬春雙手撲了個空，只見豆豆那圓滾滾的身子迅速閃到了一邊。

喬春愣然地看著豆豆。她平時不是最喜歡讓她抱的嗎，今天這是怎麼啦？難道是因為自己這幾天忙得沒空抱她，所以生氣啦？

「豆豆，妳是不是生娘親的氣啦？對不起！娘親這幾天太忙了。」喬春有些心疼地看著豆豆。

「豆豆沒生親親的氣，哥哥說親親的手痛，不能讓親親抱豆豆。」豆豆稚嫩的小臉蛋此刻成熟了不少，定定地看著喬春說道。

喬春心中瞬間被暖意包裹，她微笑著向豆豆招了招手。「豆豆，妳過來。」

豆豆一走過來，喬春便一把將她摟進懷裡。此刻她覺得自己就像是擁抱住了整個世界，身體裡湧進了源源不斷的能量。這個時候就算天塌下來，她想自己也能重新撐起來。

想著想著，喬春忍不住流下眼淚。這就是她的寶貝，還這麼小就如此懂事，讓她完全不用擔心。

「四妹，妳還好吧？」錢財從偏廳走了進來，看到喬春抱著豆豆流淚，不禁有些擔心。

「我沒事。三哥，你怎麼這麼早就過來了？」喬春看了錢財一眼，伸手拭去眼角的淚水，望著他淺笑道。
「三舅舅，早安！」豆豆乖巧地向錢財打了個招呼。
「豆豆！來，三舅舅抱抱。」錢財彎下腰抱起豆豆，笑看著喬春道：「之前送過去的茶葉已經被一掃而空了。省城還訂了很多貨，所以我過來收茶葉，待會兒馬上就得讓錢歸送去給巧兒。」
錢財也沒想到喬春炒出來的茶葉這麼搶手，因為用炒製的手法製出來的茶比曬青茶多了一種香味，那些客人一嚐就不能罷口，每天早上一開市，前一天送來的茶葉就會被搶光，就連京城的分店也飛鴿傳書過來，說一些達官顯貴天天催貨，這種情況實在超出他的想像。
「這麼瘋狂？兩百多斤茶葉全都賣完啦？」喬春有點傻了，這些人是拿茶葉當飯吃嗎？
「全賣完了。」錢財定定地看著她，笑著點了點頭。
「三哥，你一斤賣多少錢？」喬春揚起嘴角，忍不住開口問道。都說物以稀為貴，她很好奇錢財會以什麼價格賣出去。
「五十兩。」
喬春微微張開嘴，不敢相信自己的耳朵，看錢財不像是說笑，才回過神來笑著揶揄他。
「呵呵！三哥，你發大財了。」
「呵呵！是我們發大財了。」錢財滿臉笑容。多虧了喬春，他才得以往自己的夢想大步邁進。

「走吧！咱們裝茶葉去。」喬春伸手指了指製茶室的方向，轉頭就走。既然三哥趕著提貨，那就得趕緊把茶葉包裝起來。

錢財看著她的背影，低低笑了起來。她真是個有趣的女子！時而視財富為糞土，時而又為銀子雙眼放亮。她這會兒應該是為了自己的東西這麼受歡迎而開心吧。

錢財面帶微笑輕輕搖了搖頭，抱著豆豆跟著喬春往製茶室走去。

裝好茶葉，送走了錢財，喬春又回到製茶室，一個口令一個動作教桃花和喬夏、喬秋她們炒製茶葉。在她們親自做了一遍之後，對喬春更是佩服了。由於今天剩沒多少茶葉，所以喬春直接被她們排除在外，全日只當動嘴皮子的師父。

第二天一大早，錢歸又來把最後的茶葉收走，唐、喬兩家的人總算可以停下來歇口氣了。

「春兒，現在桃花和夏兒、秋兒她們三個都學會炒製茶葉了，下一波開始，妳可別再一個人全攬下來，要是累壞了身子，還怎麼照顧果果跟豆豆？」雷氏懷裡抱著豆豆，心疼地看著自家閨女那濃重的黑眼圈。

「親家母說得沒錯。春兒，妳要以身體為重，畢竟茶園裡的事情少了妳可是不行。」林氏附和著，一同勸道。

喬春含笑向大夥兒看了一眼，那雙清澈明亮的眼睛裡浮現濃濃的暖意，她點了點頭道：

「大家放心，我會保重自己的身體。今天趁著大家都在，我想說一件事。

「前幾天，我請鐵叔幫忙物色一些合適的長工。現在茶園算是上了軌道，夏日每隔五天就要採摘一次茶葉，春天跟秋天則是每隔七天採摘一次。平時要除草、施肥、澆灌，事情比較多，單靠我們一家人忙不過來。不知大家對請長工這事有沒有什麼意見？」

大廳裡靜了下來。大家你看看我，我看看你，眼裡都閃爍著喜悅的光芒。請長工就意味著他們的茶葉之路正式起航，日子真的好過了。

「我沒有意見，一切就依春兒的意思辦吧。請一些長工也好，這樣妳們幾個閨女就不用太累。畢竟都是女兒家，整天風吹日曬，也不太好。」林氏開心地咧著嘴，表示贊同。

唐家終於在她有生之年振興起來了。如今她有孫子、孫女，有寬敞的新房子，家裡還要請長工，這一切的一切都讓她感到興奮。

「我也同意，以後妳們幾個姑娘家就在家裡跟春兒一起炒製茶葉，茶園裡的事就交給妳爹處理吧。」雷氏笑著點了點頭。

誰說閨女不好？現在要是他們駕著馬車回喬子村，還有誰敢笑她生不出兒子，不能安享晚年？她家的閨女可比人家十個兒子都強！

「爹，您今天找一下鐵叔，請他通知那些幫我們做過工的人，再請鐵伯伯明天來咱們家做簽約公證人。」喬春偏過頭對喬父輕聲道。

「好，我待會兒就去。」喬父的眼睛笑得瞇成了一條縫，咧著嘴站了起來，轉身就往上圍下走去。

過了幾盞茶的工夫，喬父就一臉沈重地回來了。

「當家的，你怎麼這麼快就回來了？外頭出什麼事啦？」雷氏連忙走到喬梁跟前，著急地看著他問道。畢竟是相守了大半輩子的人，雷氏一看喬梁臉上的凝色，就知道他遇到不痛快的事了。

「唉，請長工的事，過段時間再說吧。」喬梁情緒很是低落。

「到底出什麼事啦？」他愈是閃躲，雷氏就愈緊張。

「就是啊，爹，您這是怎麼啦？」喬春也很是擔心。

「親家公，是不是村裡的人又在背後嚼舌根啦？」林氏也加入詢問的行列。

眾人七嘴八舌追問著喬父，心裡都很著急，為什麼請長工的事情明天不能辦了？

「唉……村長的媳婦快不行了。」喬梁嘆了口氣，幽幽說道。

「砰！」

林氏的臉色瞬間蒼白，身子劇烈抖了一下，手中的杯子滑落在地，摔了個粉碎。不行了？她終於不行了？可是……自己內心非但不暢快，反而有種被扯裂的痛楚。

「哈哈……」林氏大笑著站了起來，眼角流下兩行清淚，轉身往後院的房間走去。

「娘，您……」桃花看著林氏顫抖的背影，焦急地想追上去。

「桃花，別去，讓娘一個人靜靜。」喬春拉住了桃花的手，看著她搖了搖頭。

「爹，您去村長家了嗎？」喬春忍不住想再次確認。聽到幽靈女人快不行了，她腦子裡不禁浮現出那深深凹下的眼眶、那眼角的淚珠，還有鐵伯伯落寞的背影。

「沒有，我剛走到成剛兄弟家的門口，就碰到他急著出門，他正趕著去鎮上請大夫呢！」

「你們在家裡看好果果和豆豆，我去上圍下看看。」喬春說完就迅速步出大門，往鐵龍家走去。

婆婆的反應實在太讓她震撼了，他們之間究竟有什麼恩怨，值得放在心上二十幾年？喬春直覺，縈繞在她心裡兩年多的疑問，很快就能尋到答案。

第四十八章 糾結

「娘，您為什麼不肯答應？請您告訴我真正的原因！」喬春推開鐵龍家虛掩著的大門，信步上前，站在幽靈女人房間外，聽著鐵百川帶哭腔的聲音。

喬春的心一下子就提到喉嚨上，她轉身將背靠在牆上，一動也不敢動，屏住呼吸，豎起耳朵等待即將解開的謎團。

鐵百川丟出問題以後，四周頓時安靜下來，房內沒有一絲聲響，讓喬春覺得自己的心彷彿要從胸膛中跳出來一樣。

忽然間，喬春耳邊傳來一道熟悉的聲音。

「春兒，妳怎麼在這裡？」喬春猛然扭頭，只見鐵龍端著一個碗，站在離自己十步外，緊擰著眉頭，探究的目光緊盯著她。

喬春手心冒汗，窘迫地看著鐵龍。此刻他打量的目光，讓自己有種做賊被抓到的感覺。

「鐵伯伯，我過來看看。」

「咳咳……誰在外面？」屋裡傳來既陌生又熟悉的咳嗽聲，那軟弱無力的聲音，像一隻無形的手，緊抓著喬春的心。

兩年多過去，自己對這聲音還是有點害怕，不過此刻內心大部分是憐惜和遺憾。憐惜她即將流逝的生命；遺憾剛剛沒聽到答案。

「伯母，我是子諾的媳婦。」喬春硬著頭皮應了下來，上前幾步推開了房門。

深陷的眼眶、高突的臉頰骨、皮包骨的手……兩年多不見，她的模樣依舊，卻比記憶中更瘦、更虛弱了。究竟是什麼樣的情感糾結，讓她如此形銷骨立呢？

「子諾媳婦？」幽靈女人眼裡閃過一絲疑惑，怔怔地看著喬春，輕蹙著眉，似乎在翻找記憶中的畫面。

「她是唐家的兒媳婦，過來看看妳。」鐵龍端著藥汁，繞過喬春走到床前，強打起精神看著她，淡淡道。

「一定是林芳要她來看看我死了沒！咳咳……」說著，她拿起床邊的手絹捂著嘴，劇烈咳了起來。「咳咳……」

「愛琴，妳放輕鬆一點，緩緩氣。」鐵龍連忙放下手裡的藥汁，伸手貼在她後背溫柔地幫她順氣。

「娘……」鐵百川抬腳正欲上前，卻被幽靈女人喝止。

「你不要過來！咳咳……」

盧愛琴拿開捂嘴的手絹，伸手指著喬春，眸子迸射出濃烈的厭恨。「妳回去告訴林芳，她如願了，不過她也敗給我了，因為我馬上就要去找唐浩然了，哈哈……咳咳……」

喬春並未在意她眼底的厭恨，反而眼光死死地盯著那手絹上的血，像極一朵紅玫瑰開在雪地裡，那般瑰麗妖嬈，卻帶著悲傷。

「為什麼？」輕啟紅唇，喬春定定看著她，吐出埋在心裡兩年多的三個字。

「為什麼?!妳該問林芳，問她為什麼明明知道我喜歡唐浩然，卻還要嫁給他？」盧愛琴的臉變得猙獰起來，雙眼冒火，咬牙切齒道。

當年自己真是太天真了，居然跟林芳說起自己心裡的秘密，結果她卻橫刀奪愛，還假惺惺地哭著說「她也沒辦法」，真是虛偽狠毒，她盧愛琴沒有這樣的朋友！

當年一氣之下，她選擇嫁給與唐浩然同村的鐵龍，等待機會報復她，讓她嘗嘗被人出賣的痛苦。

皇天不負苦心人，她終於逮到機會在他們夫婦之間製造了一個誤會，可是唐浩然卻因此送命，讓她的心也跟著死去。

「愛琴，妳別再想了。」鐵龍看著盧愛琴迷離的眼神、嘴角流出的血，頓時緊張得手足無措。他拾起被她丟在一旁的手絹，顫抖著手幫她擦拭，可是那血卻斷斷續續流淌，絲毫沒有要停下來的意思。

「娘！」鐵百川急得放聲大哭，卻仍不敢擅自上前。自從娘咳血以來，就不允許他近她的身，只許停在五步以外。

喬春緊張地看著手絹完全被染紅，丟棄在一邊。這樣不斷咳血，盧愛琴估計是真的不行了。

「百川，你去看看你叔叔把大夫請回來了沒有？」鐵龍轉過頭，看著一臉緊張的鐵百川，語氣中夾帶了濃濃的驚慌。

「百川，你別去，讓娘走吧，娘累了。」盧愛琴喝住了剛轉身抬腳的鐵百川，眸底流露出不捨。

「子諾媳婦，妳先回去吧。」鐵龍沒有回頭，而是拿起另一條手絹幫盧愛琴擦拭著嘴角的血。

「讓她留下來吧。」盧愛琴抬眼望著喬春，眼裡閃過錯綜複雜的情緒，她緩了緩氣，嘴角的血也停了下來。「妳真的想知道？」

「想。」喬春知道她問的是什麼，連忙應了下來，緊緊盯著她。

只見盧愛琴神色迷離，嘴角逸出一抹淡淡的笑，像是沈醉在某個美好的回憶中。她嚅動了幾下乾癟的嘴唇，緩緩敘述他們這一輩的糾纏。

「當年，我大哥即將成親，爹爹想幫大哥製一套新家具，便請唐老爹幫忙，當時唐浩然隨著他爹一起來。為了趕在婚禮前製好家具，他們父子倆便在我家暫住。」

盧愛琴憶起初識唐浩然的情景，唇角不禁微微彎起，她的眼睛緊盯著床邊一個由唐浩然打造的櫃子，像是透過櫃子在看他。

「我第一眼看到他，便對這個長得又高又俊的男子有了好感，總是喜歡偷偷觀察他。沒想到他還能寫一手好字、畫一手好畫，家具上的花鳥圖案在他筆下，顯得栩栩如生。

「林芳是我的鄰居，我們從小一起長大，無話不說，她也經常到我家玩，所以，我從未對她隱瞞過自己對唐浩然的感覺，可是沒有想到過了一陣子後，唐家居然上她家提親。」

說到這裡，盧愛琴的神情變得激動，音調也高了起來。

「她不該同意這門親事的！她是我的好友，我也把她當成親妹妹，她明知道我對唐浩然的感情，怎麼能這樣對我？一怒之下，我選擇嫁進鐵家，就是為了有一天能讓她和唐浩然不好過。」

語畢，盧愛琴激動得胸口上下劇烈起伏，雙眸中迸射出絲絲恨意，讓人看不清她到底是因愛生恨，還是因林氏的「背叛」而怨？

鐵龍愣愣地看著盧愛琴，眼底流露出無限心疼與憐愛。他知道他們三個人之間有些糾葛，卻不知整件事情的來龍去脈。

原來，她嫁給自己是有目的的，怪不得唐浩然死後，她就得了病，還拒絕診治，想來是想隨他而去吧……

不過，鐵龍實在無法責怪盧愛琴，儘管她對自己從不上心，但她一直很疼愛百川，最重要的是，不管她心裡怎麼想，他都深愛著她，這點從未改變。

現在喬春終於理清上一輩的恩怨。原來盧愛琴是個癡情的女子，只是太過執拗，也太過自我。愛情根本沒有什麼道理可言，並不是你愛人家，人家就一定要愛你。

「伯母，為什麼您放著眼前的人不珍惜，反而要去強求那些不屬於自己的東西呢？您身邊有個深愛著您的人，這麼多年了，難道您都沒有發現嗎？」看著鐵龍在知道這一切之後，仍深情無悔地看著盧愛琴，喬春實在忍不住了。她想要提醒盧氏，不想讓她到死都還活在自己編織的國度裡。

「鐵龍？」盧愛琴看著自己的丈夫，輕聲低喃。

「是我，妳一直都在我心裡，從第一次見到妳就是了。」鐵龍按著自己的胸口，溫柔地看著盧愛琴。第一次，也是最後一次向她告白。

喬春輕輕拍了一下鐵百川的肩膀，向他使了個眼色，兩人一前一後走出盧愛琴的房間。這個時刻應該留給他們夫婦倆獨處，只有鐵伯伯才能解開她心裡的結，撫平她內心的傷。

那天晚上，鐵百川將林氏請到鐵家去了。林氏回來時，臉上掛滿了淚水，可喬春看到了她眼底的釋然。

第二天，盧愛琴去世的消息傳遍了整個山中村。

「娘，人死不能復生，您別太傷心了。」喬春看著林氏腫如核桃的眼，輕聲勸解道。

盧愛琴去世以後這幾天，林氏心情極度低落，經常窩在房裡落淚，眾人也知道她心裡難受，因此並未刻意打擾。今天是盧愛琴出殯的日子，林氏打算親自去送她一程，只是她的面容甚是憔悴，讓喬春感到不忍。

「嗯，娘明白。我去鐵家一趟，妳就待在家裡別出門了，別讓待會兒的嗩吶聲嚇壞了孩子們。」林氏的眼裡閃過一絲複雜的情感，淡淡道。

二十多年的心結，總算解開了，可令人傷感的是，這個問題非要在一個人臨死前才想得透澈。

「好。」看著林氏沈重的背影，喬春輕嘆了口氣，轉身往屋裡走去。

過沒多久，遠處就響起了哀傷的嗩吶聲，伴隨著敲鑼打鼓的聲響和一道道哭聲，聽起來讓人無限傷感。

人活一世，終究不過是夢一場，也許放過別人，就是放過自己。

「鐵伯母，願您一路好走。」喬春站在窗前輕聲道。

「娘親，人為什麼會死？」果果站在喬春身邊，伸手拉了她的裙襬一下，抬著頭仰望她，黑眸裡浮現出滿滿的疑問。

喬春稍稍思量後，便蹲下身子，與果果的眼光對視，緩緩道：「果果，生老病死是人一生中必經的過程，沒有誰可以避免。」

「那娘親也會死嗎？」果果很緊張地看著喬春。

喬春感受到了果果的害怕，她伸手將他軟軟的小手包在掌心裡，定定看著他，道：「會，等娘親老了，也會死。可是，果果你知道什麼是死嗎？」

「嗯。」果果用力點了點頭。「死就像鐵奶奶那樣，裝進了木箱子裡，以後再也見不著面了。」

原來這個小傢伙偷偷跑去看了，怪不得會問這麼奇怪的問題！

沈吟了一會兒，喬春一臉正色地看著果果，紅唇輕啟。「果果，並不是見不著面，他們在這裡。」喬春將手輕輕覆在果果胸前，輕聲道。

「只要是我們愛過的人都會住在這裡，永遠不會離開。」

這個話題她也不知該怎樣對孩子解釋才算正確，也許這種「永遠活在自己心裡」的說法，果果比較容易理解。

「娘親，我明白了。」果果點了點頭。

「果果不愧是山中村第一小才子，真聰明！」喬春輕笑起來，第一次發現談論生死問題能如此輕鬆。

既然誰都會死，那將所愛的人留在心裡，就是另一種永恆，另一種陪伴。

隨著死者入土為安，山中村又恢復了平靜。由於果果和豆豆在一旁想盡辦法逗樂林氏，她的心情總算雨過天青，不再沈溺於悲傷中。

第四十九章 簽長工

這天，吃過午飯後，唐家大門外就傳來了馬蹄聲。

喬父一聽，連忙出門察看。不一會兒，就看見他和錢財有說有笑地走了進來。

「唐伯母、喬伯母、廖伯母好！」錢財點頭欠身，笑著向在座的林氏、雷氏、廖氏打招呼。

廖氏雖名為唐家長工，但唐、喬兩家卻從沒當她是外人，平日她和林氏、雷氏都以姊妹相稱，就連果果和豆豆也喊她廖奶奶。

「錢財來啦？快坐！夏兒，泡茶。」雷氏笑呵呵地看著錢財，連忙讓喬夏沖泡茶湯。

這兩年多來，因為經常走動，加上錢財又是喬春的義兄，家裡的人都跟他很是熟稔，平常都叫他錢財，早就不再生分地叫什麼「錢少爺」了。

「三舅舅。」果果跟豆豆瞧見錢財，就分別開心地從林氏、雷氏懷裡跳了下來，爭先恐後地向他跑去。

錢財咧著嘴，蹲下身子，張開手臂，一手抱起果果，一手抱起豆豆。

「果果、豆豆，有沒有想三舅舅啊？今天沒有什麼表示嗎？」錢財說著，孩子氣地抱怨。

「想！」果果和豆豆雙雙嘟起嘴，笑著各從一邊親了錢財一口。

「真甜啊！」感受到臉頰上軟綿綿的唇，錢財頓時開心得合不攏嘴，覺得自己抱起了兩個暖暖的小太陽。他們從裡到外散發出來的光芒，總是能溫暖他的心扉。

「果果、豆豆，你們下來吧！三舅舅這樣抱著會累的。」喬春笑著站起來，伸手去抱豆豆。

豆豆一看喬春伸手過來，趕緊死死摟住錢財的脖子，小腦袋像博浪鼓似地搖了起來。

「不嘛，不嘛！親親，您讓哥哥下去。」她還沒抱夠呢，才不要那麼快就下去！三舅舅的懷抱給她一種很堅實、很安全的感覺，讓她捨不得離開。

「豆豆，妳真該減肥了，妳看三舅舅抱著妳好累耶！」果果倒是沒有猶豫就滑了下來，只是小嘴微微嘟了起來，略有些不滿地打量著豆豆。

自從上次娘親跟他說要保護妹妹以後，他就再也沒有笑豆豆長得胖了，平日凡事也儘量讓著她。不過不笑她胖，可不代表他認為她瘦呢！

「呵呵，沒事！我最喜歡胖乎乎的小姑娘了。」錢財笑呵呵地看著豆豆。

「三舅舅，您真的喜歡胖乎乎的姑娘嗎？」豆豆的黑眸裡頓時流光溢彩，雙眼亮晶晶地看著錢財。

「嗯，三舅舅從不騙人。」錢財肯定地點了點頭。

「那我長大以後要嫁給三舅舅，您一定要等著我長大哦！」豆豆兩眼笑得彎彎，摟著錢財的脖子，又往他臉上響亮地親了一下。

「哈哈哈！」豆豆的童言童語引來滿堂歡笑。

喬春隔空瞪了錢財一眼，警告意味很濃烈。媽啊，她才不要這麼老的女婿好不好?!

錢財看喬春那副母雞護小雞的模樣，倒覺得有趣得很，無視她的警告坐了下來，跟豆豆開心玩耍，讓喬春氣得牙癢癢的，恨不得立刻將這個拐她女兒的男人給丟出去。

喬夏看著大姊與錢財的眼神互動，心頭不覺湧上一絲苦澀。

「三哥，你今天來有事？」喬春喝了一口茶，看著錢財問道。

「我來問問下一批茶葉什麼時候摘，各分店都在催貨呢！」錢財對目前的狀況，可謂又喜又愁。

喜的是銀子掙得快，根本無須存貨，貨一到立刻就被一掃而空，還可以提高價錢來賣；愁的是茶葉數量有限，中間還有斷貨期，如果能經常有得摘就好了。

「三哥，看來明年開春咱們還得買地種茶才行。現在這十幾畝的茶樹炒製出來的茶葉最多也就三百多斤，如果想要天天有貨供應，還得再繼續種，另外，茶葉的種類也得增加。」

喬春說著，頓了頓，腦海裡閃過一道亮光。

「三哥，你等一下，我馬上就來。」喬春說著便站了起來，轉身往後院走去。

眾人看喬春急匆匆地離開了，便和錢財話起了家常。

「錢財啊，別怪伯母多嘴，你年紀也不小，該要成家了。」雷氏從錢財手裡接過豆豆，微笑道。

儘管他是春兒的義兄，但是他看春兒的眼神卻不平常。眼看夏丫頭好像對他存有不一樣的情愫，為了不讓自家閨女心生嫌隙，如果能促成錢財和夏丫頭，倒是件好事，反正錢財她看著也喜歡。

「是啊！你喬伯母說得沒錯，你該成家了。」林氏趕緊應和，笑咪咪地說道。只要他成家，她就能徹徹底底放心了。

「我還……」錢財正要開口，卻被打斷。

「三哥，我給你看一樣好東西！」喬春興奮地從後院跑了出來。

林氏和雷氏有些埋怨喬春出來得不是時候，錢財的答案呼之欲出，卻又硬生生被她打斷。

錢財卻很感激喬春及時出現，不然他還真不知該怎麼回答。林氏的心思他明白，可雷氏又是為了什麼？

喬春手裡拿著一個茶罐子，清洗了一遍茶具，便熟練地沖泡起茶湯來。

這個味道是……？

錢財吸了吸鼻子，那遙遠記憶中的氣味縈繞在鼻腔。他驚訝地站起來，看起茶壺裡的茶湯。沒錯，是紅茶，她還會製紅茶？為何以前他們第一次碰面時，她對紅茶還裝出不懂的模樣？還是這兩年她又學了新東西？

「三哥，你喝喝看，跟你兩年多前喝的味道是不是一樣？」喬春將茶湯遞到錢財面前，淺淺一笑。

錢財的手激動得微微顫抖，他端起茶杯淺淺啜了一口，瞬間那股記憶中的味道充斥在舌尖上，他緩緩閉上眼睛，聚精會神地品嚐紅茶獨特的香味。

過了好一會兒，錢財才睜開眼睛，眸光閃亮地看著喬春，興奮道：「四妹，這紅茶是妳製的？」

喬春輕輕點了點頭，帶著一抹淺笑看他。

「太好了，這味道比那老人家給我的還要好！四妹，妳可真是深藏不露啊！」錢財一高興，也就不管喬春當初為何有所保留了。

「這茶妳還有嗎？」錢財忍不住問道。如果有紅茶，再加上炒製過的綠茶，接下來茶莊會有何等光景，他想都不敢想！

「有，但是不多，只有十幾斤，是用我在修茶叢前摘的茶葉製的。我怕製出來的味道不行，所以沒製多少。現在既然三哥認可了，我也就放心了。」

喬春說著，又幫家裡的人各倒了一杯，讓他們也嚐嚐紅茶的味道。看到他們臉上露出的表情，喬春知道自己製的紅茶也會有很好的銷路。

「明年需要擴種多少茶樹？妳先看看有沒有合適的地，咱們買下來後，再商量後面的事情。」錢財站起來看著眾人微笑道：「四妹，妳把那些紅茶全都拿給我吧，我茶莊裡還有事，先告辭了。」

霧都峰

「師父，來，逸凡餵您喝藥。這是大哥從雪國帶回來的雪蓮，師父您喝下去以後，很快就會沒事了。」柳逸凡熟練地拿起被枕疊放在床邊，輕輕將躺在床上的柳如風扶起來靠在被枕上面。

柳如風已經臥床兩年了，除了臉色蒼白了些，其他倒是相差無幾。除了歸功於柳逸凡的細心照料，柳如風也盡可能活動筋骨，保持身體的活力。

「阿傑他已經出征回來啦？」柳如風眸底閃過一絲驚喜。這兩年來，皇甫傑每戰勝一次，柳逸凡都會第一時間把好消息告訴他，只為了讓他更有毅力與病魔抗爭。

「雪國已經求和了。下個月初適逢皇太后五十壽誕，聽說是皇上特地召他回來的。」柳逸凡俐落地侍候柳如風把藥喝了下去，扶著他躺回床上，淡淡道。他現在只希望醫書上記載的法子有效，師父的身體能好起來，比什麼都重要。

這兩年來，他想盡辦法尋找沼澤毒氣的解藥，雖然有進展，但始終缺了最重要的一味藥材——雪蓮。碰巧皇甫傑正帶兵攻打雪國，他知道柳逸凡的需求，便特地為他取來，差人送到霧都峰。如今解藥已製成並餵師父喝下，就等效果發揮了。

「老是躺在床上，我都快忘記蘭心的壽誕即將到來。時光如梭，轉瞬即逝啊，眨眼之間，我和她都老了。」柳如風的嘴角逸出一抹淡淡的笑，眸中柔光驟現，神色迷離。

柳逸凡輕輕朝柳如風瞄了一眼，眼裡閃過一絲羨慕，他無聲地站起來，往門外走去。

擁有回憶真好，不管什麼時候都能重溫往日的情景，只不過，屬於自己的記憶在哪裡？師父曾說過他是在和平鎮外一里路的河邊救了自己，等師父身體完全好起來，他或許也該去尋回屬於自己的回憶了。

柳逸凡想著想著，內心突然有些蠢蠢欲動，有種迫不及待的感覺。最近幾個月來，他腦子總是閃過一些模糊的畫面，那些畫面如浮光掠影，飛旋而過，看不清也抓不住，卻讓他對自己的過去更好奇了。

柳逸凡走到隔壁房裡，拿起桌上的桃木和刻刀，熟練地雕刻起來，從木頭的初步形狀中，依稀看得出是尊人像。這是最近他腦子裡閃過的背影，為此他找了一塊桃木，每天晚上如癡如醉地刻著。

等他刻好以後，或許能刺激自己的大腦也說不一定，或許這將會是自己打開記憶之門的鑰匙。

「哈啾！」正在寫「長工契約協議書」的喬春，忽然覺得鼻子癢癢的，連續打了好幾個噴嚏。她伸手揉了揉鼻子，嘴裡忍不住嘀咕：「真是奇怪，最近晚上總會不停打噴嚏，也不是感冒……不知道是不是誰在背地裡偷罵我？」

喬春搖了搖頭，低頭繼續寫。明天就要召集大夥兒來簽長工協議書了，這次得先簽十五個，所以今晚她就得把協議書準備好才行。

「大嫂，妳是得風寒了嗎？怎麼老打噴嚏？」

坐在一旁幫忙謄寫協議書的桃花，聽到喬春的嘀咕聲，先是忍俊不禁，而後又關心地看著她問道。

這兩年多來，桃花在識字方面下足了功夫，如今已可以寫上一手好字，口才方面也進步不少，有時看來還真像個識禮知書的小家碧玉。

「親親，是不是有人在想您？」豆豆軟軟的聲音從她們身後響了起來。

「豆豆怎麼會這麼想？」桃花放下筆，一把抱起豆豆，忍不住想要逗她。她們母女倆的想法都有趣得很，讓她既驚奇又佩服。

「聽人家說，打噴嚏不是有人想，就是有人罵。」豆豆歪著腦袋想了一下，將自己知道的事情說了出來。末了點點頭，非常肯定地說：「我親親這麼好的人，肯定不會有人罵，所以一定是有人想了。」

「呵呵，豆豆真聰明！」桃花輕笑起來，在豆豆臉上親了一口，以茲鼓勵。果果和豆豆真的為家裡增添了不少樂趣，大夥兒常常被他們的童言童語給逗得樂上半天。

喬春聽了，也是忍不住抿唇淺笑。這個鬼靈精！

「親親。」豆豆輕聲叫道。

「豆豆有事？」喬春看著一本正經、嫩眉微蹙的豆豆，有點莫名地看著她。

「親親，不管誰想您，您都要愛豆豆哦！」豆豆很認真地看著喬春，眼底閃過一絲不安。她可不要親親像小花的娘一樣，找了個伯伯，就不要她了。

「豆豆，妳快點進來睡覺，別老吵著娘親做事。」門口傳來果果頗具大哥威嚴的聲音。果果走過來牽著豆豆的小手，看著喬春道：「娘親，晚安。」

「可是，哥哥……」豆豆有點不情願地想掙開果果的手，卻在果果的眼神威懾下，嘟著嘴乖乖往小房間走去。

「果果、豆豆，你們放心，娘親永遠都會愛你們。晚安了，寶貝們！」喬春眼睛直直地看著兩個孩子說道。

聽到喬春的話，兩張稚嫩的臉蛋猛然轉過來，黑眸閃爍如夜空的繁星，小雞啄米似地點頭，臉上綻放出燦爛的笑容，彷彿是春日裡的暖陽。

喬春只覺一股暖流湧上心頭，嘴角逸出了一抹滿足的笑容。真是兩個傻孩子！他們這麼貼心可愛，娘親怎麼會不愛？她可是恨不得將他們拴在自己的腰帶上，寸步不離。

「大嫂，果果和豆豆真是貼心懂事。」桃花揚起唇角，淺笑看著喬春。

「妳快點成親，就會有貼心的寶寶了。」喬春眼眸一轉，打趣起桃花。

「大嫂，妳真壞！」桃花的粉臉瞬間火紅，她眸中緋色蕩漾，含羞帶怯地瞪了喬春一眼，嬌嗔道。

「還說我壞呢，瞧妳這模樣……」喬春更是開心，不想這麼快就放過她。

說到這裡，喬春倒是記起了正事。現在林氏也算默認了桃花和鐵百川，看來得好好培養他一番，不然桃花跟著他，自己也不放心。

「桃花，鐵百川他識字嗎？有沒有上過私塾？」喬春問道。

桃花一時之間不知道該怎麼回答，她低頭扭絞著手指好一陣子，才道：「他上過私塾。」

「那我簽他做咱們家的長工，可好？」喬春定定地看著桃花，想知道她的真實想法。

「我想他願意。可是……要是他成了咱們家的長工，娘她會不會……會不會……唉。」桃花欲言又止。

如果他成為自己家裡的長工，這在外人眼裡，可就成了唐家的下人，那不是無形中拉開了他們之間的距離嗎？姑且不論外頭的閒話，就是林氏這關，也不知能不能過。

「桃花，這方面妳放心，大嫂自有分寸，娘那邊不會有事的。妳都沒發現，她現在已經默認了你們的關係嗎？如果不是鐵百川還在守孝期，大嫂都想替你們先把親事訂下來。」喬春看著桃花嬌豔如玫瑰的臉蛋，忍不住輕笑起來。

「大嫂真討厭，又取笑人家！咱們還是快點把協議書寫好，早點休息才是。」桃花嬌笑著，話鋒一轉，便低著頭繼續抄寫協議書。

喬春搬了桌椅放在院子裡，請鐵龍坐到上位，微笑著掃了一眼眾人聚集的唐家院子。

喬春俯首在鐵龍耳邊說了幾句，便站了起來，看著大夥兒大聲道：「各位鄉親，今天我們唐家想請十五位長工到茶園做事，只要是簽下來的人，我們按每個人幹活的種類來訂工錢，管事的每月二兩銀子，茶園幹活的每月一兩銀子。

「我們目前只簽十五位，但是沒簽到的鄉親也不要著急，只要你本性認真，我都會看在眼裡。明年我們打算擴種茶園，那時還會再簽。平日需要幫忙時，還是會像以前一樣聘請大家，按日結算工錢，希望各位理解並支持。」

喬春頓了頓，抬眸向人群中掃視一圈，只見村民已開始交頭接耳，他們一個個眼睛閃閃發亮，激動和期待的表情溢於言表。

喬春嘴角逸出淡淡的笑容，又道：「各位鄉親，我們唐家房少地窄，考慮到大家都是同村人，所以我們不提供吃宿，每月每人補五百文，過年那個月給雙份工錢，算是我們對大夥兒的感謝。」

此話一出，人群更加沸騰。這般優越的條件，他們還是第一次聽說，非但不用離鄉背井，每天吃住還可以在自家，完全不用擔心寄人籬下的問題，這對他們來說可是天大的好事。

「子諾媳婦，只簽十五個人會不會太少？我們可都很能吃苦。」李二家的媳婦鑽出人群外，一臉雀躍地看著喬春，恨不得唐家立刻簽下她。

大夥兒聽她毛遂自薦，生怕落於人後，一個個都爭先恐後地往人群外擠，大聲地自我推薦。

「子諾媳婦，我毛大風做事，妳也看得見，待會兒可得簽下我啊！」

「子諾媳婦，妳生果果和豆豆那回，我可也幫了忙，而且我做事評價也是一等一。」

「子諾媳婦……」

總之，有的打人情牌，有的打友情牌，各路說法應有盡有，一時之間吵雜不已。

鐵龍見狀便舉起手，示意大夥兒別再吵鬧，唐家院子頓時靜了下來。

「各位，我們唐家的長工簽約條件有幾點，大夥兒可都聽好了。第一，年齡十五以上，三十以下；第二，識字的優先；第三，此次簽約候選人，從來唐家做過事的人中挑選。凡是簽約者，以後每天上下工都得簽到，遲到、早退、怠工者都會扣工錢，嚴重者唐家有權解除協議。」喬春嘴角含笑地說道。

此話一出，人群再一次喧譁起來，這次很多人臉上露出了失望的表情，畢竟條件擺在那裡，可不是誰都符合的。

這時，一直保持沈默的鐵龍站了起來，向大家宣布此次與唐家簽約的長工名單。

「大夥兒都不要心急，只要大家用心做事，總會有機會的。簽下來的人也要認真，要是有了機會卻不珍惜，可不能怨人家！好了，以下我唸到的人過來簽協議書吧。石虎子、王三、權武、鐵百川……」

聽著鐵龍一一點名，幾家歡喜，幾家愁。

不一會兒，沒點到名的人都一臉失望地走出了唐家大院，各回各家。

第五十章　下毒手

唐家大廳裡，鐵龍和鐵成剛正與唐、喬兩家人開心地喝茶聊天。此時外面忽然傳來馬蹄聲，喬父便起身到門外察看。

「夫人，唐家到了。」一個老婦人率先由馬伕扶著下了馬車，她恭敬地站在一邊，出聲請示馬車裡的人。

喬父看著這不認識的人和馬車，便站在那裡，想看看車上究竟是什麼人。

「爹，誰來啦？」喬春見喬父出去一會兒了還沒進來，便跟著來看看情況。當她看到陌生的馬車和人時，也同樣覺得疑惑。

「嗯。」隨著這一聲，一位身著綢緞錦裙，綰著精緻婦人髮髻，髮上插著金燦燦的步搖和碧綠玉釵的貴夫人，從馬車裡探出半個身子來。雖然她有金玉、綢緞傍身，但襯上那平凡普通的大餅臉，和寫滿鄙夷的神情，著實沒有絲毫優雅之態。

喬春眉尖輕蹙，抿了抿嘴，實在想不起自己認識這號人物。不過……看那副行頭，她腦子裡突然閃過一種似曾相識的感覺。

那婦人在馬伕和老婦人的攙扶下出了馬車，她高傲地抬著頭，對身邊的老婦人吩咐道：

「桂娘，這裡就是唐家？扶我進去。」說著，她眼底閃過一絲輕蔑，看都沒看在門口站著的兩個人。

喬春忍不住想要發飆。她剛剛那是什麼表情？

喬春上前幾步，攔住了她們主僕的去路，淡淡問道：「這位夫人，請問您找誰？」

老僕人見喬春的婦人打扮，眼裡閃過一絲了然，她緊了緊眉頭道：「唐夫人，這位是我家夫人，錢鎮長的夫人。」

她特地加重「錢鎮長」三個字，但喬春聽來卻輕如棉絮。她連錢鎮長本人都不買帳，他的夫人又怎樣？不過，她想看看對方來這裡的目的是什麼，便強扯出笑容，請她們進屋坐。

「原來是錢夫人，快請進屋坐。」喬春皮笑肉不笑地。

「嗯。」錢夫人犀利的眼光冷冷掃向喬春，滿臉不屑。

鐵龍兄弟見有客人來，便起身告辭。

喬春將錢夫人迎進大廳，招呼她坐了下來，請喬夏把茶湯遞了過來。「錢夫人，請喝茶。」

在喬春的眼神暗示下，一家人全都一聲不響地坐了下來，不時打量著這個俗氣的「貴婦人」。

「噗……真難喝！」錢夫人端起茶輕啜了一口，隨即毫無教養地噴了出來，拿著手絹擦拭嘴角，一臉嫌惡。

嗯哼，看來這個女人今天是來找碴的。

喬春嘴角似笑非笑，也不生氣，逕自端起茶杯，豪氣地灌進嘴裡。只見她緊皺了一下眉頭，神情痛苦地偏過頭向旁邊的錢夫人噴了一口茶過去。

「噗……咳咳……」喬春輕咳了幾聲，隨即大聲叫了起來。「喬夏，妳這泡的是什麼茶？我是有交代過要按客人的人品來奉茶，可是也不該拿這種連豬都不喝的茶出來招待客人吧?!」

喬春拿出手絹，慢條斯理地擦拭嘴角，她轉過身子，一看旁邊的錢夫人滿臉都是茶，頓時驚愕得瞪大了眼珠子。

她一邊手忙腳亂地拿著手絹幫她擦拭，一邊連聲道歉。「錢夫人，對不起啊！實在是剛剛那茶太難喝了，真是對不住！這都是我的錯，她們一定是拿錯了茶葉，錯把豬不喝的茶葉給泡了，真是對不起！」

錢夫人氣得嘴角不停抽搐，狠狠地瞪了喬春一眼，嫌惡地推開她的手，怒道：「妳別拿妳擦過嘴的手絹來擦我的臉！真是個沒規矩的人，難怪錢財那野種會看上妳！」

大廳裡眾人的眼神驟然火得發亮，齊齊射向錢夫人，恨不得將她直接燒成灰燼。

站在一邊的果果，很是生氣地瞪了那個醜女人一眼。黑眼珠骨碌碌地轉了幾圈，突然咧開了嘴，飛快朝後院跑去。果果很快就從後院跑回大廳，他揚起頭，臉上綻放出燦爛的笑容，對著錢夫人軟軟地說：「大姊姊，妳好漂亮哦！」

大廳裡唐、喬兩家的人不約而同地打了個冷顫，抖落一身的雞皮疙瘩。眾人一頭霧水地看著他，不知道為何果果的品味會驟然下降到負數？

錢夫人微怔了下，伸手反指著自己，問道：「小弟弟，你是在叫我嗎？」

「嗯，大姊姊，妳是果果見過最漂亮的人了！」果果眨巴著眼睛，稚嫩的臉上滿滿的真誠。

「小弟弟真乖！」錢夫人頓時笑成一朵花，她伸出肥短的手指摸了摸果果的臉蛋。

噁……果果忍不住輕輕抖了一下身子。

「大姊姊，妳抱我一下，好不好？」果果強忍內心的反感，伸手要錢夫人抱。

「好。」早已被果果哄得團團轉的錢夫人，彎腰一把抱起果果，眼睛笑得只剩一條縫。想不到唐家還有個這般有品味的小孩子，完全不像其他人那麼沒水準。

「啊！大姊姊，妳……妳這裡有條蟲子，好可怕啊！」果果突然驚恐地伸手戳了戳錢夫人的背，嚇得全身發抖地從她身上掙扎著滑下來，大聲尖叫著。

「啊！」尖銳的慘叫聲瞬間衝破屋頂。

不一會兒，只見一個肥女人扭著身子，滿臉恐懼地尖叫著從唐家大廳跑了出去。她狼狽地爬上馬車，一行人隨即消失在馬車揚起的塵灰中。

「果果，你剛剛往她身上放了什麼？」喬春率先從震驚中回過神來，她板著臉看著果果問道。

雖然她沒直接看到果果的小動作，但是只要稍作思索，就知道一定是果果搞的鬼。

「娘親，她好討厭哦！她剛剛欺負娘親，我只是把一條小毛蟲放到她背上而已。」果果委屈的小臉看著喬春，輕聲道。

他就是討厭那個醜女人，她欺負娘親，一定是壞人。

「下次不可以了，知道嗎？」只是把一條小毛蟲放到她背上「而已」？喬春忍不住想笑，她蹲下身子，伸手刮了刮果果的小鼻子，寵溺地笑了笑，又道：「下回得讓娘親一起來，哈哈……」

看到他們母子的互動，又想起剛剛錢夫人的糗狀，唐家頓時滿堂歡笑。

錢府

「桂娘，妳把這套衣服給我拿去燒了，噁心死我了！」

「小玲，快點找些膏藥過來幫我搽搽，癢死我了！」

「那個小野種，我一定不會輕饒了他，真是氣死我了！小梅，去把半邊頭給我找過來，我非要給他們一點顏色瞧瞧，否則他們還以為老娘好欺負！」

錢夫人氣急敗壞地在房裡走來走去。想到剛剛在馬車上時，桂娘從她背裡抓了一隻肥嘟嘟的毛毛蟲出來，她全身就忍不住泛起雞皮疙瘩。

「夫人，半大爺來了。」不一會兒，剛剛出去找人的小梅就回來了，她怯怯地瞄了一眼自家夫人黑如鍋底的臉，輕聲通報。

「叫他進來。」

「夫人，您找小的來，有何吩咐？只要能為夫人效勞，就是上刀山、下油鍋，半邊頭也在所不辭。」半邊頭恭敬地低著頭站在一邊。

「少拍馬屁。你去給我狠狠教訓一頓喬春生的那個野種。哼，那小野種竟然敢對我下手，我非整得他求生不得，求死不能！」錢夫人的臉突然變得猙獰起來，咬牙切齒地吩咐半邊頭。

旁邊的小梅、小玲和桂娘不由得抖了抖身子，心裡忍不住同情起那個小孩子。唉，算他運氣不好，誰教他要惹毛這隻母老虎呢！

「是，夫人，我馬上去辦！」恭敬地行了個禮，半邊頭嘴角噙著嗜血的笑容，轉身就往門外走。

喬春？兩年多前他吃的虧，可是一直沒機會報，現在終於讓他等到了。以前是老爺下令不准他們報復，現在既然是夫人下令，那他就有理由動手了。

山中村老屋前的榕樹下，一群小孩正在開心地玩遊戲。

「豆豆，這次輪到妳了。妳在樹下閉著眼睛，等我們喊到十，妳就來找我們。」石虎子家的二妞對豆豆重複說明捉迷藏的規則。

「二妮姊，我知道啦！妳不用再說了，趕緊藏好，待會兒可別被我抓到了。」豆豆催促著二妮。
「我就不信妳每次都可以找到我。妳快點閉好眼睛，不准偷看哦！」石二妮忍不住噘起了嘴。說來氣人，豆豆每次第一個抓到的人都是她，明明她就已經藏得很好了說。
石二妮見豆豆閉上了眼睛，連忙撒腿往老屋跑去。
「小妹妹，妳認識唐家的小孩子嗎？」二妮跑離樹下一段距離後，突然有個戴著帽子的男人攔住了二妮，他從懷裡掏出一支冰糖葫蘆遞給她，微笑著問道。
「這個給我？」石二妮看著紅豔豔的冰糖葫蘆，忍不住大口大口嚥著口水。
「嗯，我是他們的遠房親戚，過來看看。」男人眼裡閃過一道精光，定定地看著石二妮問道。
「大樹下面那個就是唐豆豆，給我。」石二妮伸手指了指，接著一把奪過男人手裡的冰糖葫蘆，飛快地往老屋裡跑去。
男人嘴角逸出一抹笑意，一步步朝大樹下的豆豆走去。
「大姊……大姊……」茶園下層傳來喬冬著急的聲音，正在為茶樹做抗旱措施的喬春一聽，連忙從茶樹叢中站了起來。
「冬兒，怎麼啦？」
喬冬已經九歲了，平日就是個孩子王，成天帶著果果和豆豆到處玩耍。

「妳快點回家去，豆豆出事啦！」喬冬急得跳腳。剛剛她和幾個孩子在老屋裡藏了半天，也不見豆豆來找他們，他們實在等得煩了，便出來看看是怎麼一回事，結果卻看到豆豆昏倒在大樹下，一動也不動，嚇死他們了。

喬冬回家喊了大人，將豆豆抱了回去，剛剛雷氏還氣得打了喬冬一頓，怪她沒照顧好豆豆。

豆豆?!喬春一聽，趕緊丟下東西，拉起裙襬，轉身就往村裡跑去。一時之間，茶園裡的人全都放下手邊的活兒，跟著喬春跑回唐家去看看究竟發生了什麼事。

「娘，豆豆怎麼了？出什麼事啦？」喬春跑回房裡，看著床上一動不動的豆豆，緊張地抓著雷氏的手，顫著聲音問道。

「我也不知道！他們全在老屋那裡玩捉迷藏，後來冬兒就回來告訴我們，說豆豆昏倒在大樹下。我們趕去時，她就這樣了，怎麼喊都喊不醒……」雷氏說著說著，眼角就溢出了淚水，驚慌地看著喬春。

喬春蹲在床前，伸手輕輕拍著豆豆的臉，湊到她耳邊不停喊她，可她就像是睡著了似的，一點反應都沒有，看得喬春的心不停往下沈。

「娘，找大夫了沒有？」喬春眼淚不停往下掉，手足無措地看著豆豆，詢問著身後的雷氏。

「妳爹已經去鎮上找大夫了。」雷氏眼淚愈流愈凶。

「春兒，豆豆怎麼啦？」林氏和廖氏著急地跑了進來，站在床邊失神地看著豆豆。怎麼會這樣？她們只是去串串門子，走的時候，明明還看見孩子好好的在老屋前玩耍啊！

「大嫂，豆豆怎麼了？」桃花衝了進來。

「大姊，豆豆出什麼事了？」喬夏跟喬秋也站在門邊，不知所措地看著淚眼汪汪的幾個人。

「娘親，豆豆怎麼樣了？嗚……二妮，她死了！」果果從外面哭著回來，害怕地看著床上的豆豆。他剛剛聽到二妮死了，好怕豆豆也會死。

二妮死了?!

屋裡的人全都被這個消息給嚇住了。好好的，孩子怎麼就死了？看著陷入暈迷的豆豆，每個人的心都不斷往下沈。

喬春屏住呼吸，顫抖著手，緩慢地將手指伸到豆豆的鼻孔前……幸好！幸好……

喬春的視線往下移，突然被豆豆的唇色給怔住了。紫色？難道是中毒了?!

一輛馬車在山間小路匆匆而行。

「四妹，妳別著急，豆豆一定會沒事的。二哥已經在配藥了，待會兒豆豆讓他診治，一定會逢凶化吉的。如果妳累垮了，果果和豆豆怎麼辦？」錢財心疼地看著一臉憔悴的喬春。

兩天多了，她米水不進，一直緊緊將豆豆抱在懷裡，看得他焦急心痛，卻拿她沒有辦法。

「四妹，我已經通知大哥了，他一定會來查個水落石出的。」錢財繼續在喬春面前不停嘮叨，只有這樣不停說話，他才能稍微穩住自己的心。否則兩個人一路沈默不語，喬春一定會被壓抑的氣氛弄得更加無助。

「不用查了，一定是她。」兩天沒有吭聲的喬春，第一次開口說話。

錢財驚訝地看著喬春眸底冷冽的精芒驟現，第一次發覺她也有如此狠戾的一面。不過，他很想知道到底是誰如此狠毒，竟然狠心傷害豆豆這麼可愛的孩子，甚至二妮的死也與這個人脫不了關係。

「四妹，妳知道是誰？」錢財問道。

「錢夫人，這筆帳我一定會找你們母子算清楚。」喬春冷眉高聳，黑眸黯了下去。

那錢夫人一定是吃了癟不甘心，找人來報復她了。那天她很明顯是去唐家下馬威的，一定是她跟錢財的茶葉生意威脅到他們母子的地位了。

「是她?!四妹，妳放心，我一定不會輕饒了他們。」錢財淡淡的眸光突然凌厲起來，眼底的恨意濃烈。為難唐家，說到底就是為了為難他、打壓他而已。

此時馬車突然停了下來，在他們還未反應過來時，外面就傳來了一道清朗的嗓音。

「三弟、四妹。」那道聲音主人打招呼的同時，也急切地推開了馬車門。

喬春抬眸望去，內心不由得一陣輕顫。

這個人好熟悉，但她卻想不起來他們在哪裡見過面？

「四妹，把豆豆交給我。」柳逸凡一眼就認出了眼前這個女子。兩年多不見，可歲月卻像在她身上靜止了一樣。

「二哥？」喬春不確定地問道。

難道二哥臉上的傷已經好了，不需要戴面具了?!

「對，我是二哥，快點把豆豆交給我。」柳逸凡雖想安撫喬春，但眼下最重要的是孩子。

「嗯。」喬春輕輕將豆豆放在他的臂彎裡，不經意間，兩人手指輕碰，觸電般的感覺瞬間湧上兩人的心房。

第五十一章 情愫暗湧

霧都峰的夜很靜，只聽得見蟲鳴聲。

一輪皎潔明月高掛在夜幕，星星眨巴著眼，空中一片璀璨，微風迎面拂來，甚是宜人。

喬春坐在院子的石桌前，雙手托著下巴，眼睛一眨也不眨地望著星空出神。

錢財將她們母女倆送到蘭風小居後，又馬不停蹄地趕回和平鎮。現在唐家已經亂成了一鍋粥，喬春實在擔心錢滿江母子又會乘機生出什麼歹計來，也就只好讓錢財多費點心了。

此時身後傳來了腳步聲，喬春姿勢不變，仍舊望著天空。

「四妹可是在擔心家裡的情況？」柳逸凡放下茶具，偏過頭看著月光下的喬春，不由得愣了神。

皎皎月光灑落在她身上，就像為她披上了一件銀白色的薄紗。如凝脂般白皙的臉上泛起了柔光，纖長微翹的睫毛，像是蝴蝶的翅膀撲閃著，深不見底的黑眸鑲在精巧的瓜子臉上，像是兩顆黑寶石，鼻梁小巧高挺，唇瓣如櫻花般嬌嫩，此刻的她，就像個不小心落入凡間的仙子。

柳逸凡看得一陣目眩，素來淡泊的心，狂亂地跳動起來，一抹異樣的感覺如觸電般自心頭流淌而過。

石桌上，銅壺裡的水已經開了。

回過神，用力甩了一下頭，柳逸凡收起內心的遐想，他伸手提起茶壺，俐落地沖泡茶湯。「四妹，喝茶！」

喬春這才回過神，看著對面這位眉宇間有些疲憊，卻絲毫不減一身風華氣質的男子。

「二哥辛苦了！如果不是有二哥在，我真不知該怎麼辦才好？」喬春真心地感謝柳逸凡。

下午到了蘭風小居後，他馬上將豆豆抱進房裡檢查，接著為她針灸、餵她服藥，足足忙了兩個時辰，才將豆豆身上發黑的銀針撤下。晚飯後，又替豆豆餵藥，並再次針灸。

雖然豆豆身上的毒還沒解完，也還未清醒，但是聽到她已經沒有生命危險後，喬春的心這才算回到了原來的位置。

「要完全將豆豆身上的毒清理乾淨，還需要一些時間，這段日子四妹就先在這裡住下來吧。家裡有三弟照看，應該沒有問題。」柳逸凡蹙著眉，心疼地看著喬春臉上的黑眼圈。這幾天她應該急壞了吧？

那些歹人實在太過狠毒，居然對一個小女孩下此毒手。那「恍心散」的毒如果不及時解除，日子一久，中毒的人就永遠不會再醒過來。一旦誤了解毒時機，就算僥倖醒過來，腦子也會嚴重受損，再也不能像從前那樣。

「嗯，這些日子就麻煩二哥了。」喬春側過臉瞥了柳逸凡一眼，微笑道。

「我們兄妹之間無須多禮。妳也累了，進去休息吧。豆豆不會有事，我會在一旁照顧。」柳逸凡再次瞅了喬春濃重的黑眼圈一眼，忍不住出聲催促她去休息。

喬春點點頭，總算願意好好休息，緩一緩焦躁不安的心。

翌日清晨，空氣中瀰漫著濃濃的菜香味，柳逸凡忍不住用力吸了吸鼻子。他猛地睜開眼睛，看著在床上安睡的豆豆，這才想起自己昨晚守著豆豆，不知不覺就趴在床邊睡著了。

柳逸凡伸手揉揉眉心，有些懊惱。他向來早起練武，今天居然破天荒睡過了頭。他搖搖頭，直起腰想替豆豆把脈，肩上卻滑下一件銀色長袍。

柳逸凡彎腰拾起長袍，微怔了一下。昨晚他分明沒蓋著袍子就睡著了，莫非是她……想著，他的嘴角不由得咧了開來。

此時房門被人打開，柳逸凡飛快地扭過頭，手裡拿著衣服，如雲似霧的深邃眼眸定定地看著喬春。

四目相觸，眼神交會，竟是誰也移不開眼。

剎那間，萬物彷彿靜止，時間就定格在這幅深情相望的畫面裡。

「親親，您在哪裡？」軟軟的聲音從床上傳來，豆豆翻坐起身，伸手揉著眼睛，不安地打量著這個陌生的地方。

「豆豆，妳醒啦！娘親在這裡。」喬春如夢初醒般收回視線，一臉驚喜地看著已經醒過來的豆豆，大步向床邊走去。

「豆豆，妳嚇死娘親了！娘親以為……」喬春伸手摟著豆豆，想起事發當日的驚懼，忍不住哽咽，眼角悄然流下兩行清淚。

柳逸凡迷離的眸光漸漸染上一層雲霧，感動地看著床上母女相擁的溫馨畫面。看著喬春眼角的淚水，他的心像是被什麼給掐緊，有股說不出的痛楚。如果可以，他很想上前抱住她們，感受她們的悲與喜。

柳逸凡悄悄從房裡退了出來，站在院子裡深深吸了一口氣。他對自己心理上的變化有點不知所措，他們是義兄妹，他卻對她抱持這種情感，讓他覺得自己不夠君子，但他又控制不了自己的心。

「逸凡。」

「師父。」柳逸凡迅速轉過身，看到幾步之外眼眸含笑的柳如風，心情不由得激動起來。

自從師父服下加入雪蓮的解藥後，就交代他清晨與夜晚都不要打擾他，他要運功將體內的餘毒逼出來。想不到雪蓮的功效這麼好，短短數天，蟄伏在師父體內兩年多的毒就解了。

「師父，您體內的毒已經解啦？」柳逸凡高興地走上前幾步，站在柳如風面前，興奮地看著他。

「嗯，多虧了阿傑的雪蓮，不然師父這把老骨頭可不知會怎樣。」柳如風微微頷首，看了柳逸凡的房間一眼，問道：「咱們好像有客人？我昨天隱約聽到錢財的聲音，他來了嗎？是不是心疾又犯了？」

柳如風昨天在房裡打坐時，除了馬蹄聲，好像還聽到錢財的聲音。這兩年多來，按著他的方子，倒是不見錢財的心疾復發過。

「三弟是來過，不過又回去了。這次來的是豆豆，她被人下毒了。」

他、皇甫傑、錢財、喬春結為義兄妹的事情，他有向柳如風提起過，就連從錢財嘴裡知道的那些，關於果果和豆豆的一些趣事，他也與師父一同分享。

臥床的日子太難熬，他每天都會跟師父聊天，談些趣事逗他開心。

「豆豆被人下毒了？我去看看。」柳如風說著便上前推開房門，打斷了房裡母女相擁的溫馨場面。

「唐夫人，久違了。」柳如風輕聲向喬春說道。

「柳神醫，您已經好啦！真是太好了。」喬春愕然轉身，眸底閃過驚喜，開心地看著嘴角含笑的柳如風。

微微頷首過後，柳如風抿著嘴，越過喬春坐在床頭，看著圓嘟嘟的豆豆，頓時心生喜愛，笑瞇著眼道：「豆豆，把手給柳爺爺，好不好？」

黑眸輕轉，看了娘親的笑臉一眼，豆豆便歡快地將如藕般的小手伸到柳如風面前。她的眼睛笑如月牙般，聲音軟軟道：「爺爺。」

「真是個乖孩子。」柳如風咧著嘴讚道，隨即替豆豆把脈。

「嗯，看來逸凡昨日處理得很妥當，但依老夫看來，將解藥中再佐上紫地丁一起煎服，效果會更好。」柳如風抽回把脈的手，蹙眉沈思了一會兒道。

「師父，我這就去採些紫地丁回來。」柳逸凡抬步往門外走去。紫地丁有清熱解毒、消腫的功效，雖然自己開的方子也是解毒的，但自己卻忘了豆豆吸進毒粉，極有可能傷到了鼻腔和喉嚨。

「二哥，我已經做好早飯了，還是吃了飯再去吧。」喬春喊住了柳逸凡，嘴角逸出淡淡的笑容。

他這般性急的模樣，倒像個心疼女兒的父親。

父親?!

喬春被自己腦海裡湧出的這兩個字給嚇了一跳，她輕輕甩了甩頭，試圖拋出不該有的念頭。

「是啊!逸凡，吃過早飯再去也不遲。」柳如風也勸道。

「豆豆，叫二舅舅，昨天可是二舅舅照顧了妳一天哦!」喬春抱起豆豆站到柳逸凡面前，向她介紹著。

豆豆抬起頭，正張開嘴，卻又停了下來，眼睛一眨也不眨地看著他，臉上浮現疑惑的表情。

「豆豆，妳怎麼不喊人？小孩子要講禮貌哦！」喬春見豆豆失神的樣子，輕笑著揉揉她的腦袋，輕聲提醒道。

輕蹙嫩眉，豆豆好奇地打量著柳逸凡，久久收不回視線。她怎麼覺得這張臉很熟悉，像是在哪裡見過？突然間，她腦門一亮，興奮地大叫：「親親，二舅舅長得好像果果哦！」

從豆豆口中吐出的話，像是一顆炸彈，在房間裡炸了開來。

喬春抬眸驚愕地打量著柳逸凡，愈看愈覺得不可思議。他跟果果還真的很像，只差尺寸大小的問題。怪不得自己打從第一眼見到他，就覺得很熟悉，原來是因為他跟果果長得很像。

不，不是很像，而是完全從一個模子裡印出來的。

柳逸凡驚訝地張大了嘴，眼光從豆豆移到喬春身上，略帶驚詫的黑眸驟然對上喬春同樣詫異的眼眸，整個人怔在原地。

剛剛豆豆好像是說他跟果果長得很像？長得很像是什麼意思？

柳逸凡忍不住思緒翻飛，心弦繃得緊緊的。

柳如風的眼睛則是睜得大大的，很是不可思議地望著豆豆。

「豆豆，別亂說話。娘親剛剛看了一下，哪有很像？只是眼睛有點像而已。」喬春率先回過神來，清亮的黑眸已恢復平靜。她壓抑住內心的疑問和緊張，抱著豆豆就往門外去。

見鬼了，這個柳逸凡怎麼會跟果果這麼像?!

「走吧，吃早飯去。」柳如風拍了魂不守舍的徒弟一下，抬步就往門外走去。豆豆的話值得深究，看來自己得打聽一下喬春的丈夫是怎麼死的，如果逸凡真的跟她們有關係，那可是一件大好事啊！

一頓早飯就在三個大人各懷心思下，安靜地吃完，豆豆則時不時咬著筷子，怔怔地盯著柳逸凡發呆。

「豆豆，爺爺帶妳進房間講故事給妳聽好不好？」這裡的氣氛有點悶，他還是帶豆豆進去培養一下感情，順便看看能不能探出點什麼來。

「好。豆豆要聽《灰姑娘》的故事。」豆豆提出要求。

「《灰姑娘》？有這樣的故事嗎？」柳如風疑惑地看著豆豆。他雖不能說是飽覽群書，但也算是個飽讀詩書的人，他可從沒聽過什麼《灰姑娘》的故事。

「爺爺不知道嗎？」豆豆滿臉不可思議地看著柳如風。爺爺的鬍子都白了，怎麼會不知道連她這個小孩都聽過的故事？

「咳咳，咱們換一個講，好不好？」柳如風窘迫地輕咳了幾聲，被豆豆用這種眼神注視，他老臉羞澀啊！

他心裡不禁嘀咕了聲：這姓灰的姑娘講的到底是什麼故事？

「好吧！那就講『海綿寶寶』吧，這個爺爺應該知道吧？」豆豆很是遺憾地看著柳如風，歪著小腦袋想了一下。

她最喜歡聽親親講《灰姑娘》的故事了，裡面有一個很帥很帥的王子，她最喜歡帥哥了。不過，既然爺爺不知道，她就勉強聽聽「海綿寶寶」好了。

「『海綿寶寶』？」柳如風的額頭上滴下冷汗，充滿挫折感地看著豆豆，紅著臉向她搖了搖頭。

這《灰姑娘》和「海綿寶寶」是新出來的嗎？他怎麼從來都沒聽過？看來自己這個前浪是要死在沙灘上了。

「噗！」喬春看著柳如風紅白交錯的臉，緊咬著唇角，最後還是沒能忍住，噗哧一聲笑了出來。她心中緊繃的情緒一掃而空，望著那一老一小漸漸遠去的背影，不禁好笑地搖了搖頭。

柳逸凡看著喬春出神，這一笑，讓他覺得很是俏皮可愛。眼前這個女人舉手投足間充滿了各種風情，讓他沈溺其中，無法自拔。

第五十二章　苦命鴛鴦

唐果果眉頭緊鎖，雙手托著下巴，靜靜坐在凳子上，整個人被一抹憂色籠罩。從豆豆出事以後，他就一直悶悶不樂，失去了往日的活潑。

「果果，你在想什麼？」雷氏坐在果果身側，關切地問道。

「姥姥，豆豆會不會有事？她跟娘親離開這麼久了，怎麼還不回來？」果果擔心地問道。

雷氏看著果果的樣子，很是心疼，便揉揉他的腦袋道：「果果，你放心，豆豆會沒事的，她們一定很快就回來了。」

此時，院子外傳來了馬蹄聲。

「娘親……娘親！」果果從凳子上滑落下來，興奮地往大門外跑。

「三舅舅，我娘親和豆豆呢？她們怎麼沒有回來？」果果看到只有錢財一個人進來，像是洩了氣的皮球，他抬眸可憐兮兮地望著錢財，帶著鼻音問道。

「果果，娘親和妹妹在二舅舅那裡。你放心，豆豆沒事了，只是要留在那裡喝藥，過些日子就會回來找你玩了。」錢財心疼地看著果果，抱著他朝大廳走去。

「錢財，怎麼只有你回來？」追在果果身後出來的雷氏，越過錢財看著空蕩蕩的院子，忍不住緊擰起了眉梢，擔心地問道。

「來，進屋坐吧。豆豆的情況怎麼樣了？春兒她們什麼時候回來？」雷氏看錢財風塵僕僕的，也不好一直問東問西，便要他先進屋裡歇息。

自從豆豆中毒後，家裡就亂了套，林氏則急出了病。喬父領著人在茶園裡採摘茶葉，三個大姑娘則代替喬春，全都在製茶室裡炒製茶葉。

按理說誰都沒有心思做事，可是喬春走時，還特地交代茶葉的事情。既然什麼都不做容易胡思亂想，不如讓自己忙碌起來。

「伯母，豆豆已經沒事了，可是清除身上的毒還需要些日子，所以四妹留在霧都峰照顧她。我是來告訴大家不用擔心的，她們很快就可以回來了。」錢財抱著果果坐了下來，看著雷氏緩緩說道。

「真的？真是菩薩保佑啊！」雷氏高興得不得了，忍不住雙手合十謝天。

「伯母，現在官府的人正在老屋前勘察現場，待會兒會過來查問。你們將知道的細節都告訴他們，好讓他們儘快將歹人收伏。另外，我大哥派了一些人過來保護大家，就麻煩伯母安排一下客房了。」錢財說道。

雖然知道是誰幹的好事，但是沒有證據也不能隨便抓人。考慮到地方官與錢夫人娘家劉府的關係，皇甫傑特地派大齊國第一大捕頭孫超義過來，還要他帶了一支暗衛過來保護唐家人的安全。那些暗衛都是他在江湖上的力量，對他很是忠心，絕對值得信賴。

「好，真是感謝阿傑啊！也不知我家春兒上輩子積了什麼德，能有你們幾個大哥如此關愛。」雷氏伸手拭了拭眼角的淚水，一臉感動地看著錢財。

閨女雖然年紀輕輕就守了寡，但幸好有三位義兄細心照顧，不然光靠她一個婦道人家的力量，實在無法撐起唐家。

「這些都是緣分，伯母千萬別說這些話。」錢財真摯地看著雷氏說道。

雷氏點了點頭，算是真正安心了。

「三舅舅，您可不可以帶我去找我娘親？」果果抬起頭，閃動著大大的黑眼珠，滿臉期待地看著錢財。

「果果，娘親要三舅舅跟你說，要你在她不在家的時候，好好保護家裡的人。」錢財低下頭輕柔地微笑著，目光觸及果果的稚臉時，雙眼逐漸放大，腦海裡不禁閃過柳逸凡的臉。

真像！簡直就是一個模子裡刻出來的，怪不得自己見到二哥的真面目時，會有一種很熟悉的感覺，原來是因為這樣。

難道他們是……

「伯母，錢財冒昧地請問一下，果果他爹是怎麼回事？」錢財壓抑不住心裡的疑問，因為這個情況真的令他太震驚了。雖然這世上長得相似的人很多，可是如此相像卻沒有血緣，實在令人匪夷所思。

「三年前那時雨水很密，河邊突然來了陣大水，果果他爹為了救同村的小孩子，被大水沖走了。」雷氏不明白錢財怎麼會突然問起唐子諾的事，但念及他不是外人，也沒多想，如實告訴了他。

「被水沖走了？那有沒有找到人？」錢財的口氣急了起來。

居然這麼巧，時間、事因都吻合，只不過……為何喬春見到二哥後一點反應都沒有，就像第一次見面一樣？

雷氏長長嘆了一口氣，續道：「事後，村民在下游找了三天也沒找到，就幫他設了個衣冠塚，以慰他在天之靈。唉，我家春兒可真是命苦，剛成親沒多久，就守了寡。」

雷氏說到傷心處，忍不住又落下了淚。

錢財早在聽到「衣冠塚」時，整個人就愣住了。原來四妹的丈夫並沒有找到屍體，這樣看來二哥真有可能是果果的生父，可是喬春對他的態度卻又讓錢財想不通了，難道他們兩個一起失憶了？

「四妹可是受了巨大的打擊啊，幸好她堅強地撐了過來。」為了解決內心的疑惑，錢財引導雷氏繼續說下去。

「唉，當她知道子諾的死訊時，竟然情緒激動到去撞牆殉情，如果不是肚子裡還有果果跟豆豆，估計她醒來以後還會繼續去做傻事。也不知是幸還是不幸，她人雖被救下來了，可卻忘記了一些以前的事。」雷氏細細對著錢財述說往事。

忘記了一些以前的事？

錢財再也聽不進其他話了，腦海裡一直迴響著雷氏這句話。喬春會不會是因為受不了打擊，選擇忘記自己的相公？所以她看到二哥時，才會沒有反應。

這件事情真的太令人震撼了。二哥就是唐子諾，喬春的相公，果果和豆豆的親爹。

「果果，你要聽你娘親的話，你現在已經是個小男子漢了，要替娘親保護好家裡的人。這些日子不要到外面去玩，在家裡陪著奶奶和姥姥，好不好？」錢財溫柔地看著果果，伸手揉揉他的小腦袋，定定地看著他。

如果他們一家團聚了，應該會很幸福吧？果果和豆豆……也不需要他了吧？

「嗯，果果知道了。」果果點了點頭。

「三舅舅就知道果果是個聽話的好孩子。」錢財嘴角逸出了一抹笑意，誇了果果一番。無論如何，果果和豆豆這兩個孩子都是自己的心頭肉，不管他們需不需要他，他永遠都會疼他們、愛他們的。

待孫超義和暗衛來到唐家後，錢財為雙方做了介紹，跟喬父、孫捕頭商量好保護兩家人的事情後，便帶了一個暗衛坐馬車趕回和平鎮上。

錢夫人嘴角不停地抽搐，她火大地將桌上熱燙的茶水揮落在半邊頭身上，惱怒地指著他大罵。「你這個沒屁用的狗奴才，這麼一點小事都辦不好？你說我養你這般沒用的東西做什麼?!」

「夫人請息怒，我這就去把唐家給滅了，以消夫人的心頭之恨。」半邊頭無心理會被燙痛的身體，他跪在地上一動也不動，垂落在身側的手緊握成拳，眼裡流竄著恨意，恨恨吐出了歹毒的打算。

「豬腦袋的狗奴才！逍遙王的人這麼好對付嗎？我問你，你當天有沒有處理乾淨？有沒有人見到你？」錢夫人一聽更是來氣，只恨自己當時沒有讓半邊頭直接將唐家人除去。

看來她實在太低估喬春了，皇甫傑居然親自派人來查，就怕這事情沒辦法善了。

「夫人請放心，那個唯一見過我的小姑娘，早就去閻王爺那裡報到了。屬下保證那天沒有其他人見過我，不會給夫人帶來任何麻煩。」

半邊頭微微抬頭飛快瞄了一眼錢夫人那鬆了一口氣的模樣，不禁慶幸自己準備周全。要是因此被查出他的真實身分，那他現在忍氣吞聲所做的努力就全白費了。

「最好是這樣。這些日子你給我少出門，收斂一點，所有事情待風頭過後再說。現在給我滾！」錢夫人怒道。

「是，屬下告退。」半邊頭卑微地行禮，轉身退出房間，緊抿著唇，渾身散發冷毒的氣息。

可惡的女人，居然罵他豬腦袋，總有一天會讓她後悔這般踐踏他！還有喬春，他也會讓她不得安生！

儘管錢夫人才剛交代過，但半邊頭的神色卻說明了他另有打算。錢滿江這兩年多來可是憋屈得很，現在既然錢夫人起了個頭，錢滿江又怎會善罷干休？

半邊頭思及此，便轉身往錢滿江的房間而去。

此時一陣風吹來，院子裡的大樹輕輕晃了一下，一抹黑影神不知鬼不覺地直接奔向西街。

「少爺，確實是錢夫人派人下的毒。」黑衣人面無表情地站在錢財身邊，淡淡向他彙報在錢府西廂房的所見所聞。黑衣男子名叫李然，是皇甫傑的手下，平日負責蒐集、傳遞消息，在皇甫傑安排下，幫助錢財蒐證。

「明知四妹是逍遙王的義妹，還敢下這種毒手，她的膽子愈來愈大了。」錢財臉上驟然籠罩寒氣，雙手緊握成拳，心底的恨意一湧而上。

抿了抿嘴角，錢財沈著臉道：「你繼續監視錢夫人和半邊頭的舉動，有什麼情況第一時間通知我。」

「是，屬下告退。」

黑影一晃，瞬間不見了蹤影，彷彿從來沒出現過一樣。

看來，有些人寧願放著好日子不過，偏要找碴。敢這麼做，就得承擔後果，到時最好別求饒！錢財冰冷的眸子裡沒有一絲暖意，似乎恨不得立刻還以顏色，嚴懲傷害豆豆的人。

不知道豆豆身上的毒解開了沒有？還有，二哥到底是不是唐子諾？

錢財沈思了一會兒，快步來到書桌前，寫下一封信。

院子角落的鴿子叫了起來，柳如風信步走去，取下綁在鴿子腳上的信。

柳如風坐在桌前，盯著手裡的信，內心不禁翻騰起來。這是錢財來的信，他將從雷氏口中聽到的事情，全都告訴他。

信中的內容實在令他意外和震驚，想不到喬春也遺忘過去某些事。聽到豆豆的說法後，他雖然也心生懷疑，可是喬春的反應，卻讓他推翻了心裡的猜測。畢竟逸凡失憶雖是事實，但他的妻子沒道理不認得他。

現在得知喬春的狀況，事情就合理了。從信中看來，逸凡十之八九就是果果和豆豆的生父——唐子諾。

這對苦命鴛鴦相見不相識，還由夫妻變成義兄妹，柳如風想著不禁搖了搖頭，有些感嘆，卻又忍不住輕笑起來。

「師父，有什麼開心的事嗎？」柳逸凡採藥回來，推開師父的房門，就看見他一個人笑呵呵地坐在桌前。

「沒事。」柳如風迅速將手中的信塞進腰間暗袋，整了整情緒看著柳逸凡笑道：「逸凡，為師想出門一趟，豆豆就交給你了。」

現在信裡的內容還不能讓他知道，一切得按照錢財的計劃，讓他跟著喬春母女回一趟山中村才行。等他以原本的面目和唐老夫人見面，就能確認了。

「師父，您身體才剛好，為何急著出門？有什麼事情您讓我去辦就好，師父還是留在家中靜養吧！」柳逸凡不禁有些著急。師父臥床兩年，體內的毒又剛解完，實在不宜在這個時候出門辦事。

「這事為師得親自去辦，下個月初蘭心壽誕，我得為她備一份禮。」柳如風淺笑道。這些年他雲遊各地，有一部分就是為了尋找各式蘭花贈予蘭心。蘭心人如其名，她對蘭花的喜愛稱為癡迷也不為過。

「那師父打算什麼時候走？」柳逸凡輕嘆一聲，他明白師父對當朝皇太后的情意，便不再出聲相勸。

「明天。」很久沒出門了，柳如風有些迫不及待。

「這麼急？」柳逸凡皺了皺眉。

「明天出門也不算急，蘭心的壽誕不遠了。我出門以後，豆豆就交給你了，為師相信你。」柳如風說著，頓了頓，又道：「另外，錢財剛剛來信，那些歹人還未死心。等豆豆體內的毒解了以後，你親自送她們母女回山中村去吧，這樣大家也安心一點。」

這些雖是錢財的計劃，但也是以喬春母女的安全為出發點。按錢財信中的內容看來，事情還沒結束。

「我知道了。」柳逸凡點了點頭。

「二舅舅，您可不可以做豆豆的爹爹？」豆豆抬起白皙的小臉蛋，閃亮的眼睛眨巴眨巴地看著柳逸凡，輕聲問道。

她發現二舅舅不只長得像果果，對她也很好，重點是很帥。

柳逸凡舀著藥汁的手頓了頓，臉上浮現一絲窘迫，一時語塞。

其實他很想大聲回答「可以」，可是事關喬春的名聲，傳到別人的耳朵裡，對她終究不好。

半晌過後，柳逸凡勾了勾唇角，摸摸豆豆的腦袋，放柔了聲音道：「豆豆，二舅舅一定會很疼妳的。」

豆豆閃亮的黑眸驟然濛上一層薄霧，瞬息之間水氣驟然凝聚，豆大的淚珠從她臉頰上滑落下來。「二舅舅不喜歡豆豆嗎？」

「喜歡。」柳逸凡看著豆豆臉上的淚水，頓時手足無措，舉起衣袖幫她擦拭眼淚。

「那您為什麼不願意做豆豆的爹爹？」豆豆明亮的眼睛裡閃過疑惑，噘著嘴，不相信地問道。騙人，如果他喜歡她，怎麼會不願意做她的爹爹？

「因為，豆豆有爹爹。」柳逸凡解釋道。

「我爹爹到天上去，再也不回來了。他不要豆豆和果果了，嗚……」豆豆說著，豆粒般的眼淚又流了下來。

柳逸凡只覺心裡像是被千蟲萬蟻噬咬一樣，他無措地撓頭，心疼地擦著豆豆臉上的淚水，柔聲安慰她：「妳爹爹會在天上一直看著豆豆，陪著豆豆。」

「騙人！如果爹爹看著豆豆，那為什麼小龍笑我和果果都是沒爹的孩子時，他不出來？為什麼豆豆生病的時候，也不出來？嗚……二舅舅是大壞蛋，騙豆豆，嗚……」豆豆大哭起來。

豆豆的哭訴，每一句都像利刃般刺進了柳逸凡心裡。他一把摟過豆豆，嘴裡喃喃道：「以後就讓二舅舅像爹爹一樣保護豆豆、疼愛豆豆……」

房門外的喬春，早已淚流滿面。

她錯了，她以為只要自己給他們加倍的愛，就可以讓他們無憂無慮，卻不知他們原來那麼渴望父愛……

喬春緊咬著唇，手捂緊了嘴，不讓自己哭出聲來。她轉身大步向院子裡走去，失神地坐在柳逸凡剛為豆豆搭的鞦韆上。

柳逸凡輕輕將哭睡在自己懷裡的豆豆放到床上，輕柔地替她蓋上一條薄被，俯首在她光潔的額頭上留下一吻。

柳逸凡關上房門後，想走到院子裡透透氣，卻猛然被那個月光下的綠仙子給吸去了心神。

只見喬春沐浴在一片柔和的月光裡，眼眸迷離、秀眉輕蹙，像一個誤闖人間的精靈。她似乎偏愛綠色，幾天下來，沒見她穿過其他顏色的衣服，不過綠色真的很適合她，完整襯托出她清新的氣質。

微風拂來，喬春垂落在胸前的髮絲，輕輕舞動起來，調皮地撫摸她的臉頰。

柳逸凡深邃的黑眸像是一汪深潭，深不見底，一顆心漏跳了幾拍。他發現他有點妒忌喬春胸前的髮絲了，恨不得自己的雙手就是那髮絲。

忽然間，空氣中傳來危險的氣息。柳逸凡不禁繃緊身子，伸手捏緊袖中的銀針，銳利的眼光不著痕跡地向四周掃視一圈，信步向喬春走去。

柳逸凡伸手拉起喬春，用力將她摟進懷裡。敵在暗，我在明，他此刻能做的就是放鬆敵人的警惕，將喬春送進屋裡去。

喬春愕然抬眸，不悅地瞪著柳逸凡，正想向他質問，卻見他無聲地動了幾下嘴唇。

有人?!

喬春會意過來，不禁有些緊張。既然對方敢對豆豆下毒，甚至害死二妮，那麼尋到這裡滅她們母女倆的口也不稀奇。

「在哪兒？」喬春輕輕嚅動著嘴唇，眸底浮現出不安。豆豆還在房裡，她得趕緊進去守著才行。

「外面。」柳逸凡無聲地回應喬春，伸手攬住她的腰，隨時準備移動。

喬春感受到腰間傳來的熱度，只覺好似一把大火箝貼在自己腰上，溫度愈來愈高，彷彿要將她融化一般。她略微側頭，抬眸看向柳逸凡，卻被他那恍如漩渦的黑眸給吸了過去。

一種異樣的酥麻感，剎那間傳遍兩個人的身體。

柳逸凡強忍住內心的悸動，抽回目光，向院子外掃了一眼，雙瞳收縮，全身驟然散發冷冽的氣息，無聲地對喬春說了幾句話。

柳逸凡腳尖輕點，抱著喬春一躍離開院子，回到房門口，以迅雷不及掩耳之勢，抽出袖裡的銀針，射向院子外的大樹上，冷唇輕啟：「樹上的仁兄不準備見人嗎？」

偏頭見喬春已閃進房間裡，柳逸凡一躍跳到院子外，黑眸冷冷地射向從樹上跳下來的黑衣人。

柳逸凡眼尖地發現黑衣人的手微微顫抖，看來剛剛他射出去的銀針刺到他手臂上了。勾了勾唇，柳逸凡嘴角逸出一抹冷笑。「你的手是不是酥麻還夾帶著陣陣癢意？」

「卑鄙，居然用毒針傷人！」黑衣人在短暫的愣然過後，憤憤地瞪向柳逸凡，一副要吃人的模樣。

他剛剛實在太大意了，還以為下頭那兩人只顧著卿卿我我，自己可以好整以暇。沒想到這個看起來百無一害的男人，居然是位深藏不露的高手！

「卑鄙？不過是以其人之道還治其人之身罷了。」柳逸凡淡淡瞥了他一眼，續道：「說吧，半邊頭要你來這裡，是不是想殺人滅口？」

周遭寒氣驟增，黑衣人忍不住打了個冷顫。

「我不知道你在說什麼，我只是缺錢，想來這裡借點銀子用用，並不認識什麼半邊頭。」黑衣人迅速否認。

柳逸凡抬眼看向黑衣人，眸光倏地黯了下去，隨後迸射出兩道更為冷冽的目光，像利刃般直插對方心窩。「看看你的右手。」

「啊！你……你下了什麼毒？」黑衣人抬起手腕一看，瞬間嚇了個半死，又是害怕又是憤怒地瞪向柳逸凡。

「也不是嚴重的毒，只是十日癢和蝕骨散而已，我正想看看它們混在一起會有什麼效果呢！」柳逸凡宛如在談論天氣一般，輕描淡寫地說道，好似此刻他談的不是毒藥，而是一道美味的料理。

「少俠饒命啊！我什麼都不知道，只是收到江湖上的暗殺令而已，其他事情我一概不知！」黑衣人突然痛哭流涕地跪在地上，向柳逸凡求饒。

「你走吧，我想半邊頭該能調製解藥給你。回去告訴他，欠下的債遲早有一天得還。」柳逸凡自然不相信黑衣人的推託之辭，但還是決定放他離去，這並不是婦人之仁，而是要他帶個口信給半邊頭。

「是，謝少俠不殺之恩。」黑衣人站了起來，一溜煙消失在夜色之中。

空氣中寒氣驟減，蘭風小居又恢復了原有的寧靜。彷彿剛剛那一幕從來沒發生過。

柳逸凡嘴角逸出一抹淺笑。憑那三腳貓功夫也想學人做殺手，實在可笑，區區一點癢身粉，就嚇得屁滾尿流。
柳逸凡拍了拍衣服，抬步走到房門前，推門而入。
「二哥，剛剛那是誰？」喬春見柳逸凡安然無恙地回來，停住來回踱步的腳，急切地問道。
雖然以前跟桃花在街上差點被架走時，稍微見過他的本事，但她一直很擔心他會應付不了在暗處的敵人，沒想到他真有幾把刷子，沒幾下就打發了對方。
「四妹沒被嚇到吧？」柳逸凡不答反問，神情有些緊張地看著喬春，說著還向正在床上睡覺的豆豆掃了一眼，見她們母女倆都很平靜，總算鬆了口氣。
見喬春搖了搖頭，柳逸凡這才說道：「那人應該是半邊頭派來的沒錯，不過武功著實低了點。」話落，他頓了頓，看著喬春又道：「豆豆的毒已清乾淨，既然他們找到這裡來了，我想我們明天就回山中村吧，回去和家人在一起，四妹也能安心一點。」
喬春聞言，晶眸中薄霧驟起，感動地看著柳逸凡，笑應了聲：「嗯，一切聽從二哥的安排。」
「那我先出去了，四妹早點休息。」抬步走到門前，柳逸凡頓了一下，轉身微笑道：「晚上我會在院子裡守著，四妹就安心睡吧。」
話落，柳逸凡便步出房間，留下神色迷離的喬春。

第五十三章 追殺

馬車在幽靜的山路上行走，突然間，異常的感覺從四周湧了上來。柳逸凡眼神警惕地掃向路兩旁，手裡的皮鞭用力往馬兒身上揮去。

馬車裡的喬春看著在她懷裡安睡的豆豆，聽到柳逸凡急急的駕馬聲，一股不安的情緒浮上心頭。

喬春坐直了身子，緊緊摟住豆豆，對外面輕聲喚了句：「二哥，小心點，山路不平！」

「沒事！四妹坐好了，把門關緊，別讓風吹了進去，小心豆豆著涼。」柳逸凡偏過頭，一語雙關向喬春提醒。

看來那些人完全沒死心，也不知他們來了多少人？如果只是自己一人也就罷了，現在車裡還有一大一小，柳逸凡忍不住擔心起來。

「知道了。二哥，你……」喬春話未落，馬兒突然吃痛地長鳴，打鬥聲接著而來，馬車速度也愈來愈快。

「親親，豆豆怕怕。」睡夢中的豆豆驚醒過來，滿臉懼意地抓著喬春的衣襟。

喬春抱著豆豆的手緊了緊，努力讓自己保持平靜，可內心卻忍不住驚慌，她輕聲道：「豆豆別怕，沒事的，二舅舅在外面呢。」

這話像在安撫豆豆，更像在安慰自己。

自己向來低調做人，這回錢府母子卻處處往死裡逼，實在讓她忍無可忍。如果這次他們能夠脫險，她絕對不會輕易放過錢府母子。

外面的打鬥聲愈來愈激烈，馬車失控的趨勢，讓豆豆嚇哭在喬春的懷裡。

喬春很是擔心柳逸凡，她將頭蹭到窗外，只見四個黑衣人跳上馬車，正與柳逸凡廝打著。突然間，一個黑衣人刀鋒一轉，直接劈向車內。

「啊！」喬春嚇得尖叫起來，抱著豆豆跳開，驚慌地看著離自己不遠的刀尖。

柳逸凡聽到馬車裡的驚叫聲，心中一急，不由得閃了神。

黑衣人像是尋到他的弱點，幾個人暗使眼色，留下三個人纏住柳逸凡，另外一個人跳上馬車頂，高舉長劍，欲向下刺去。眼看喬春母女就要躲不過，黑衣人卻突然發出慘叫。

「啊……」伴隨著慘叫聲，黑衣人滾落馬車。

原來是柳逸凡突然改變馬車走向，將這群黑衣人全甩下馬車。

然而他們已經殺紅了眼，根本不理會疼痛，立刻從地上爬起來，朝馬車追了上來，繼續與柳逸凡對打。

「糟糕，我們快走！」一個黑衣人突然大叫。

柳逸凡見黑衣人一臉驚慌失措，不戰而逃，頓感大事不妙，他抽回視線往前一看，原來前面不遠處竟是萬丈懸崖！

「春兒！」柳逸凡雙瞳驟縮，當機立斷斬向轡繩，衝進馬車裡，抱著喬春母女倆一個縱身往外跳去。

馬兒的腳步收不住，就這樣連馬帶車摔了下去。

柳逸凡懷裡緊護著喬春母女，跳到地上後不住翻滾著，一頭向懸崖邊的石頭撞了過去。他悶哼一聲，低頭看了懷中的人兒一眼，便閉上了眼睛。

「二哥？二哥你怎麼了？」喬春檢查了一下懷裡的豆豆，見她安然無恙，便抱著她從柳逸凡懷裡掙脫出來，忍住一身疼痛，望向已經暈過去的柳逸凡，慌亂地叫了起來。

「二舅舅，您別睡啊……豆豆好害怕！」豆豆看著頭上冒出鮮血的柳逸凡，嚇得大哭。

喬春見狀，當機立斷從身上撕下一截布，壓在柳逸凡額頭上試圖止血。

「四妹、二弟！」皇甫傑騎著馬趕了過來，他從馬背上跳下來，向懸崖邊上的人兒跑去。

真險啊！如果不是懸崖邊上正好有塊石頭，估計這會兒他們已經粉身碎骨了。剛剛皇甫傑正準備到蘭風小居，卻聽到打鬥聲，趕緊帶著人馬循聲找過來，沒想到還是遲了一步。

「大哥?!」喬春聞聲猛然抬頭，見到皇甫傑時，忍不住落淚。「大哥，快點，二哥他受傷了！」

「卓越，快點將逸凡送到山下鎮上的醫館去療傷。」皇甫傑掃了一眼暈迷的柳逸凡，緊皺著眉頭向身後的侍衛喝道。

「大哥，你怎麼過來了？」喬春見柳逸凡已經被人抱上馬揚塵而去，眼角含淚地看著皇甫傑，顫音問道。

剛剛情況實在太過危急，現在想起來，仍是雙腳發軟。

「我前幾天接到三弟的信，知道妳帶著豆豆住在霧都峰，覺得有些放心不下，便過來看看，想不到那些歹人竟然在半路埋下殺手。四妹，妳放心，大哥定會作主還妳一個公道。走吧，咱們下山去看看二弟的情況。」

錢財雖然捎信給皇甫傑，卻沒向他提起柳逸凡可能是喬春丈夫的事，因為他實在想看看皇甫傑知道真相時的表情。

「好。」有了皇甫傑的保證，喬春稍微鬆了口氣。她抱起豆豆說道：「來，見過大舅舅。」

「大舅舅好！」豆豆軟軟的聲音甜甜響起。她已收住眼淚，但一雙黑眸被淚水洗得更加晶亮，很是惹人憐愛。

皇甫傑咧開了嘴，開心地抱過豆豆，低頭打量著兩年多未見的孩子，頓時喜上眉梢。

「豆豆，可想死大舅舅了！」

兩年多不見，豆豆長大不少，樣子也變了。肥嫩的小臉蛋上鑲著兩顆宛如黑寶石般閃亮的眸子，鼻梁小巧高挺，嘴唇紅潤，最可愛的，就數右邊嘴角上若隱若現的梨渦。

「大舅舅，我終於見到您了，您長得真帥！」豆豆摟著皇甫傑的脖子，打量了他一眼，眼睛笑得彎彎的，方才的恐懼已被她拋諸腦後。

喬春欣慰地看著並未留下什麼心理陰影的豆豆，思緒瞬間飛到受傷的柳逸凡身上，也不知他頭上的傷嚴不嚴重？

「四妹，上車吧！」皇甫傑抱著豆豆，跳上馬車，示意隨從將他剛剛騎的馬繫回車上後，便伸出手，看著心不在焉的喬春道。

「嗯。」喬春應了聲，借著皇甫傑的腕勁上了馬車。

「豆豆，妳覺得舅舅之中誰長得最帥啊？」皇甫傑希望讓氣氛輕鬆一些，便笑看著豆豆問道。

「三舅舅最帥。」豆豆想也沒想便直接回答。

「為什麼？」皇甫傑心裡直冒酸氣，看來錢財在她身邊這段日子培養出了好感情。

「因為三舅舅說過，他喜歡胖乎乎的姑娘。」豆豆開心地笑著，揚起頭看著皇甫傑，一臉堅定道：「豆豆長大以後，要嫁給三舅舅。」

「啊？」皇甫傑愕然，回過神以後忍不住大笑。「哈哈……」

好不容易停住了笑，皇甫傑揉了揉豆豆的小腦袋瓜，又問：「那第二帥的人是哪個舅舅？」

「二舅舅啊！」豆豆毫無心機地應著。

皇甫傑滿臉黑線，忍不住感到鬱悶，難道自己長得真沒他們帥？

「為什麼？」皇甫傑不死心地問道。

「因為二舅舅答應要做豆豆的爹爹。」豆豆說著輕蹙起了嫩眉。她好擔心二舅舅，剛剛他頭上流了好多血。

雖然柳逸凡的意思不是真的要當豆豆的爹，但豆豆可愛的小腦袋已經自動將事情簡化了。

「哈哈！」皇甫傑瞄了一眼滿臉霞光的喬春，再次大笑起來。好個先「色」後爹的豆豆，好個柳逸凡！擒娘先擒女，這招可真高！

「豆豆，不許亂說話。這話以後不能再說了，明白嗎？」喬春難為情地瞥了一眼皇甫傑，低頭看著豆豆，嚴肅地向她交代。

這話要是說出去，讓外人聽見了，她準會被謠言的口沫直接淹沒。

豆豆癟著嘴，很不開心，卻沒再出聲。反正二舅舅這麼說，她就這樣認定了！

過了一會兒，馬車才在一家醫館前停了下來。

喬春隨皇甫傑下了馬車，神色擔憂地走進醫館，看著昏睡在床上的柳逸凡，看到大夫就著急地詢問：「大夫，他的傷嚴不嚴重？什麼時候可以醒過來？」

老大夫瞅著一臉緊張的喬春，捋了捋下巴的鬍子，微笑著安撫道：「這位夫人，妳家相公沒什麼大礙，只是頭部撞傷，只怕沒那麼快醒過來。其他情況得等他醒過來，問問才知道。」

相公?!喬春的臉瞬間刷紅，但她並未向大夫解釋。

皇甫傑看在眼裡，覺得有趣得很。莫非他們兩個人這幾天發生了什麼事嗎？呵呵，看來他得好好觀察。

「謝謝大夫，請問病人方便搬動嗎？我們想把他移到客棧去休養。」皇甫傑客氣地向老大夫拱了拱手，輕聲詢問道。

醫館人進人出，又不夠寬敞，他們照顧起病人來實在不夠方便。

「可以，但是要輕些，另外抓些藥回去按時煎服就好。他醒來以後要是有什麼狀況，再找大夫就行了。」老大夫點了點頭表示同意。

皇甫傑便差人尋了間舒適些的客棧，將柳逸凡與喬春母女安置好。

錢府

「你到底會不會做事？為什麼每次都讓那個臭婆娘安然度過？真是個大飯桶，我看你腦子裡裝的淨是豆腐渣子！」錢滿江怒火滔天地對一旁的半邊頭大聲喝罵。

錢滿江光想就一肚子氣。本以為可以斷了錢財那野種的一隻手臂，沒想到居然又讓那個臭女人逃過了一劫。

如今整個大齊國許多地方都設有「錦繡茶莊」，那女人炒製出來的綠茶更是紅遍整個京城，現在新出來的紅茶更是達官貴人的新寵。還有，那些在他眼裡俗不可耐的茶具，甚至被皇上用來當作餽贈鄰國來使之物，實在令他為之氣結！

如果不扳倒錢財那個野種，不將他踩在自己腳下，整個錢府隨時都有可能成為他的囊中物，到時他絕不可能輕易放過母親和自己，一定得快些除掉他才行。

「少爺，您不要心急，我不會讓她有好日子過的，您儘管放心。」半邊頭雙眼迸射冷光，牙齒咬得喀喀作響。這次實在令他火大，眼看就要讓那女人粉身碎骨了，居然讓她命大地停在懸崖旁。

「我放心個屁！一個娘兒們你都搞不定，還口口聲聲叫我放心？總之，你快點把事情解決，要是再失手，你就別想讓我再出錢幫你煉什麼丹藥！廢物！」錢滿江冷哼了一聲，昂頭大步往門外走去。

「愣著幹什麼？還不快點跟上來，護送本少爺去找翠珠？真是一群沒用的飯桶！」錢滿江氣呼呼地走出房門。他現在滿腔怒氣無處可撒，還是去找翠珠下下火，省得被這群廢物給氣死。

半邊頭朝身旁幾個徒弟暗暗使個眼色，緊跟在錢滿江後面，惡狠狠地瞪著前頭那像豬一般的男子，眸光瞬間冰冷如刀。

「唷，錢少爺來啦。」剛踏進醉玉樓大門，臉上粉牆厚刷也難掩歲月無情的老鴇，張著血盆大口，笑呵呵地拉著錢滿江的手，熱情招呼著。

「去去去。帶我去找翠珠！」錢滿江嫌惡地推開老鴇的手，直明來意。

「好好好！錢少爺，您的整顆心可都是咱們的翠珠呢！」老鴇眼見大把銀子又要到手，眼睛頓時笑眯成了一條縫，樂呵呵地領著錢滿江往閣樓上走去。

「把酒給我，我送進去就好。」半邊頭攔住了送酒過來的丫鬟，伸手接過托盤，推門走進那曖昧的喘息聲和呻吟聲集於一室的房間。

半邊頭站在屏風外，迅速從腰間掏出一個小瓷瓶，往酒壺裡倒了一點藥物進去，提起酒壺輕輕搖了幾下。他嘴角逸出一抹冷笑，悄然無聲地放下酒壺，轉身又回到房門前站著。

不一會兒，屋裡傳來翠珠酥軟入骨的聲音。「錢少爺，您到底什麼時候娶人家進門？」

「呵呵，小妖精，這樣不是更好嗎？我們就像在幽會一樣。」錢滿江輕佻地笑道。

「唔，人家就是想每天都看到你嘛！」翠珠使出渾身媚功撒嬌著。

「好好好！來，陪我喝酒。」錢滿江敷衍地說道，示意翠珠坐到自己腿上。

沒多久，房裡又響起了粗喘聲和嬌吟聲。

一天一夜後，醉玉樓的當家花魁翠珠身亡，錢滿江被下人抬回了錢府。

第五十四章　清醒

唐家院子

李然站在錢財身邊，低聲對他耳語。

錢財臉上浮起濃濃的憂色，眸色黯沈，眉峰壓蹙，輕聲問道：「人怎樣？」

「暫時還未清醒。」

「嗯。你幫我調查一下半邊頭的來歷，愈詳細愈好。」錢財對身邊的人囑咐道。

「是，屬下告退。」李然恭敬地對錢財行了個禮，轉身離開唐家。

「三舅舅，誰沒有清醒啊？」果果不知何時走到院子裡，耳尖地聽到錢財和黑衣男子間的對話。他抬起稚臉疑惑地看著錢財。忽然間，像是想起什麼，驚慌地問道：「是不是豆豆？她是不是又睡了過去？」

豆豆走的時候是暈迷的，雖然大人說她已經醒過來，難不成又暈過去了？三舅舅明明說豆豆昨天就會到家，可是到現在他都還沒有看見她回來，難道……

「果果，別著急！不是豆豆。」錢財蹲下身子，扳著果果的嫩肩，微笑著安撫道。

「可是三舅舅，您不是說豆豆和娘親昨天就可以到家的嗎？怎麼她們現在還沒有回來？」果果不是很相信，因為情況確實很可疑。

「省城的茶莊裡有事情，我請你娘親過去看一下，所以費了些時間。果果，你放心，過不了幾天，你娘親和豆豆就會回來的。」錢財向果果保證道。

「真的嗎？」果果定定地看著錢財問道。

「嗯。」錢財不經意地撇了開眼，站起來牽著果果的小手，抬步往大廳走去。再這樣對視下去，他一定會在果果面前破功。

「三哥，喝茶。」喬夏幫錢財遞了一杯茶過來，飛快瞥了他一眼，隨即又挪開視線。

自從喬春跟皇甫傑、柳逸凡、錢財結拜之後，他們便將桃花和喬春的妹妹們按順序編了輩分，當作自己的妹妹看待，因此她們也跟著喬春稱他們為兄長。

喬夏記不清自己從什麼時候開始就喜歡偷偷打量錢財。當她看到他凝望大姊的眼神時，就會覺得心裡酸酸的；當他對著她微笑時，她的心又會雀躍不已。

愛上一個心裡裝著自家大姊的男人，真不知有沒有未來可言。喬夏只能暗自傷神，不敢表達內心的情意。

「謝謝五妹。」錢財接過了茶，抬眸淺笑著道謝，隨即又問：「五妹，這次的茶葉全是妳和其他妹妹們炒製的？」

這次喬春不在家，茶園的重擔算是落在喬父和喬家姊妹身上。

昨天他拿新茶沖泡了茶湯，發現這一批茶葉比喬春炒製的雖是略遜一點，但也相差不了多少。短時間內就能有這般水準，也著實令人意外。

「嗯。」喬春低著頭，輕輕應了一聲，隨即又緊張地抬頭看著錢財問道：「是不是有客人說難喝？」

喬夏心裡頓時七上八下，該不會是她們幾個炒製得太差，客人抱怨了吧？

「沒有，五妹妳想太多了。我是想說妳們炒製得很好，假以時日，妳們一定可以跟妳家大姊一樣出色。」錢財輕笑著安撫她。

「真的？」喬夏羞澀地笑了。

看著瞬間笑起來的喬夏，錢財的心跳沒來由地漏了一拍。

她們兩姊妹長得很像，雖不能說像一個模子刻出來的，但臉型、五官還是很相近，只是氣質不太相像而已。

「五妹，妳跟家裡人說一聲，我就先回去了，茶莊裡還有些事情要處理。」錢財站了起來，向她交代了一聲，又伸手揉了下果果的頭，轉身踏步離開了。

喬春坐在床邊，手裡拿著濕布巾，輕柔地幫柳逸凡擦拭臉和手。

他已經暈迷兩天，喬春和皇甫傑都快要急壞了。早上皇甫傑已經派人去請御醫，也試著聯繫柳如風。那天幫忙看診的老大夫已經來看過柳逸凡，也束手無措。

「二哥，你可以聽到我說話嗎？你快點醒過來吧，我很擔心你。」秀眉緊蹙，眸色憂重，喬春低頭怔怔地看著柳逸凡蒼白的臉，輕聲呼喚。

這兩天，她寸步不離地照顧他，還將豆豆全權交給皇甫傑負責。她有點不明白，自己內心為何這般驚慌、煎熬？只不過她無心探究，一心只希望他可以快點好起來。

清晨的陽光懶懶地灑進了房間裡。

柳逸凡緊擰著英眉，伸手揉揉眉心。他作了一個好長好長的夢，夢到喬春穿著火紅色的喜服，夢到一個中年婦女叫他子諾，夢到一個十二、三歲的姑娘叫他哥哥，夢到喬春含羞帶怯地叫他相公……

柳逸凡緩緩睜開眼睛，對夢裡的內容感到愕然，但那感覺實在太過真實，似乎在告訴他，那就是他失去的記憶。

腦海裡驟然回想起那驚心動魄的一幕，柳逸凡驚慌地坐了起來，轉頭打量著眼前陌生的房間。

「二哥，你醒啦？」趴睡在床邊的喬春，抬眸驚喜地看著他。

「春兒？」四目相觸，柳逸凡微怔了一下，情不自禁地喊出了這個似乎已經烙印在心頭的名字。他雙眸迷離地看著喬春，似乎感到困惑。

喬春昂頭直視柳逸凡，正好對上一雙亮得灼人的深邃眼眸，他眼底濃濃的困惑，讓她有點摸不著頭腦。她心中一急，連忙出聲問道：「二哥，你感覺怎樣？好一點了沒有？」

二哥這是怎麼了？怎麼會用那種充滿疑問的眼神看著自己？

「沒事，我已經好很多了。」柳逸凡有些不自在地輕咳了兩聲，淺笑看著喬春。都怪自己夢中的情節太過真實，讓他好像真的經歷過這一切，彷彿喬春真是他的妻子一樣。還有那中年婦女跟那個小姑娘，她們又是怎麼一回事？柳逸凡想著想著，頭突然像是被炸開似地痛了起來。

「二哥，你怎麼啦？」喬春看到柳逸凡雙瞳驟縮，雙手用力拉扯著自己的頭髮，不由得著急起來。

「啊……」柳逸凡痛苦地大叫，腦海裡驟然閃過無數張畫面，只覺大腦在一陣陣收縮生痛，像是有股熱流拚命往腦子裡灌。

「二哥，你到底怎麼啦？快來人啊！」喬春抓住柳逸凡的手，可是她那點力氣又怎麼可能敵得過一個年輕的練家子，柳逸凡仍是抓扯著自己的頭髮痛吼著。

此時房門忽然被打開，喬春就像見到救星般撲了過去，她抓著皇甫傑的雙手，失控地叫道：「大哥，快點救救二哥，他……」

皇甫傑伸手扶住了喬春，眼光越過她，英眉緊擰，看著失控的柳逸凡，上前幾步伸手飛快往他身上點了幾下，柳逸凡便停了下來，軟軟昏倒在床上。

「大哥，你……」喬春驚疑不定地看著柳逸凡再度陷入昏睡。

「我只能讓他先安靜下來，其他事情等他醒來再說吧。」皇甫傑凝視著臉色蒼白，額頭上全是汗水的柳逸凡，沈聲說道。

他已經派人去尋柳神醫回來，也要人徹查此事，希望早日找到證據，將那些歹人全部緝拿，還唐、喬兩家一個安寧。

「四妹，妳先在這裡照看二弟，我出去一下。」坐在這裡等也不是辦法，他還有更重要的事情得辦。

「我知道了。大哥，你一定要把那些歹人都揪出來，絕不能姑息他們！」冷眉緊蹙，星眸如冰，喬春看了床上的柳逸凡一眼，繼而抬眸看著皇甫傑，一字一句道。

那錢府母子和半邊頭最好現在就開始燒香，祈禱自己做的壞事不會被人抓到證據，否則就有他們好受的！

疊翠峰

疊翠峰主峰側的瀑布後面，有一個隱蔽的山洞，外面的人根本不可能想得到這瀑布後居然別有洞天。山洞裡寬敞平坦，能容下一百多人，除了石床、石桌、石椅等家具，日常要用的東西也都齊全，還有一個大大的煉丹爐。

「誰讓你私自來這裡的?!」半邊頭怒眼瞪向跪伏在山洞中央的弟子，大聲斥責道。

現在外頭風聲很緊，逍遙王的人到處在搜尋他們做壞事的證據，如果這個地方被他們找到，那他這幾年來的隱忍可就白費了。

錢滿江被他下藥整倒以後，他就領著心腹來到這個作為基地的山洞，進行下一步計劃。

另外，他還安排了人盯著錢夫人的一舉一動，只是沒想到他居然擅離崗位跑來找他。

「師父，我來是為了向您報告一個好消息，錢夫人已經同意您的條件了。」柴熊微微抬起頭，一雙賊眼中凝聚著青光，薄唇高高彎起。

他是半邊頭在錢府外暗中放置的一雙眼睛，沒想到才短短幾天，錢夫人就同意他提的條件。只要她按要求送來師父要的東西，那師父的願望就能往前邁進一大步了。

「她同意了？」事情發展得太順利，半邊頭忍不住開口再次確認。

「是的，徒弟今日下午已收到她的回音。」柴熊說起這事，不禁笑了起來。

「你沒有讓他們見到你的真面目吧？」半邊頭還是很不放心，事情已經到了這一步，可經不起半點意外。

「請師父放心，他們都是按我們的要求將信放在指定的地方，徒弟在暗中見錢府的人走了以後，才出來拿信。」柴熊自信心十足，不過對於這件事，他有些不理解。

他見識過師父的厲害，真是搞不懂他為何要在錢府低聲下氣這麼多年。對於那些擋路礙事的人，衣袖一揮，不就什麼事都沒有了嗎？

「幹得好！待明日天黑透後，你再下山，按計劃把東西都帶到這裡來。」半邊頭終於露出得意的笑容，想到這些年來的隱忍很快就能得到結果，頓時興奮不已。

雖然他大可不必那麼委曲求全，但經過多年前那次挫敗，他很清楚培養雄厚勢力與人脈的重要性。當初在和平鎮落腳後，他就選擇待在錢府，累積金錢當作煉丹藥的費用，更收了一些忠心的部屬作為己用。他現在可是萬事俱備，只欠東風，只要煉成丹藥，那些族人還不敲鑼打鼓地迎他回去？

「是，徒兒明白。」柴熊單膝跪地向半邊頭行禮，轉身退在一邊站著。

半邊頭坐在石凳上，慵懶地拿起一個小瓷瓶，眼睛一眨也不眨地盯著，嘴角泛出一抹冷笑。

「柴熊，你把這東西送去，要他們別耍什麼花樣，否則就準備辦喪事。」半邊頭吩咐著。

「是。」柴熊接過半邊頭拋過來的小瓷瓶。

瀑布外一雙眼睛光芒驟現的李然，深深望了瀑布處一眼，轉身一躍消失在黑幕中。

一輛馬車停在客棧大門前，柳如風一臉急色，風塵僕僕地直接衝向二樓的一號上房。

柳如風伸手推開房門，只見喬春滿臉憔悴地坐在床邊，拿著手絹輕柔地幫床上的柳逸凡擦拭額頭上的汗。

喬春聽到開門聲，猛然轉頭，一雙星眸淚光閃閃地看著柳如風。「柳伯伯，您終於回來了！」

「春兒別急，我先幫逸凡看看。」柳如風上前輕輕拍了一下喬春的肩膀，隨即坐下來仔細替他把脈聽診。

喬春大氣都不敢出，緊緊盯著柳如風的臉，生怕錯過他臉上任何一個表情。

半晌過去，柳如風抽回了手，輕輕吁了一口氣，扭過頭看著神色緊張的喬春，臉上露出了淡淡的笑容。

「他沒事！脈象都正常。頭痛有可能是因為壓著大腦神經的瘀血已經散開，他的記憶應該快要恢復了。真是萬幸啊，因禍得福！」

「記憶快要恢復了？柳伯伯，您這話是什麼意思？我二哥他以前發生過什麼意外嗎？」喬春聽到柳如風的話，微微皺起眉頭。這麼說來她二哥以前頭部受過傷，失去了記憶？想著，她有些好奇起來。

柳如風看著喬春擔憂和好奇的臉，便一五一十將自己當年救了柳逸凡的事情，緩緩向她敘述了一遍。

「三年前，和平鎮外幾里遠的河灘上……柳伯伯是在那裡救了我二哥的？」喬春壓抑住內心的波濤，定定看著柳如風，輕聲向他確認。

怎麼會有這麼巧的事？一想到果果跟他長得很像，喬春忽然覺得腦子一片空白。

難道他真的是大難不死的唐子諾？果果和豆豆的親爹？自己的相公？

不會吧……自己已經習慣一個人帶著果果和豆豆，守著家人一起生活，現在突然冒出一個相公，她實在有點消化不了。

「沒錯，我是在和平鎮外幾里路的河灘上救了逸凡。當時他已奄奄一息，頭上、臉上到處都是傷。我將他帶回霧都峰，花了幾天才把他救過來，可是醒來後他卻記不起以前的事了。我覺得自己與他有緣，所以收他為徒，一方面想治好他臉上的傷，一方面則是想替他找回家人。

「逸凡本來就會一點拳腳功夫，腦袋瓜子又聰明，短時間內進步神速，如今武功可謂高超，醫術也不含糊。」柳如風說起這個徒弟，真是滿心歡喜。

喬春怔怔地看著床上那張與果果酷似的臉，心亂如麻。她突然站起來，看著柳如風問道：「柳伯伯，您是說我二哥的傷已經沒什麼大礙了？」

「嗯，等他醒過來就好了，他頭部受的是外傷，休息幾天就好了。」柳如風說道。

「那二哥就有勞柳伯伯照顧了。我擔心家人的安全，就先讓大哥送我回山中村吧，這就告辭！」喬春向柳如風福了福身子，轉身抬步離開。

不行，她得回去找桃花問清楚事情的經過，會不會是自己弄錯了什麼事情？僅僅是果果與他長得酷似，她就很懷疑了，現在居然連時間、地點都吻合，實在不能再自欺欺人了。

關門聲傳入耳朵，柳如風才從喬春的快速轉變中回過神來。

她這是怎麼了？一開始還一副擔心受怕的模樣，聽到自己宣告這些傷無礙時，她明顯鬆了一口氣，怎麼一聽他說起逸凡的遭遇後，就像是變了個人，還撇下受傷的逸凡？

對於喬春的舉動，皇甫傑也很是納悶，不過既然柳伯伯都說逸凡沒事，他也沒什麼放心不下的，於是便同意喬春的要求，由他帶著一小隊人馬護送她回山中村。再說，他也實在想念果果，很想看看他長成什麼樣子。

「娘親，您回來啦！」一聽到馬蹄聲，果果就反射性地跑到大門口。

當果果看到從馬車上下來的喬春和豆豆時，高興得飛奔過來，臉上悄悄流下兩行眼淚。畢竟是三歲不到的小孩，娘親離開了這麼一段時間，他還是很不習慣，也很寂寞。

喬春放下豆豆，蹲下身子，接住果果飛奔而來的身子，將他緊緊摟在自己懷裡。

這段時間，她經歷了生死大關，原本以為再也見不到果果了，想不到老天爺還是很眷顧她，讓她平安歸來，再次享受天倫之樂。

「果果，娘親好想你哦！」喬春摟著果果的身子，深深吸了一口氣，熟悉的味道瞬間撲鼻而來。

「豆豆也好想哥哥。」豆豆蹭了過來，用她肥肥短短的小手臂搭在喬春和果果肩上，軟軟地說。

喬春反手摟過豆豆，將這兩個貼心寶貝都擁進懷裡。這一刻，她的心暖暖的、滿滿的，覺得自己再幸福不過。

「果果也好想娘親和豆豆，果果再也不要和妳們分開……我一定要快點長大，保護娘親和妹妹，再也不會讓壞蛋傷害妳們！」果果窩在喬春懷裡，鼻音重重地宣布他的誓言。

這一番話聽得喬春和唐、喬兩家人都不禁淚流滿面。

「春兒，平安回來就好！快點起來，進屋去休息吧。」林氏伸手抹了抹眼角的淚，輕笑著道。

「爹、娘，咱們都進去坐吧。」喬春抹掉臉上的淚痕，兩手分別牽著果果和豆豆，微笑著往大廳走去。

「阿傑？」喬父看著閨女和外孫們進了大廳，這才發現嘴角含笑的皇甫傑。見他皮膚較當年黝黑不少，人也成熟穩重了許多，一時間倒有點不敢相認。

「伯父好！多年不見，伯父可謂老當益壯啊！」皇甫傑笑看著喬父，大步上前摟著喬父的肩膀笑呵呵地往大廳走去。

「大哥，請坐，喝茶！」喬夏沖泡了茶湯，淺笑著對皇甫傑招呼起來。

「兩年多不見，五妹妳們都出落成大姑娘了。這次大哥出門較急，沒幫妳們帶禮物，下次補上。伯父、伯母都快坐下來，咱們都有些時日未見了。」皇甫傑輕笑著打量了一圈屋裡的人，見大家都笑咪咪地看著他，突然覺得自己像是回家了。

「大哥說笑了。」喬夏乖巧地向他行了個禮，動作端莊得體。

此時一旁的桃花、喬秋也上前對這個久違的大哥行了個禮。

皇甫傑沒想到當年的小丫頭們現在一個個都變得落落大方、知書達禮，忍不住好心情地揶揄她們起來。

「各位妹妹都別多禮了！不是一家人，不進一個門，一切都是緣分。這般行禮讓咱們生分了不少，下回可不准再這麼做，否則大哥可是會生氣的哦！」

「是，小妹明白了。」喬夏、喬秋跟桃花同時淺笑著點了點頭。

「大哥哥在哪裡？」喬冬興沖沖地從門外跑了進來，看著皇甫傑怔怔出神。眼前的大哥哥比記憶中黑了不少，眉宇之間的那股威嚴讓她有點害怕，再也不敢像小時候那樣撲進他懷裡撒嬌、玩鬧。

「冬兒？」皇甫傑也同樣驚訝。兩年多不見，喬冬長高了不少，模樣也生得極好，連聲音都變得清脆起來。

「大哥哥好！」喬冬回過神來，收起了孩子王的野性，乖巧溫順地向皇甫傑行了個禮，抬步站到雷氏身後。

她這一反常的舉動，倒是讓唐、喬兩家人跌破眼鏡。眼前這人還是山中村的孩子王嗎？怎麼好像變了個人似的！誰都沒見過小聲說話、乖巧有禮的喬冬，看來平時天不怕、地不怕的喬冬也有剋星！

「娘親，這位是果果的大舅舅嗎？」坐在喬春懷裡的果果，伸出小手指著對面的皇甫傑，軟軟問道。

喬春回過神，抬眸看著皇甫傑笑道：「果果，快去見過大舅舅，小時候大舅舅可是經常抱你呢！」

果果聞聲，飛快跑到皇甫傑身邊，昂著稚嫩的小臉，如兩顆黑寶石般的眼睛定定看著皇甫傑，微笑道：「大舅舅，果果聽三舅舅說過您。謝謝您送果果寶劍，等果果長大一點以後，一定會好好習武，保護娘親和家人。」

「呵呵，不用謝！來，讓大舅舅抱抱。」

皇甫傑伸手想去抱果果，誰料他卻閃到一邊，振振有辭道：「娘親說過了，小男子漢不能老是讓人家抱。」

皇甫傑轉過頭，微微蹙著眉，看了喬春一眼，像是對她無聲請求。

「果果，娘親偷偷告訴你，大舅舅武功很高哦！」喬春淺笑看著果果，向他眨了眨眼，意思很明確。

果果收到喬春的暗示，立刻咧開了嘴，走到皇甫傑面前，張開雙臂，聲音甜到不行。「大舅舅，果果要抱抱。」

果果的嗲功可不經常發威，一旦出手，不是為了捉弄你，就是有事相求。

皇甫傑低頭看著果果，正打算抱他起來，卻被他右邊嘴角上的梨渦給吸引住了。他細細打量了一下，隨即吃驚地叫了起來。「果果為何跟他那麼像?!」

果果跟誰很像？一時之間眾人覺得十分疑惑，全都將目光投向皇甫傑，等待他下一句話。

皇甫傑抱起果果，再仔細觀察了一下。「真是太像了，簡直就是一個模子刻出來的！」

喬春一看眾人的神情，心裡又急又氣。難道關於唐子諾的死，她真的有不知情的地方？

都怪自己一直沒向他們打聽，而他們為了不讓她想起傷心事，也都儘量不提唐子諾的事情。就這樣，除了他的死因，還有他會識字唸書之外，她腦子裡沒有多少與唐子諾有關的事情。

「阿傑，你見過子諾？他在哪裡？」林氏一聽，再也無法冷靜，立刻站起來走到皇甫傑跟前，緊盯著他問。

果果長得跟子諾小時候一模一樣，林氏自然知道。有時看到果果，她總以為回到了從前，聽到果果叫奶奶後，她才從記憶中回過神來。如今聽皇甫傑這麼一說，她心裡那點星星之火又開始燎原，她有種預感，一定是子諾還活著！

「子諾是誰？伯母，我不認識叫子諾的人。」皇甫傑看著一臉緊張的林氏，輕聲說道。

「你剛剛不是說，果果跟他長得一模一樣嗎？難道那人不是子諾？」林氏內心剛剛點燃的希望之火，瞬間又熄滅，她失魂落魄地回到座位上坐下。

皇甫傑抬眸看著眾人臉上的表情，又疑惑地看著眉尖輕蹙的喬春，不明所以地說：「我說的人是柳逸凡，我二弟。」

「他是哪裡人？」

「他長得跟果果真的很像嗎？」

「他不是見過春兒嗎？他有沒有說認識春兒？」

一時之間，大廳又喧譁了起來，眾人都瞪大了眼睛死死盯著皇甫傑。當初唐子諾的屍體並沒有被尋獲，如果他還活著，那果果和豆豆就有爹爹疼，喬春就有相公愛了。

「好像是在三年前吧，柳伯伯在和平鎮外幾里路的河灘上救起他，人是救過來了，但他沒了記憶。」皇甫傑直覺這件事不簡單。山中村隸屬於和平鎮，村裡的河也是通向鎮上的，難道……

他吃驚地看向眾人，聲音微顫地問道：「難道四妹的相公也是三年前被水沖走的?!」

眾人不約而同地用力點頭。

「他不是死了嗎？你們不是把他葬在風水山了嗎？」喬春看著大夥兒的神情，終於忍不住出聲問道。

「唉，當時並沒有尋到子諾，後來就為他做了個衣冠塚，算是入土為安了。畢竟那麼大的水，能活下來的機會……唉！」坐在一旁的廖氏見大夥兒心情混亂，便出聲為喬春解釋了一番。

喬春失去部分記憶的事情大家都知道，但說起唐子諾，心裡就難受。山中村的居民並不會在特定的時間去掃墓，端看各家方便，既然唐子諾的墳是衣冠塚，加上林氏其實還是沒辦法接受事實，因此喬春才不曉得這件事。

原來是這樣，那麼柳逸凡就可能真的是唐子諾了。喬春想著，心裡的感覺很奇怪，有點竊喜、有點害怕、有點……她自己也說不上來到底是什麼滋味。

難怪婆婆從沒說過要去掃墓，一來是怕她心裡難受，二來是自己沒辦法接受。只怪她自己老是忙著種茶跟照顧一家老小，而且自從來到這個地方以後，就沒見過唐子諾，根本當他不存在，結果種下這麼大一個誤會。

「那我二弟就是四妹的相公了。」說到這裡，皇甫傑已經可以肯定柳逸凡的真實身分了，一向沈穩的他，也有點激動難耐。

「我馬上派人去接他回來，這樣果果和豆豆就有爹爹了！」皇甫傑站了起來，笑得合不攏嘴，轉身抬步離開。

這事來得太突然，也太讓人興奮了！他得趕緊去接柳伯伯和柳逸凡到山中村，待唐老夫人見過逸凡後，一切就真相大白了。

「好好好！一切就麻煩阿傑了。」喬父起身送皇甫傑到門外，緊緊握著他的手，眉眼含笑道：「阿傑，不管他是不是子諾，你都接他過來。我們看過了，心也就安了。」

皇甫傑感動地看著心心念念為兒女的喬父，大手回握住他長著厚繭的手猛點頭。「伯父，您放心！我相信逸凡一定是子諾，他們都是好人，好人一定會有好報，我這就去接他回家！」

說罷，皇甫傑便快步跳上馬車，揚塵而去。

「親親，大舅舅他要去哪裡？」林氏懷裡的豆豆，眨巴著大眼睛，好奇地看著喬春問道。

「笨，大舅舅是去接爹爹回家了。」果果瞥了豆豆一眼。原來他有爹爹，以後再也沒有人會說他和豆豆是沒爹的孩子了！

「可是……親親，爹爹回來了，二舅舅怎麼辦？他答應要給豆豆做爹爹的。」豆豆緊擰著眉頭，她對爹爹沒啥感覺，反正她二舅舅已經答應要當她的爹爹了。豆豆記得娘親說過不准再提這件事，但現在事關「爹爹」，她可不能保持沈默。

這是什麼意思?!眾人的眼光整齊地向喬春探了過來，眼裡充滿興味。如果今天柳逸凡不是唐子諾，豆豆這番話肯定讓這個家鬧得雞犬不寧，但現在狀況不同，他們實在好奇兩個記憶不全的人，又怎會重新走在一起？

喬春頭痛不已，直接無視他們的眼光。

這會兒她還沒從剛剛的消息中回過神來，得花點時間理理這團混亂。難怪自己見到柳逸凡會有熟悉的感覺，怪不得柳逸凡右邊嘴角上也有一個梨渦，不得不承認，這梨渦似乎真的是他們唐家的專有招牌。

「你們幫我照看著果果和豆豆，這些日子不安全，別讓他們出家門。我進房休息一下，吃飯時再叫我吧。」喬春站了起來，轉身往後院走去，留下愕然的一廳人。

「豆豆，妳剛剛說妳二舅舅同意要當妳爹爹？」

眾人見喬春態度躲閃，不願回答，目光便全集中到豆豆身上，一個個滿臉好奇。

「是啊！豆豆見二舅舅長得很像果果，而且他對豆豆也很好，所以就請他做我爹爹了。」豆豆看眾人眼神發亮地看著自己，小尾巴高高翹起，示威性地瞅了一眼果果，又道：「唉，早知道哭一哭，就可以讓二舅舅同意的話，我先前就不求他這麼久了。」

大夥兒聞言，你看看我，我看看你，隨即不約而同大笑起來。

連豆豆都說柳逸凡長得很像果果，那他一定就是唐子諾本人了，不會有錯的！

第五十五章　歸來

在唐、喬兩家人殷殷期盼下，終於等到額頭上包著紗布的柳逸凡。

柳逸凡從馬車上探出頭來，看著眼前陌生的房子，有些遲疑，但當他看到那一群熟悉的面孔時，便快速跳下馬車，跑到林氏跟前跪下。

「娘，孩兒不孝！這麼多年不在身邊侍奉娘親……」柳逸凡——也就是唐子諾，仰頭看著林氏，滿懷歉意地責怪自己。

林氏淚流滿面地看著失而復得的兒子，上前伸手扶他起來，哽咽道：「子諾，我的兒啊！這不是你的錯，倒是這些年來你在外面吃苦了。」

唐子諾紅著眼，伸手輕柔地拭去林氏臉上的淚水，抬眸掃視了眾人一圈，心裡不禁有點失落。

她沒有出現……應該是刻意的吧！

唐子諾眼角餘光掃到喬氏夫婦時，便鬆開林氏的手，走到他們面前跪下，滿臉慚愧地磕了三個響頭。「岳父大人、岳母大人，小婿向你們賠禮道歉。這些年小婿讓你們擔心，也讓春兒受苦受累。現在我回來了，我一定會加倍補償她的！」

喬父伸手扶起唐子諾，欣慰地打量著他，見他比以前更健壯，眸底也充滿誠意，便咧開了嘴笑道：「子諾，你能回來就好！我們沒有操什麼心，倒是苦了春兒，一切都是她撐起來的。」

「春兒，妳快過來啊，子諾回來了！」喬父高興地叫喚喬春，可是好一會兒都沒有聽到應聲，他不禁扭頭四處張望。「奇怪了，剛剛聽到馬蹄聲時，她明明就在大廳啊，現在人到哪兒去了？」

唐子諾心中一嘆，看來喬春短時間還是有點接受不了。可是，自己能活著回來，她不是應該很開心嗎？難道她是怪自己這些年讓她吃苦了？

「岳父，我們進屋吧。」唐子諾隱下心中的失望，嘴角揚起一抹笑容，轉過頭對一旁的柳如風和皇甫傑道：「師父和大哥也進屋坐吧，咱們坐下來邊喝茶邊聊。」

「柳神醫、阿傑，快進來坐。」喬父開心地迎著柳如風和皇甫傑進屋。

「伯父，請！」皇甫傑勾了勾唇，抬步往大廳走去。呵呵，他剛剛好像有看到那綠色的裙襬，看來四妹是刻意躲著二弟了。

「二舅舅您來啦！您頭上的傷好了沒有？還痛不痛？豆豆給呼呼，好不好？」豆豆從後院跑了出來，看到唐子諾時，趕緊站到他面前，抬起滿是擔憂的眸子，眼睛一眨也不眨地盯著他。

「豆豆，來，爹爹抱抱。」唐子諾歡喜地一把抱起了豆豆。這可是他的女兒，一個可愛又貼心的寶貝。

「爹爹？二舅舅您就要當豆豆的爹爹了嗎？」豆豆星眸璀璨，滿臉喜色地看著唐子諾問道。

「笨，他就是咱們的爹爹！」果果忍不住朝豆豆翻了翻白眼，真是夠笨，居然不知道二舅舅就是自家爹爹。他抬眸細細打量著唐子諾，心裡不禁翻起一朵朵浪花。原來自己真的長得很像爹爹呢！

「二舅舅，您真的是豆豆和果果的爹爹嗎？」豆豆疑惑地看著唐子諾，搖了搖頭續道：「可是，豆豆和果果的爹爹不是到天上去了嗎？」

她不明白，為什麼到了天上的人還可以回來？娘親不是說，人到了天上就回不來了，只能在天上守著自己愛的人了嗎？爹爹怎麼可以回來？難道爹爹會飛？

「嗯，二舅舅就是果果和豆豆的爹爹，如假包換。」唐子諾溫柔地看著豆豆，輕輕在她額頭上親了一口，又道：「豆豆、果果，爹爹對不起你們！這麼多年沒有關愛、陪伴你們，以後爹爹一定會好好疼愛你們！」

唐子諾很心酸，兒女都長這麼大了，自己才找到記憶，尋到回家的路。腦海裡響起豆豆那次在霧都峰的哭訴，他的心忍不住揪成了一團。

「果果，你過來，讓爹爹抱抱，好不好？」唐子諾微笑看著說話像個小大人般的果果。據錢財所說，果果曾暗中請他替他們找個爹爹，看來果果是個有主見、懂得疼娘親的好孩子。

「爹爹，你回來了真好！以後小龍他們就不會笑我和豆豆是個沒有爹爹的孩子了！娘親也有人保護，再也不會有人傷害我們了！」果果紅著眼撲進唐子諾的懷裡，帶著鼻音訴說道。

眾人看著這對父子相擁的一幕，都感動得偷擦眼淚。

此時，從後院回來的桃花，對林氏搖了搖頭，輕嘆了口氣。接著便坐了下來，內心激動地看著多年未見的大哥。

她剛剛照娘的意思去後院看看大嫂在不在屋裡，可是門從裡面鎖住了，她在外面喊了半天，也不見大嫂前來應門。

唉，看樣子大嫂沒有從這突如其來的狀況中回過神來。

她需要時間好好想想，消化一下。畢竟自己以為已經死了的人突然出現，又想起自己這些年來吃的苦，多少有點緩不過來。

「爹爹，您會飛嗎？」豆豆的適應能力倒是很強，才一會兒工夫，她就能甜膩膩、軟乎乎地開口爹爹、閉口爹爹了。

「豆豆的意思是？」唐子諾寵溺地看著這個問題多多的女兒，淺笑著問道。

豆豆天真道：「我是想問爹爹是不是會飛？不然怎麼能從天上飛下來，重新做豆豆的爹爹？」

她還是覺得很奇怪，如果自家爹爹可以從天上飛下來的話，為什麼以前他們受欺負時，他不飛下來幫忙？

果果聽豆豆這一問，也揚起了頭，眼睛緊緊盯著他。如果爹爹會飛，那是一件多麼神氣的事啊！以後他就可以在夥伴面前說爹爹有多厲害了，看他們以後還會不會再笑他！

「會一點。」唐子諾輕笑出聲。如果輕功也算飛的話，那他真的會飛。

「好棒哦！以後爹爹可以帶豆豆在天上飛了！」豆豆開心地看著唐子諾。

「我要爹爹帶我去看小鳥的窩！」果果也趕緊開口要求。

大廳裡的人全都看著可愛的果果和豆豆，開心地笑了起來。

房裡的喬春站在房門前，聽到大廳裡傳來的笑聲，忍不住鬱悶起來。除了桃花，自己半天不露臉，也不見其他人過來問一聲，連果果和豆豆也一樣，有了爹爹就把她這個娘親丟在一邊涼快去了。

可惡的柳逸凡！哦不，是可惡的唐子諾！

真是太過分了，她辛辛苦苦生下一對兒女，含辛茹苦拉拔他們長大，不知道有多辛苦！他撿現成的不說，還奪去果果和豆豆的心，她怎麼會這般命苦?!

喬春一直在房間裡來來回回踱步，腦子裡盡是一些孩子氣的想法。此刻她就像是個搶不到糖吃的小孩，又急又惱又無奈。

突然間，外面的笑聲停了下來。喬春把耳朵貼在門上，用心聆聽，卻還是沒有一點聲響，連談話聲也小了下來。難道唐子諾把果果和豆豆帶走了？

不行！果果和豆豆是她的寶貝，誰也不能帶走！

喬春耳朵還貼著門板，正想伸手開門，一陣敲門聲驟然響起，喬春叫了一聲，忍不住捂著耳朵，皺著眉頭恨恨盯著房門。

究竟是誰，居然對著她的耳朵拍起了門，根本就是謀殺！

「春兒，妳怎麼了？出什麼事啦？」門外的唐子諾聽到喬春吃痛的叫聲，忍不住著急地問了起來。心急之下，唐子諾沒有多想，抬起腿就用力往門上一踢。

一聲巨響，房門應聲而倒。

喬春瞪大眼睛，看著朝自己砸來的門板，腦子裡一片空白。嗚呼！看來自己又要再穿越一次了……

「啊！」喬春整個人被房門壓倒，七葷八素地起不了身。

「春兒，妳沒事吧？」門板立刻被移開，一個溫暖有力的雙臂將喬春圈入了懷裡。

喬春沒有回答，只是靜靜地聽著耳朵裡傳來的心跳聲，聽著聽著，感覺自己的心跳慢慢加速，胸膛劇烈起伏，壓根兒忘了自己全身疼痛。

「春兒，妳有沒有摔傷？讓我看看。」沒聽見喬春的回答，急得唐子諾低下頭，稍稍推開喬春，緊張地盯著她問。

唐子諾見喬春愣愣的樣子，看起來並沒有受傷，總算鬆了口氣，看著她深情道：「春兒，我是子諾，我回來了，我是妳相公啊！」

相公？喬春有點困惑地眨了眨眼。

唐子諾微怔了一下。兩人距離近得曖昧，他甚至能數清她纖長微翹的睫毛。她的臉上泛起迷惑，星眸中漾出漣漪，櫻唇顯得水潤。這樣的喬春，讓他忍不住想要一口含在嘴裡，細細品嘗她所有甜美。

喬春耳邊傳來一道重重的呼吸聲，溫熱的氣息恰好噴在她耳際，酥酥癢癢的，像是一股熱量湧進了心扉。她感覺自己的身體開始變得敏感和僵硬，心兒怦怦直跳。

唐子諾定定盯著她的雙唇，她身上淡淡的幽香撲鼻而來，唐子諾只覺下腹不由得一緊，渾身躁熱。

喬春偏過頭，正好瞧見唐子諾上下滾動的喉結，她將視線慢慢上移，然後就撞上了一雙亮得炙人的深邃眼眸，那眼底閃爍火苗，熱度足以將周遭的一切燃燒殆盡。

喬春忍不住粉臉一紅，瞋了唐子諾一眼，掙扎著想起身，卻因為腳麻而重心不穩，整個人差點跌倒。唐子諾見狀要去扶她，卻一個沒站好，反而雙雙倒地，唐子諾還剛好壓在喬春身上。

喬春看著那張近在咫尺的俊臉，感受到壓在自己身上的重量，羞得無地自容，用力推挪他，怒道：「你幹麼？快點起來！」

「春兒，我……」唐子諾覺得自己很是無辜。

「爹爹、親親，大舅舅要我叫你們快點起來。你們是在玩什麼遊戲呀？」豆豆蹲在他們身邊，困惑地看著他們問道。

唐子諾臉上驟現紅潮，他扭頭想看看喬春的反應，結果扭轉的角度剛剛好，他的唇不偏不倚地擦過喬春的紅唇，剎那間，一股如電擊般的感覺襲上兩人的心房。

「親嘴，羞羞臉。」豆豆瞪大眼睛看著他們，嘴裡唸著孩童們之間流傳的話。

「豆豆，快跟大舅舅走，兒童不宜啊！」皇甫傑不知從哪兒冒了出來，大掌覆上豆豆的眼睛，像是責備，更像是揶揄地搖著頭，打量了他們的姿勢一眼後，邊走邊丟下一句話。

「春兒，我……」唐子諾的臉頓時紅得像是水煮蝦，很想解釋卻說不出話。

「起來！再不起來，我生氣了。」喬春羞得只差沒找個地洞鑽進去，狠狠瞪著唐子諾，威脅道。

「妳別生氣，我馬上就起來。」唐子諾一聽喬春要生氣了，趕緊爬了起來，順道伸手將喬春拉起來站好。

喬春眼神掃過躺在一旁的房門，偏過頭又瞪了唐子諾一眼，轉身氣呼呼往大廳走去。真是個大呆瓜！喬春走著走著，嘴角不禁泛出了一抹淡淡的笑容。

喬春抬步踏入大廳時，大夥兒的目光整齊劃一地向她掃來，喬春被看得有點不好意思，她強自鎮定，選了個位子坐下來，啐道：「你們這是幹麼？」

「嘿嘿，大嫂，那道房門好像壞了……」桃花輕輕回了一聲，頓時紅霞滿臉飛。剛剛大哥和大嫂的姿勢實在讓人很難不想歪。

「春兒，下回你們別這樣，小孩子看了不太好。」雷氏微微刮了喬春一眼，若有似無卻又力道極強地往喬春心頭上割。

那個不幹好事的唐子諾，她的形象全被他這一腳給毀了！喬春恨恨想著。

「下回你們最好關上房門。」雷氏又加上這一句，大廳裡瞬間低笑聲四起。

好，很好，非常好！唐子諾，你一出現我就一糗再糗，這筆帳你給我記住了！

從房裡走進大廳的唐子諾，瞥到喬春的表情，頓時心知不妙。他可憐兮兮地看著她，汗涔涔地站著。

「相公，你把門修好，不然……」喬春慢條斯理地喝著茶，淡淡道。

「我去，馬上就去。」唐子諾擦了擦額頭的汗，急忙截下喬春的話，一溜煙地跑走了。

他知道喬春生氣了，下面那句準沒好話，自己還是乖乖修門去吧，否則真不知她哪年哪月才肯理自己。

「春兒，子諾他才剛回來，頭上還有傷呢！」林氏心疼兒子，眉頭微蹙地看著喬春，輕聲提醒道。人才剛回來，她都還沒看夠呢，就被兒媳婦一聲令下做苦力去了，瞧自家兒子方才的模樣，不折不扣妻管嚴。

「柳伯伯說了，那是皮肉傷，不礙事。」喬春抬眸看著柳如風，淺笑道。直接讓大夫現場證明，看看大家還有什麼話好說。

「呃……春兒說得沒錯，只是皮肉傷而已，不礙事的。」柳如風明白喬春的用意，嘴角含笑，配合道。看著徒弟現在這個樣子，他倒是甚感欣慰。有家有愛有樂趣，誰說夫妻間的打情罵俏不是好事一樁？

林氏稍微放下心，但還是有些在意喬春對唐子諾的態度。

「屬下參見王爺。」此時，從門外走進來的孫超義看到皇甫傑，大步上前，站在他面前恭敬地行禮。

「孫大捕頭，起吧！出門在外，不必如此多禮，私底下大家以朋友身分相處即可。」皇甫傑輕輕擺了擺手。

「是，王爺。」孫超義應了一聲，退到一旁站著。

「阿傑，你是王爺？」喬父驚訝地問道。

除了喬春，大廳裡每個人都瞪大眼睛，不可思議地看著皇甫傑。

他竟然是個王爺，卻一點架子都沒有！他幫他們種過茶樹，抱過果果和豆豆，還跟喬春結為義兄妹，甚至跟錢財搶過菜……眾人看著他，思緒飛騰。

「沒有跟各位表明身分，實在是因為不希望大家跟我相處時有壓力。跟你們在一起時，給我家的感覺，我很享受這種溫馨。所以，請大家別將阿傑和王爺混在一起，現在的阿傑不是王爺，只是喬春的義兄而已。」皇甫傑看著眾人，表明自己的心跡。

「我很早就知道大哥的身分了，大家別有壓力，大哥就是大哥，明白了嗎？」喬春見眾人還是沒能從「阿傑就是王爺」的震驚中回過神來，便開口向大家說明。

她知道大哥渴望家的溫暖，既然他覺得這裡能讓他擁有家的感覺，那麼她樂意與他一同分享。

「明白，在山中村我們只認識阿傑，不認識什麼王爺。」喬父率先回神，眼底閃過一絲笑意，定定地看著皇甫傑。

他終於明白為何第一次見阿傑時，無形中感到一股壓力，因為那是他與生俱來的尊貴和威嚴。不過，阿傑是個熱心腸的人，一回生二回熟，現在兩個人感情好得像一對忘年之交。

既然阿傑希望大家沒有壓力地與他相處，自己當然也很樂意。剛剛他可沒有漏過阿傑說到「家的感覺」時，眼眸底下那濃濃的渴望。

「我們也明白了。」大夥兒總算欣然接受皇甫傑的請求。

「謝謝大家。」皇甫傑感動地看著每個人的笑容，眼角微微濕潤。他要的不多，但生在帝王之家有太多無奈，連親情本身都是籌碼，再多榮華富貴也換不來如此純粹的感情。

「大哥。」

「皇甫兄。」

錢財和李然從外面走了進來，看到大廳裡坐著的人，連忙上前招呼。

「李兄弟，坐下來喝茶吧，事情有進展嗎？」皇甫傑招呼李然坐了下來，瞅著他淡淡問道。雖然他們是主子與屬下的關係，但在外面都是以兄弟相稱，也顯現出他們的好交情。

「那些人準備明晚交易。」李然坐在皇甫傑身邊，看著他應道。

喬春見狀，向喬父暗使了個眼色，喬父便領著唐、喬兩家人往後院走去，各回各屋，留下皇甫傑、柳如風、李然、孫超義等人。

第五十六章　追查半邊頭

「孫兄，你也請坐，不必拘禮。」皇甫傑轉過頭，笑著請孫超義坐下。

「謝王爺。」孫超義微微頷首，靜靜坐下。

「三弟，你來啦！李兄也在？」唐子諾從內院走了出來，手裡還拿著修門用的工具，看到李然時，明顯愣了一下。過去他在柳如風身邊時，就經常與李然談天，交情算是不錯。至於孫超義，唐子諾早就曉得他奉皇甫傑的命令待在唐家保護喬春和家人。

「柳兄，你也在？」李然顯然沒想到柳逸凡會出現在唐家，看見他手裡拿著的東西，更是一頭霧水。

「是啊！」唐子諾淺笑著應道，將工具放在大廳角落裡，來到桌邊，瞅著喬春又道：「春兒，我已經把門修好了。」

喬春沒好氣地瞥了他一眼，心裡不禁嘀咕：好了就好了，難道還想要獎勵不成？

「這是……？」李然和孫超義都愣愣地看著喬春和柳逸凡的互動，不明白柳逸凡怎麼直接呼唐夫人的閨名？

「你坐下來吧。」喬春抬眸瞪了唐子諾一眼，讓他坐下來。跟他的帳之後再算，現在有這麼多外人在，可不能太順著自己的性子。畢竟樹要皮，人要臉，在外人面前可得給足丈夫面子，這點道理她還懂。

「好。」唐子諾欣喜萬分地坐了下來，看著李然和孫超義道：「李兄、孫兄，在下本名為唐子諾，以後大家叫我子諾就好。」

李然和孫超義不明所以地看向皇甫傑，希望他能解說一下這到底是怎麼回事。怎麼柳逸凡一眨眼就變成了唐子諾？

「呵呵，我二弟是柳伯伯在三年前救下的，救醒後，發現他失去了記憶，便為他取了『柳逸凡』這個名字，現在他已經想起了以前的事。

「哦，補充說明，唐子諾是我四妹的相公，果果和豆豆的親爹。」皇甫傑好笑地看著李然他們微微張開的嘴巴，瞄了一眼若有所思的錢財，暗嘆了一口氣。

「原來如此，恭喜唐兄！」恍然大悟的兩個人，輕笑著拱手向唐子諾道喜。

「三弟，這些年謝謝你幫我照顧這個家。」唐子諾眸光輕轉，看著一旁顧著喝茶卻不說話的錢財，笑呵呵地道謝。

他多少明白錢財對喬春的心思，所以這會兒他得將名分擺在檯面上。不是他小心眼，實在是因為自家娘子魅力太大，如果演變成兄弟相爭，可就不太好了。

「這是應該的，先不論二哥就是四妹的相公，僅憑跟四妹的交情，我也該盡義兄的責任。再說，這些年可是四妹幫了我的忙，她所得的一切，全是靠自己的本事和勞力。」錢財放下茶杯，看著唐子諾，一副就事論事的模樣。

「李兄弟、孫兄，你們還是說一下調查的結果吧！」皇甫傑瞥了錢財一眼，連忙岔開話題。

說起正事，大夥兒又將精力集中在李然和孫超義身上，靜靜等待他們開口。

「根據我們調查，半邊頭的真名叫阿卡吉諾，曾在西部族位居隱司士。他雖位高權重，卻仍一心想謀取大神司的位置，暗中想毒害大神司，結果被人揭穿，自毀半邊頭髮，從此再也沒踏入過西部族的領地。」李然點頭示意後後，孫超義便將他們調查的結果一一向皇甫傑等人道來。

「阿卡吉諾利用陰年陰月陰時生的童男童女煉製邪藥，似乎對重回西部族一事尚未死心。」孫超義沈思了一下，向皇甫傑道出他心裡的猜測。

「真是個惡毒的人，竟然用這種歹毒的方子來煉藥！這種人一定得儘早除之，留下來是禍害百姓！」柳如風大掌往桌上一拍，氣得連鬍子都翹起來了。

「柳伯伯，您別生氣。我們一定會儘快解決這件事，明晚他們行動時，就是我們的機會。這一次我們得部署好，可不能讓他逃了。」

皇甫傑說著，轉過頭對李然和孫超義說道：「李兄，你去下暗衛令，將附近的暗衛都召集過來，明天我們一定要將他們全部拿下。」

「是，我明白了。」李然應了聲，轉身離開。

喬春則是進屋拿了筆墨，按孫超義的敘述畫下一幅地形圖，吹乾墨汁挪到皇甫傑面前。

「四妹，這是……」皇甫傑有點詫異地抬眸望著喬春。

「大哥，我們按這個地形圖來部署，會更清楚明瞭，難道你行軍打仗時，都不用地圖嗎？」喬春疑惑地看著皇甫傑，輕聲問道。

「我們從來都不用圖。」皇甫傑說道。

「全靠說話指揮？」喬春瞪大了眼睛。

「嗯，這樣有問題嗎？」皇甫傑不明所以。他馳騁沙場多年，一路都是這麼走過來的，不覺得有何不妥。

喬春頓時無語。連圖都沒有就能打勝仗，只能說大哥的領導能力過人，軍隊實力太過慓悍。難怪大齊國雖稱不上富裕，兵力卻讓敵國有所忌憚，政局因此能長治久安。

喬春揉了揉眉頭，抬眸看著皇甫傑道：「大哥，你想想看，如果你手裡有一份敵陣的地形圖，這樣你打仗時會不會容易很多、準確很多？」

皇甫傑雙眼驟然發亮，一臉驚喜地看著喬春，笑道：「四妹，妳可真是個天才！按妳這法子，我們打起仗來，可會少吃很多虧。四妹，妳還有沒有什麼好的建議？」

喬春聽著不禁有些不好意思，這些哪裡是她自個兒想的，電視劇不都這麼演的嗎？「大哥，你可以在軍中挑出一些文武雙全、具備膽識又細心的人出來，組成先鋒小隊讓他們探路，畫出敵陣的地形圖出來，這樣你們就可以按圖部署。」

皇甫傑一行人愈聽愈覺得驚奇，一個個用崇拜的眼神盯著喬春，看得喬春不好意思起來。

「四妹，想不到妳還是個大將之才！」聽了喬春一番解說，皇甫傑怔怔地看著她，由衷地說道。

柳如風也不禁打量起喬春，心裡對她充滿好奇，她真的只是一介農婦嗎？

唐子諾更是疑惑地盯著喬春。三年不見，眼前的喬春還是當年他娶的木訥新娘嗎？之前醒來以後，他沈醉在自己的記憶裡好一段時間，之後就跟師父兩人風塵僕僕趕來山中村，根本就沒細想現在的喬春和以往他認識的喬春有什麼不同。現在看著她如此熟稔地作畫，對行軍方面還如此在行，他內心不由得充滿懷疑。

雖說他跟喬春是媒妁之言，兩人也沒相處多久就分開了，但他對喬春的基本認識還是有的。原來的喬春不識字，更別說畫茶具、擬契約、種茶樹、做生意，只是個出嫁從夫的單純丫頭。

眼前這個她與三年前的喬春判若兩人，雖然他不清楚是什麼原因讓她完全改變，但他知道自己更喜歡現在的喬春。她就像是個謎，讓人情不自禁想要看清謎底，卻愈陷愈深。

這麼多人之中，只有錢財見怪不怪，因為喬春是個怎樣的女子，他早就知道了。對於她時常蹦出來的奇怪想法，他已習以為常。

「大哥說笑了。」喬春不知道她的提議已經在眾人心裡翻起朵朵浪花，仍是專心想著該如何將半邊頭手到擒來。

「我們趕緊來部署吧，我真是迫不及待想揪出那些傷害豆豆的人。哦，對了，錢滿江他們母子倆沒什麼動靜嗎？」

喬春突然想起那對讓她恨得牙癢癢的母子倆，說到底他們才是幕後真凶，如果不是他們，半邊頭也不會平白無故下毒害豆豆，也不會在途中派人暗殺她們母女倆。

「錢滿江已經被半邊頭毒害了，現在正躺在床上，等著他的解藥。至於錢夫人，她是明晚要跟半邊頭交易的人，我想應該是半邊頭用錢滿江來要脅她吧。」孫超義眼神中帶著敬意看向喬春，緩緩向她敘述錢滿江母子的現狀。

喬春聽了，覺得有些扼腕，又有點不甘。她本來想親自決定他們的下場，沒想到卻被人捷足先登，而且還是她的大仇人半邊頭，命運真的很捉弄人！

「四妹放心。大哥不會輕易放過他們母子倆，他們背後的靠山也該清理一下了。這些日子聽了不少關於錢夫人的娘家劉家為非作歹、貪斂朝廷稅收的事。」皇甫傑的眸底迸射出冷冽的光芒，嘴角緊抿，英眉緊擰。

喬春感激地向皇甫傑道謝。「謝謝大哥！」

之後一行人根據李然與孫超義蒐集來的資料，請喬春畫好圖，開始精密地部署起來，直到天黑吃晚飯時才停下來。

第五十七章　重新戀愛

「入夜」是喬春最擔心的事，因為唐子諾回來了，就意味著他們得共處一室了。

「親親，您還在畫什麼？豆豆想睡覺了，親親，您可不可以講《灰姑娘》的故事給我聽？」豆豆走到書桌前，看見喬春還在畫圖，不由分說地拉扯她的衣服，抬起水汪汪的大眼睛，軟軟地請求道。

喬春放下筆，抱起豆豆，親了一下她的額頭，笑道：「呵呵，走了，幫豆豆講故事嘍。」

一踏進孩子房間，就看到坐在果果床邊的唐子諾。喬春的心不由得一顫，只覺房裡的空氣瞬間變得稀薄，有點壓抑。

「娘親，爹爹在跟我說京城的事情呢，那裡好好玩哦！」果果一見喬春進門，就興奮地朝她招手，衝著她喊了起來。

喬春看著神色飛揚的果果，和眉目之間盡顯柔情的唐子諾，頓時覺得昏黃的油燈光芒像是從他們身上散出來的柔光一樣，構成一幅父慈子孝的溫暖圖畫。

喬春不禁被這畫面給閃了神，但她隨即恢復正常，神色自若地抱著豆豆走了過去，輕笑道：「嗯，果果聽完了就早點睡，可不能過了娘親規定的時間，明白了嗎？」

「嗯，果果明白了。」果果輕快地點了點頭，抬起星光閃閃的眸子看著唐子諾，道：「爹爹，您會一直待在家裡陪果果和豆豆嗎？」

剛被喬春放在床上的豆豆一聽，立刻扭過頭，神色緊張地盯著他，不安的聲音隨之而出。「爹爹，您不能走，我不要爹爹離開！」

唐子諾的心不由得一緊，看著這般沒有安全感的孩子們，心裡的愧意聚攏心頭，他聲音喑啞道：「果果和豆豆放心，爹爹再也不會離開你們和娘親了，爹爹保證！」

說著，唐子諾深邃的黑眸柔情地看著喬春，讓這話聽起來更像是對喬春的保證。

喬春靜靜抽回視線，低頭哄豆豆睡下，替她把薄被蓋好，接著對豆豆說起《灰姑娘》的故事，星眸中閃過一絲絲朦朧的情愫，還有一絲絲迷離。

唐子諾替果果蓋好被子，英眉微蹙地看著喬春眸中流過的迷離。不知為何，他覺得這種迷離的眸光，讓人無端生出濃濃的恐懼感，彷彿眼前的喬春飄渺無比，雖然近在咫尺，卻又遠在天邊。

她不是三年前的喬春，此刻的她集智慧、膽識、才能、美貌於一身，這樣的女子美好得像是誤闖人間的仙女。

「春兒。」唐子諾不禁低聲喚她，試圖將她從迷霧中拉出來。

「你別這樣叫我。」喬春回過神，有點抗拒唐子諾的柔情。

在另一個時空經歷的感情傷痛忽然湧入腦海，喬春像隻刺蝟似的，拱起身體張開自衛的尖刺，不讓別人踏入她的感情禁地半步。

喬春看著已經熟睡的豆豆，瞄了一眼同樣已經安睡的果果，站起來轉身就往外間走去。

唐子諾看著她的背影，心中那股恐懼愈來愈濃。

「春兒，我知道是我對不起你們母子，是我害妳吃了不少苦，請妳原諒我好嗎？從現在開始，讓我好好的補償妳，好嗎？」唐子諾快步跟了過去，看著停下腳步的喬春，大步上前，伸出手臂從後面環住她的腰，將她整個人圈入懷裡。隨著他的嘴巴一張一合，溫熱的氣息恰好噴在她的耳際。

喬春只覺身子立刻變得僵硬，一股酥酥麻麻的感覺竄上心頭。她不自在地扭了扭身子，試圖掙開他的懷抱，可是試了好一陣子都沒能成功，她氣惱地撇了撇嘴道：「你放開我，男女授受不親。」

「噗！春兒，我是妳的相公，我們是名正言順的夫妻，相公這樣抱著自己的娘子可不算是踰越，更不能說是調戲。」唐子諾噗哧一聲笑了出來，忍不住揶揄她。他惡作劇似地朝她耳邊吹了口氣，嘴角蓄著笑，欣賞她紅霞滿臉飛的嬌羞模樣。

「你……你放開我，不然我就不理你了。」喬春對於唐子諾的無賴實在沒轍，吞吞吐吐地說著不像威脅，倒像嬌嗔的話。

「呵呵，春兒，妳這個樣子真可愛。」唐子諾微側著頭打趣道，圍在她腰上的手，絲毫沒有要鬆開的跡象。

喬春惱極了，心裡忍不住嘀咕：這唐子諾還是柳逸凡時，可不會這般無賴，怎麼一恢復記憶，就變得像隻賴皮又狡猾的狐狸？難道他是荷爾蒙失調，這會兒想抱著自家娘子滾上床去？

呸呸呸！喬春暗斥自己的想法太過猥瑣，但心裡卻很害怕接下來的漫漫長夜。雖然她並不是不曉人事，但唐子諾基本上對自己來說就像個陌生人。

儘管自己對他心存好感，但也不可能還沒培養感情就上床吧？只是現在他們畢竟是合法夫妻，人家提出要求，也不可能一直死撐著，不讓人家碰吧？

喬春一時之間不知該如何是好，忍不住翻了個大白眼，噘起嘴。「春什麼春？你叫春啊！」

唐子諾看著她，不惱反喜，他幽深如潭的眸子裡含著戲謔的笑意，含情脈脈地接過她的話。「我就是叫春啊，原來妳還記得我以前在房裡都是叫妳春的。」

「你……你！」喬春羞得說不出話，乾脆轉移話題。「你先放開我！你這樣，我……」

這道銅牆鐵壁自己是掙不開了，還是識時務為俊傑，先讓他鬆開再說。

「我不放開，妳會怎樣？」唐子諾的嘴角逸出一抹得逞的笑意，狀似無辜地問道。

喬春惱了，劇烈地扭動起身子。她算是看明白了，自己根本就是隻被大野狼咬在嘴裡的小白兔，想要逃脫，只能靠自己。

「春兒，妳別再動了。我……」

喬春耳邊傳來唐子諾粗重的呼吸聲，她沒理會，撇了撇嘴，又扭動了一下身子，卻突然發現好像有個東西頂在自己身後。

「春兒，妳別再動了。再動下去，我可不敢保證自己會不會化身成狼？」唐子諾重重喘著氣，聲音粗啞而壓抑，帶著幾分隱忍。

喬春總算明白自己背後的東西是什麼了，她忍不住羞紅著臉，氣惱道：「下流！」

唐子諾無語地看著她。一個男人抱著自己的娘子，有點遐想也很正常吧？「春兒，不是為夫的下流，而是妳的魅力太大了。」

喬春為之氣結，照他這樣說，一切都是她的錯了?!她壓抑住內心的不平，軟聲細氣道：「你先放開我，我們坐下來好好談談。」

「嗯。」唐子諾不甘不願地鬆開她，輕應了聲。他知道自己不能逼她太緊，反正來日方長。

唐子諾一鬆手，喬春就飛快地從他懷裡蹦了出來，眼神鄙視地瞥了他的胯下一眼，逕自走到桌邊坐了下來，道：「果真下流。」

話落，她神情恢復正常，為自己跟唐子諾各倒了一杯茶，伸手指了指對面的凳子，道：「過來坐吧！」

「不知娘子有什麼話要跟為夫說？為夫洗耳恭聽。」唐子諾輕笑著坐了下來，眸色曚矓地看著喬春，柔聲問道。

「你別為夫、為夫地叫，也別開口閉口娘子，我聽了不習慣。我知道我們是明媒正娶的結髮夫妻，可你離開了三年，現在雖然恢復了記憶，但我那一撞也是忘了以前一些事，所以……」喬春說著，吸了吸鼻子，垂下了頭。

「春兒，我知道妳對我情深意重，一切都是我對不起妳。以後我一定會加倍補償妳，我也願意等妳。妳有什麼要求就說吧，我一定照辦。」唐子諾看著喬春傷心無助的樣子，心頭一緊，滿眼愧意地看著她。

他看不透現在的喬春，只覺得她對他有點抗拒。但他願意等她打開心房接受自己，只要有果果和豆豆在身邊，他就相信喬春不會離開他。

喬春有點意外地看著唐子諾，她沒有想到他居然這般乾脆！她端起杯子喝了口茶水，潤潤喉嚨，定定看著他道：「我想讓我們再重新戀愛一次。」

唐子諾吃驚地看著喬春。他沒想到她的要求這麼簡單！只是，大概的意思他是聽懂了，可是那個什麼「戀愛」他不是很懂。

「春兒，妳說的我都答應，可是『戀愛』是什麼意思？」

喬春看著唐子諾有些窘迫地撓著頭，不禁失聲笑了出來，抬起璀璨的星眸看著他道：「戀愛就是我們相愛的過程，如果你不能讓我重新愛上你，就不能怪我了。」

唐子諾看著喬春，傻笑了起來。重新相愛一次？他明白了。他一定會努力讓喬春再次愛上自己，不會再讓她有機會逃離他！

喬春打了個哈欠，站了起來，回眸看著唐子諾，笑容可掬地朝他勾了勾手。

唐子諾的小心肝忍不住顫動起來，立刻站起來，迅速走到喬春跟前，滿眼星光地看著她。

「喏，你拿被子打地鋪去，我一個人睡習慣了。」喬春伸手指了指床上的被子，瞄了唐子諾一眼，一副理所當然的模樣。

話落，喬春又打了個哈欠。她抬眼看向愣著發呆的唐子諾，秀眉輕蹙，輕啟紅唇。「怎麼？你不願意？剛剛你不是說一切都聽我的嗎？」

唐子諾黑眸底下星光驟失，低下頭可憐兮兮地看著喬春道：「可是，春兒，這地板很硬、很冷、很不舒服。」

「那我是不是該請你到床上來睡？」喬春淡淡看著他，輕笑著問道。

「嗯嗯嗯。」唐子諾猛點頭。

「我發現我太天真了，竟然以為你是真心的，想不到……唉！」喬春搖了搖頭，轉過身，像是在自言自語。

「我睡地鋪，馬上。」她身後立即傳來唐子諾堅定的聲音，喬春聽著，嘴角不由得翹了起來。

「等一下。」喬春喊住了正在拿枕頭和被子的唐子諾，轉身走到衣櫃前，從裡面幫他拿出一套新的被子和枕頭。「你還是用這些吧。」

喬春將手裡的被子交到唐子諾手裡，抬眸瞄過他額頭上的白布，微怔了一下，又奪回他手裡的被子，嘆了口氣道：「你頭上有傷，還是到床上去睡吧。今晚我睡地上，等你好了再換回來。」

唐子諾一把拉住了喬春的手，深邃的黑眸中蕩起一層層漣漪，柔聲道：「別，還是我睡吧，地上有寒氣。我一個大男人沒事的。」

「算了，一起吧！」喬春突然說出這句話，語氣中有些無奈。

總不能讓他一個受傷的人睡地板吧！雖然現在是六月天，可是鄉下地方晚上還是很涼快，睡在地上確實有些不妥，看來明天得讓爹去鎮上買張榻椅回來才行。

唐子諾站在原地怔怔地看著喬春，有些反應不過來。春兒剛剛的意思是讓他一起到床上去睡嗎？

「你不願意？」眉尖輕蹙，喬春鋪好床上的被子，回過頭看著還呆愣在原地的唐子諾道。

燈光下，唐子諾飛揚的眉、星光閃爍的黑眸、燦爛的笑容，璀璨如星辰。喬春竟一時看岔了神，怔在那裡。

目光交會，柔情如水，剎那間，兩個人的時間靜止了。

「親親，我要尿尿。」拱門下傳來豆豆睡意朦朧的聲音。

喬春回過神來，臉上熱得像火燒。自己到底中了什麼邪，幹麼這般深情款款與他對視？

喬春快步走向豆豆，領著她走向房門內角的室內洗手間。

「親親，您怎麼還沒有睡？」從洗手間出來以後，豆豆抬頭疑惑地看著娘親，突然想起爹爹已經回來了，便一臉懇求地看著她道：「親親，我今晚和親親、爹爹一起睡，好不好？」

喬春聽到她的話，輕蹙著眉，問道：「豆豆想跟娘親和爹爹一起睡？為什麼？」

「因為豆豆從來沒有跟爹娘一起睡過覺啊，我好想跟你們一起睡，可不可以？」豆豆宛如黑寶石般的眼睛一眨也不眨地盯著喬春，生怕她不答應。

「好。今晚豆豆就睡在爹爹和娘親中間好嗎？」喬春忍住內心的酸楚，俯首在豆豆額頭上親了一口，笑著抱她來到自己的床上。

唐子諾感動地看著她們母女倆的互動，突然很遺憾自己錯過了那麼多溫馨的時光。

「上來睡吧，你睡外面。」喬春脫下外衣，打了個哈欠，瞥了他一眼。

「爹爹，您快點上床來睡吧。」豆豆轉過頭，一雙黑眼睛骨碌碌地打量他，嘴角逸出一抹燦爛的笑容。真好，她也有爹爹了，而且還是她喜歡的二舅舅。

「好。」唐子諾瞪大了眼睛，眼睛一眨也不眨地盯著只著粉色內襯的喬春，吞了口口水，喉結上下滾動著，深邃眼眸散發灼人的光。

雖然中間隔著一個豆豆，可是兩邊的人心臟還是怦怦亂跳。

豆豆一手抓過唐子諾，一手抓過喬春，將他們的手放在自己身上重疊在一起，甜甜道：

「有爹爹和親親陪著豆豆睡覺，真好！」話落就合上眼簾，不一會兒就睡著了。

喬春扭過頭見豆豆已經睡著了，瞅了一眼同樣偏過頭，臉上泛著柔光看著豆豆的唐子諾，輕輕抽出被他的大掌疊著的手。

唐子諾反手將喬春的手包在自己掌心裡，溫柔地看著她道：「睡吧，妳也睏了，讓我這樣牽著妳的手，好嗎？」

「嗯。」輕應了一聲，喬春閉上了眼睛，漸漸沈睡。

唐子諾勾了勾唇角，看著已經熟睡的喬春，忍不住探身在她光潔柔滑的額頭上，留下深情一吻。

翌日早晨，親子房裡笑聲不斷，從門外經過的人都忍不住彎起嘴角。

「爹爹，今天晚上我也要和你們一起睡！」果果氣鼓鼓地看著還賴在爹爹身上的豆豆。早知道這樣，他昨晚就不該那麼快睡著，白白浪費了一個好機會。

「果果，你是小男子漢了，自己睡好不好？要不，今天晚上你跟爹爹睡，娘親睡你的床好不好？」喬春坐在梳妝檯邊，回過頭看了一眼那不算太寬的床，又看著果果輕聲道。

昨天三個人睡都有點擠，要是四個人一起睡，不知會擠成什麼樣子？

「還是明天吧，今晚爹爹有事，可能不會回來睡覺。」唐子諾寵溺地刮了刮果果的小鼻子，眉歡眼笑道。

他還真沒想到果果和豆豆對他這個遲到的父親這般親熱，心靈上完全沒有間隙，似乎他從來沒離開過一樣。

「有事？」喬春停下了正在梳頭髮的手，突然想起他們今晚要去疊翠峰圍捕半邊頭的事情。想到半邊頭的毒辣手段，她忍不住出聲叮嚀：「那些人也不好應付，你要小心點。他身上應該有毒藥，你們還是備點藥放在身上，以防萬一。」

唐子諾看著喬春關心的樣子，不禁彎起了嘴角。

「爹爹，您不是答應我們不會再離開了嗎？」兩個小傢伙一聽到爹爹說不會回來睡覺，立刻緊緊抓住他的手，抬眸不安地問道。

「你們放心，爹爹不會離開你們的，他要跟大舅舅去辦點事情，很快就會回來。」喬春有些感動，又有些吃味地看著小傢伙們對唐子諾的依賴。

「對，爹爹最遲明天就會回來了。你們放心，爹爹一定不會再離開你們的。」唐子諾伸手揉了揉兩個小腦袋，認真保證著。

第五十八章　纏鬥

早飯過後，唐子諾和皇甫傑就帶著暗衛到疊翠峰山腳的樹林裡，與李然跟孫超義召集的人馬會合，留下眼線在鎮上觀察錢夫人和半邊頭的屬下。

「皇甫兄，人都已經安排好了，我們現在守在這裡就行了嗎？」李然站在皇甫傑身邊輕聲問道。

「我們先在這裡休息一下，晚上待他們行動以後，再來個包抄，抓個人贓俱獲。」皇甫傑坐在石頭上，手裡拿著喬春昨天畫的地形圖，英眉輕蹙研究著，接著突然扭頭看著李然問道：「李兄弟，這瀑布後面的山洞，你查清楚了只有一個洞口？」

這一次可不能讓這個惡魔給逃了，否則不知他還要禍害多少人！

「皇甫兄，我已經查探清楚了，除了裡面那個洞口，就只有瀑布這個出口了。但瀑布水勢很凶，估計是誰都不能從那裡出來。」

李然打量了一下皇甫傑沈重的表情，緩緩將自己的想法和探查到的訊息都告訴他。

皇甫傑的鳳眸裡閃過一道精光，他緊抿著嘴唇，沈思了一會兒，又道：「我和孫兄帶人進去，你在瀑布外守著，子諾就負責錢府那一邊。咱們可不能抱什麼僥倖心理，畢竟半邊頭不是個簡單人物。」

李然聽著，往人群中掃了一圈，問道：「皇甫兄，柳神醫沒有一起來嗎？」
這次要抓的人是個用毒專家，有神醫傍身，會安心很多。
「柳伯伯在鎮上配置一些解藥，天黑之前會來和我們會合，待會兒你下去跟兄弟們說一下，晚上行動時，切記要小心半邊頭使用毒藥，千萬不能莽撞。」皇甫傑對一旁的李然交代著。這些暗衛都是他在江湖網羅的各類人才，可不能有什麼折損。
「我明白了，我會提醒大家的。」李然點了點頭。

夜幕降臨，錢府院子裡的大榕樹上，一雙犀利的眼睛正緊盯著燈光透亮的房間，屋頂上則有個黑衣人趴在那裡窺伺屋裡的情況。
唐子諾皺了皺眉，這棵樹離房間有點遠，他聽不清楚房裡的人在說什麼，而屋頂又有半邊頭的人，他別無選擇，只能隱身在樹上，透過打開的房門觀看有限的地方。
只見一個家僕打扮的男子跪在地上，正在向主位的錢夫人磕頭。
「夫人，您真的要把那十個小孩送到半邊頭指定的地方去嗎？半邊頭連少爺都敢下毒，這些孩子只怕是凶多吉少，我們這樣做會不會太……太……」錢一抬頭看了錢夫人一眼，怯怯道。
那半邊頭可是殺人不眨眼、毒人不皺眉的，他既然指定要這些孩子，一定不會有什麼好事。他也當爹了，真的硬不下這顆心。

「他要把這些小孩怎麼樣，都跟我沒有關係，我只要我的兒子醒過來就行了，我才不管其他人的死活！天色已經暗下來了，你快點把人送過去，把少爺的解藥拿回來。否則，你家妻兒的命，我可不敢保證。」錢夫人冷冷瞥了他一眼，神色一派自然，好像要送出去的人只是幾隻小螞蟻一樣。

「是。」錢一聽到她拿自家妻兒的生命來說事，便硬著心腸應了下來。

唐子諾見錢一從房裡出來，直接朝後門走，而屋頂上的黑衣人也已尾隨他而去，腳尖便往樹幹上一踮，轉眼就消失了。

錢一找幾個人從柴房裡將十個麻袋扛上馬車，神色複雜地朝馬車上瞅了一眼，便駕著馬車往和平鎮外的聽風亭趕去。

前頭的黑影飛快跟著馬車，唐子諾則一路保持距離地尾隨，黑眸裡閃過一道道冷冽的光。

如果他沒有猜錯，剛剛從錢府搬出來的十個麻袋裡裝的應該是十個小孩子吧，這些人可真是狠毒！

聽風亭外一片寂靜，錢一剛停下馬車，黑衣人就跳在他面前，拿出一個小瓷瓶，沈著聲道：「拿去。每日三次，一次一粒，不出十天，你家少爺就能完全康復了。」

錢一感受到黑衣人身上散發出來的寒氣，他顫抖著手接過黑衣人手上的小瓷瓶，轉身撒腿沒命地跑。

黑衣人看著膽小怕事的錢一已經跑遠了，冷冷地勾了勾唇，站在馬車前吹了個響亮的口哨。哨音剛落，亭外四面就跳出了十來個黑衣人，頃刻之間整齊地排在吹哨的黑衣人面前，等待他的指令。

忽然一陣微風吹來，風中飄著淡淡的幽香味，剎那間亭裡的黑衣人全都像一尊蠟像，瞪大眼睛一動不動。接著，風又吹了過來，他們不經意地顫了一下身子，像是剛剛什麼事情都沒有發生，繼續分派工作。

唐子諾躲在暗處，看著黑衣人駕著馬車往疊翠峰方向趕去，嘴角逸出了一抹冷笑。

接下來，疊翠峰那邊就看大哥他們的了。唐子諾轉身往錢一離去的方前進，他的任務還未完成，那些他娘子所恨的人，他也該親自去收拾一下了，聽說那些人可是欠了他們唐家好大一筆債呢！

黑衣人飛快趕著馬車往疊翠峰主峰側而去，為首的人不時皺著眉頭往回看向馬車，愈是上坡他就覺得愈沈，馬兒也喘得厲害。如果不是親眼看著錢一將痲袋搬上馬車的話，他還真懷疑這裡頭裝著的根本不是什麼小孩子。

皇甫傑帶人躲在路邊，看著一輛車從自己眼前飛奔而去，便揮手要眾人散開，按計劃暗中尾隨馬車，一路追到山洞口。

「柴熊，你這找的是什麼小孩子，為什麼會這麼重？」一個肩上扛著痲袋的黑衣人，不滿地看了站在洞口的柴熊一眼。

「別那麼多廢話，快點把人搬進去，要是誤了師父的事，可不是你我能承擔的。」柴熊沒將黑衣人的不滿看在眼裡，忍不住出聲催促他。幾個黑衣人聞聲，便加快手邊的動作。

「師父，您要的人，我已經帶進來了。」柴熊站在山洞中央，看著上方坐在石凳上的半邊頭，又瞄了一眼不停扭動的麻袋，恭敬地說道。

半邊頭滿意地看著麻袋，隨即昂頭大笑起來，眉歡眼笑地對柴熊說：「哈哈！柴熊，你這次幹得很好，待為師煉出了長生丹，一定贈你一顆！」

半邊頭大笑著站了起來，抬步走向麻袋，此刻他只想檢查一下這些藥引。

「阿卡吉諾，這次看你往哪兒逃？」皇甫傑忽然帶著孫超義和暗衛從洞口衝了進來，神色嚴厲地看著半邊頭喝道。

半邊頭——也就是阿卡吉諾，抽回了手，打量了皇甫傑好一會兒，才不太確定地說：「是你？你曾阻礙我帶走喬春。」

阿卡吉諾說著，看清皇甫傑背後的人馬，心裡大喊不妙，問道：「你究竟是什麼人？」自己當時真是太大意了，沒有注意到這個人身上那股威嚴的氣勢和尊貴的氣質，想來他不是個簡單人物。

「我是誰？呵呵！為了讓你今天不做一個糊塗鬼，孫大捕頭，你告訴他我是誰。」皇甫傑勾了勾冷唇道。

孫超義眸光如冰刀般射向半邊頭，道：「這位是我們大齊國的逍遙王，前不久剛打了勝仗回來，被當今皇上封為永勝王。今天你能死在永勝王的手裡，也算是你的福氣！」

阿卡吉諾先是愣了一下，隨即盯著皇甫傑，揚頭大笑。「原來你就是逍遙王，阿卡吉諾真是三生有幸，能讓逍遙王親自出馬來捉拿我！」

阿卡吉諾笑著低下頭，眼角餘光瞄到從麻袋裡鑽出來的人，不由得怔住了。那裡面裝的竟然不是小孩，而是帶刀佩劍的殺手！阿卡吉諾看了柴熊一眼，見他也驚訝不已，心知是皇甫傑派人動了手腳。

他眼底閃過一道陰狠的光，瞬間抽出腰帶，那腰帶在他舞動下，竟像有生命似地直接朝皇甫傑飛撲過來。

皇甫傑輕鬆閃開身子，這才發現那腰帶竟是一條金黃色的毒蛇！他喝道：「大家小心，那條腰帶是毒蛇！」

此刻那條蛇懶懶地吐著蛇信，當它那圓溜溜的小眼珠掃過山洞裡的人時，蛇信吐得更激烈，眼珠迸出青光。

「大家千萬小心，趕緊將柳神醫給的藥丸服下去吧！」皇甫傑連忙向山洞裡的暗衛提醒。

話剛落下，四周就傳來了蛇吐信的聲音。阿卡吉諾不知何時放了一大群蛇在山洞裡面，這些蛇攻擊性很強，卻完全不靠近阿卡吉諾身旁，而是朝皇甫傑等人靠近。

皇甫傑飛快吞下藥丸，抽出腰間的軟劍，大喝一聲，手舉劍落，只見一道白光閃過，爬在他面前的蛇立刻斷成兩截。

眾人見狀，紛紛舉刀飛斬向前爬來的蛇群。一時之間，山洞內上演人蛇大戰，只有阿卡吉諾嘴角噙著冷笑，彷彿看戲似的觀看眾人的行動。他手中的黃金蛇乖巧地纏在他肩上，虎視眈眈盯著洞內的敵人。

「阿卡吉諾，快快束手就擒！」忽然間，皇甫傑提著劍輕身一縱，閃著白光的劍劃破了虛空，帶著一陣疾風，刺到阿卡吉諾跟前。

阿卡吉諾靈巧地挪開了身子，肩上的黃金蛇伸長了身軀，與皇甫傑的劍交纏。

皇甫傑好不容易甩開那條蛇，心中暗暗吃驚：這到底是什麼蛇，怎麼時而堅硬如鐵，時而柔軟堅韌？

他判斷此時不宜跟阿卡吉諾交戰，便退回山洞中央，然而地上的蛇從四周不停爬出來，好像怎麼斬都斬不完，讓人疲於處理。

「啊！」耳邊傳來暗衛的驚叫聲，皇甫傑扭頭一看，心裡暗叫一聲不好。那些剛剛來不及服下藥丸的暗衛，已有不少人被蛇纏上咬傷了。

此時洞口忽然飛來無數銀針，將蛇釘死在地上，原來是柳如風趕來了！

柳如風眼看後面的蛇又撲了上來，看著地上臉色發青的暗衛，不由得著急起來，趕緊從袖口拿出小瓷瓶，倒出藥丸讓被蛇咬傷的暗衛服下。

柳如風又從身上掏出一個陶瓶，盡速在暗衛身上滴上了幾滴，大聲喊道：「大夥兒別怕這些蛇，我已經在你們身上灑了雄黃酒，它們不敢再近你們的身！」

阿卡吉諾眼看柳如風大發神威，便示意柴熊去解決他。

但柴熊完全不是柳如風的對手，三兩下便被打趴在地上，讓暗衛給綁住。

柳如風見皇甫傑再次衝向阿卡吉諾，便一躍而上與他並肩站在一起，再次從懷裡掏出雄黃酒，往皇甫傑的劍上灑了一些。

兩人扭頭對視一眼，很有默契地同時攻向阿卡吉諾，那條黃金蛇不再凶猛，有點怯意。阿卡吉諾往後退了幾步，從袖口抽出一根銀針，對黃金蛇的頭頂扎了下去，剎那間，那蛇又恢復了鬥志，口吐蛇信，眼冒青光地盯著皇甫傑和柳如風。

敵我雙方大叫一聲，輕身一縱，纏打在一起。

幾個回合下來，阿卡吉諾逐漸處於下風，他恨恨地瞪著皇甫傑和柳如風，憤憤地用袖子擦拭嘴角的血絲，瞥了身上已經掉了不少鱗片、傷痕累累的黃金蛇一眼，忽然一個縱身從瀑布洞口往外跳了出去。

「孫大捕頭，這些人就交給你了，我去外面看看。」皇甫傑轉過頭飛快向孫超義交代了一聲，便跟柳如風一同跑向洞口，往李然守著的方向飛身而去。

當他們趕到李然那裡時，只見阿卡吉諾與他扭打在一起。阿卡吉諾瞥了聞聲趕來的皇甫傑一眼，臉色一變，順勢跳進了水潭裡。

潭面上瞬間激起高高的水花，皇甫傑和李然站在潭邊盯著漸漸平靜下來的水面，飛快對視了一眼，隨即縱身鑽進了水潭裡。

過了半晌，皇甫傑和李然雙雙從潭面上探出了腦袋，雙雙向彼此搖了搖頭。

「他一定是已經溜了。咱們趕緊回去看看我二弟那邊的情況如何。」皇甫傑從水潭裡跳了上來，抹了抹臉上的水珠，對李然說道。

黑夜中，唐子諾如夜魅般緊跟在錢一身後，他腳尖輕點，一躍飛上路邊的一塊大石，再輕身一縱，攔住錢一的去路，如閃電般伸手往他身上點穴，錢一便瞪大了眼睛軟軟倒了下去。

唐子諾扛著他，一路狂奔來到官道上。官道旁停著一輛馬車，唐子諾將錢一丟進馬車裡，駕著馬車就往和平鎮上駛去。

馬車最後停在一家院子後門，唐子諾剛跳下馬車，皇甫傑等人就已經從院子裡走了出來，對唐子諾問道：「二弟，你那邊的事情順利嗎？」

「一切按計劃進行，非常順利。大哥，你那邊如何？阿卡吉諾和他的餘黨們都抓到了嗎？」

唐子諾向皇甫傑彙報他這邊的情形，偏頭看著柳如風，輕聲問道：「師父，您沒事吧？」

「我沒事！只可惜讓阿卡吉諾給逃了。」柳如風滿臉可惜地回道。

「阿卡吉諾逃脫了？想不到他的武功這麼高強，在眾多高手圍繞的情況下也能脫身。往後不知他還要害多少人！」唐子諾想起他的煉藥方法，就不寒而慄。

如今自己也是個父親，深切理解為人父母的心情，小孩可都是父母的心頭肉啊！

「大家別氣餒，我會讓官府下一道無限期的追緝令，一旦他露臉，就不會放過他。」皇甫傑看著大夥兒擔憂的神色，沈聲說道。

「把錢府那個下人帶過來，我有話要問他。」英眉高挑，鳳眸冷清，皇甫傑對旁人吩咐了一聲。

現在人證、物證俱在，阿卡吉諾那邊的人也被押，他倒想看看錢夫人還能不能抵賴？如果劉知雲要為女出頭，那倒是給了自己一個機會將那些貪官污吏都除去。

朝廷明明下令減少稅收，這裡的地方官卻年年增收，這中間的錢去了哪裡，已是不言而喻。現在外亂剛剛平定，如果百姓連吃飽穿暖都成問題，那離內亂也不遠了。

孫超義跳上馬車將錢一拎出馬車外，手指往他胸前一點，將他丟到離皇甫傑三尺尺外的地方。

「唉唷……」錢一吃痛地叫一聲，狼狽地從地上爬了起來。他跪在地上，怯怯求饒道：「公子饒命啊！小的上有老下有小，一家老小可都指望我一個人啊！」

「你叫什麼名字？錢夫人都讓你幹了些什麼事？最好從實招來，否則你那一家老小可就沒有依靠了。」皇甫傑鳳眸微冷，睥睨著伏在地上顫顫巍巍的錢一。

「公子饒命啊！小的叫錢一，是和平鎮錢鎮長家的家僕。如果不是夫人以我家妻兒要脅，我絕不會幹出這種傷天害理的事……請公子明查，放小的一條生路吧！我家妻兒還在夫人手裡，如果我不及時把藥送過去，恐怕……恐怕小的就要家破人亡了！嗚……」錢一說著說著，不禁淚流滿面。

他剛剛正要回錢府就被人半路攔截，想也知道是因為偷送小孩給半邊頭的屬下，被人盯上了，否則他一個平日老老實實的小家僕，怎麼會有仇人找上門？

可大夥兒對他的眼淚倒是無動於衷，就算再可憐，他也是助紂為虐，罔顧活生生的十條小生命，送羊入虎口。

「你倒是心心念念自己是不是家破人亡，你有沒有想過，那些小孩的家會不會家破人亡？己所不欲，勿施於人，這個道理難道你不懂嗎？」唐子諾忍不住上前一把揪住錢一的衣服，像是拎小雞般把他拎了起來，狠狠地瞪著他怒道。

「公子，求你放過我吧，我錯了！只要你們給我機會，我一定改過自新！」錢一死死抓著唐子諾的手，這種凌空旋轉的感覺，讓他臉色發青、頭暈想吐。

在唐子諾一聲冷哼後，錢一再次被丟到地上，這下他再也顧不得喊痛，直接撲向皇甫傑，跪在他面前，死命磕起頭來。「公子，小的再也不敢了，求公子饒命啊！」

「要我饒了你也不是不行。不過，你得按我們說的去做，或許我們開心了，還能幫你救出妻兒。」皇甫傑勾了勾唇，嘴角逸出一抹冷笑。

「小的遵命，只要是公子的要求，小的一定照辦！」錢一微微抬起頭，眼裡閃過希望之光，很是乾脆地應了下來。

「很好，等會兒你就聽我二弟的話做事。」皇甫傑說完就不再看他，冷冷地轉過身子，跳上另一輛馬車。

現在該去收拾錢夫人了，再來是劉家的人。雖然自己不能將天下貪官全收拾了，但眼皮底下的，或不小心碰上的，他定然不會放過！

第五十九章　處置錢夫人

過了半盞茶工夫，唐子諾跳上了馬車，正在閉目假寐的皇甫傑，慵懶地睜開了眼睛，輕聲問道：「一切都交代好了？」

「嗯。」唐子諾微微頷首。

「走吧！咱們這就去會會錢府的人，三弟這些年受的委屈也該讓我們哥兒倆替他出口氣了。」皇甫傑說著，輕咳一聲示意，馬車就在大街上徐徐行駛起來。

沒多久，馬車就停了下來。皇甫傑和唐子諾從馬車上跳下來，走到錢府大門前，抬眸看了大門上那金燦燦的錢府兩字一眼。

暗衛上前敲門，不一會兒，一個睡眼惺忪的門房打開了門，神情不悅地大聲怒道：「半夜三更的是誰在敲門？」

「你說我們是誰？」皇甫傑淺笑道，眼裡沒有絲毫暖意。

「呃……你們是……？」門房這才稍微清醒。他看著大門前站著的一個個黑衣彪形大漢，雙腳不住打顫。

三更半夜，一群穿夜行衣的壯漢，怎麼看都覺得不會有什麼好事發生！

「帶我去找你們家老爺和夫人。」皇甫傑瞄了他一眼，淡淡道。

「我家老爺和夫人已經睡下，各位還是明天再來吧。」門房雖然心裡很害怕，可是身為一個下人，他也不敢隨便將這些人帶去找老爺和夫人。如果出了什麼事，他可就吃不完兜著走了。

「嗯？」李然作勢要拔出腰間的劍，雙目圓瞪，惡狠狠地出聲。

門房渾身發抖，算是認清眼前的局勢。他灰溜溜地低下頭，哈著腰說道：「各位好漢，請隨我來。」

現在這種情況他哪裡還顧得上老爺和夫人，還是保住自己的小命要緊！

一行人來到錢府大廳，皇甫傑對李然和孫超義使了個眼色，他們便點了點頭，轉身各領著幾人往東、西廂房走去。

皇甫傑、唐子諾、柳如風三人則是反客為主坐了下來，靜候錢老爺和錢夫人到來。

過沒多久，偏廳就傳來錢萬兩惱怒的聲音。「你們到底是什麼人？居然敢到錢府來行惡？不要命了嗎?!」

「本王的小命，你敢收嗎？」

皇甫傑慵懶的聲音一傳來，錢萬兩猛然合上了嘴，錯愕地看著他。接著馬上揚起笑臉，笑呵呵地走過來，對皇甫傑恭敬地行禮。「王爺駕到，令寒舍蓬蓽生輝。有失遠迎，失敬失敬！」

眾人不禁暗自嘀咕：這變臉速度可真不是蓋的，果然是隻老狐狸！

皇甫傑聽了倒是面無表情，緊抿著唇，不做任何表示。

「王爺，您千萬別怪罪！在下實在不知是王爺駕到，如果提前知道，在下早就到大門口站著迎接王爺了！」錢萬兩堆起笑容，上前挪了幾步，卑微地行禮道歉。

嘴上說著好聽話，錢萬兩卻不禁懸起了心，不停猜測皇甫傑深夜造訪的原因。他偷偷瞄了一下表情悠然自在的皇甫傑，正欲開口詢問，耳邊就傳來自家娘子氣急敗壞的聲音。

「你們快放開我！真是狗膽包天，不知道我爹是誰嗎？」錢夫人掙扎著怒吼。

皇甫傑勾起了唇角，好笑地盯著眼前這個庸俗的女人。「錢夫人的父親乃前撫臺大人劉知雲，不知道對不對？」

錢夫人眼高於頂，不屑地瞥了皇甫傑一眼，驕傲道：「你知道就好，還不快快讓他們鬆手?!」

站在皇甫傑身旁的錢萬兩，老臉憋得通紅，在皇甫傑面前，他也不敢輕易出聲斥責自家娘子，更何況在這個家裡向來都是她說了算，根本沒有他插嘴的餘地。

「咳咳。」錢萬兩忍不住輕咳兩聲，想要提醒她，不料卻引來她的震怒。

「錢萬兩，你這個老東西，你把什麼人惹到家裡來了?是不是最近跪洗衣板跪少了？」

錢夫人這才注意到錢萬兩也在大廳裡，頓時火冒三丈地對他吼了起來。

錢萬兩被她一吼，老臉立刻脹紅，窘迫地看向皇甫傑，看到皇甫傑臉上的笑意時，更是恨不得地上有個洞，好讓自己鑽進去。「娘子，妳別生氣，這位是……」

「啊！」錢萬兩話還沒說完，就被錢夫人的尖叫聲打斷。緊跟著，大廳裡響起了一聲巨響，錢夫人不偏不倚地趴在錢萬兩腳邊。

錢萬兩徹底的傻了，完全沒看清楚剛剛到底是怎麼回事？

錢萬兩見她趴在地上一動也不動，心中一急，連忙跑了過去，費力地扶起她龐大的身子，緊張兮兮地打量著她，問道：「娘子，妳怎麼了？要不要緊？」

「哇……」從驚嚇中回過神來的錢夫人，用力往錢萬兩臉上刮了兩個大耳光，一邊哭，一邊憤憤地指著皇甫傑咆哮道：「錢萬兩，你派人去請我爹來，讓他把這些人都給砍了！嗚……」

錢萬兩不曉得該怎麼說她，叫她爹過來砍人家腦袋？人家不將她全家滅了就是好事了，她竟然敢一而再、再而三地出言不遜！錢萬兩想著，驟然鬆開她，一時間沒了支撐的錢夫人，又狼狽地往後一倒，來了個四腳朝天。

不過，皇甫傑這麼大陣仗到自家來教訓自己的夫人，到底所為何來？錢萬兩實在想不透，於是轉身朝皇甫傑跪了下去，重重向他磕了三個響頭，問道：「王爺，您深夜來訪，二話不說就對我家娘子下此狠手，就算您是王爺，也不能平白無故就對老百姓動私刑吧？」

錢萬兩說著說著火氣都上來了，他又沒做什麼傷天害理的事，真不知皇甫傑來自己家裡鬧的是哪一齣？

王爺?!錢夫人一骨碌坐了起來，驚愕地看著皇甫傑，肥胖的身子微微顫抖。他就是逍遙王？他這個時候來錢府，該不會是形跡敗露了吧？

「錢老爺莫急，你何不問問錢夫人？或許她知道我為什麼會在深夜來錢府？」慵懶地瞄了他們一眼，皇甫傑彎起唇冷冷道。

錢夫人一聽，身子立刻劇烈地顫抖，眸底閃過一絲懼意。他知道……他真的知道？這下可怎麼辦?!

「娘子，妳……」錢萬兩轉過身，看著神色怪異的妻子，心裡頓時有了不好的預感。難道她真的做了什麼十惡不赦的事？

怒氣攻心，錢萬兩這會兒也顧不上什麼妻管嚴，對坐在地上的錢夫人吼道：「妳到底都背著我做了些什麼事？妳再不說，為夫也顧不了妳了！」

「老爺，你要救我！我是為了救江兒啊！」錢夫人伸手拉扯錢萬兩的衣角，淚流滿面道。錢滿江被抬回府裡那天，錢萬兩讓她給支開了，她還要下人都不許開口，這才瞞住丈夫。

「江兒？妳不是說他去丈人家了嗎？他怎麼啦？」錢萬兩一聽，這才知道娘子真的有事瞞著自己，而且可以肯定不是小事。

「他沒去我爹那裡，他是被半邊頭給下毒了，這會兒正躺在房裡……半邊頭那個歹毒的混蛋！」錢夫人說著，眼裡閃過一道狠光，續道：「下次讓我碰到他，我一定找人把他大卸八塊！」

「來人啊，把錢一和那些小孩子帶過來。」皇甫傑無心再觀看他們兩夫妻一問一答，對一旁的李然吩咐道。

不一會兒，錢一便在錢夫人驚愕萬分的注視下，恭敬地朝皇甫傑跪拜行禮。「公子，我可以作證，那些小孩都是我家夫人差人偷來的。為的是向半邊頭換取我家少爺的解藥，我家夫人她還……」

錢一緩緩向皇甫傑敘述錢夫人過去所做的壞事，就連她差使半邊頭去山中村毒害豆豆和二妮的事，也毫無保留地供了出來。

錢萬兩呆呆看著她，腦子裡還在消化自己剛剛聽到的事情。雖然知道她蠻橫不講理、自私又無容人的雅量，可他還真不知她能做出這種謀人性命的事！

「錢一，你這個狗奴才，居然敢誣陷主子，我們錢府可真是養了一隻白眼狼啊！你說你為什麼要誣賴我？我平時可有薄待你？」錢夫人伸手指著錢一大罵起來，罵著罵著，從地上爬了起來，狠狠往錢一頭上拍了過去。

錢一吃痛，卻不敢喊出聲。

「住手！錢劉氏，妳犯下的事情，如今人證、物證已齊，現在妳被正式逮捕了。」孫超義上前將錢夫人拉開，要將她和那些半邊頭的部屬一起押往縣府衙門。

錢夫人隨即大哭大叫起來。「老爺，你要救我啊！老爺……你快到我爹那裡，請他老人家救我啊！老爺……」

「王爺，請您高抬貴手，放了我家夫人吧！」錢萬兩眼見錢劉氏被人拖走，轉身向皇甫傑跪了下來，卑微地求情。

「錢老爺，這事我可幫不了你，她是罪有應得。如果誰都可以草菅人命，那我們大齊國的王法還有存在的意義嗎？」皇甫傑說著，站起來抬步往外走，不再理會錢萬兩。

陽光從窗外照了進來，喬春睜開眼看著身邊的果果和豆豆，幸福地勾起了唇角。昨晚唐子諾回來以後，這兩個小傢伙就纏著非要和爹娘一起睡，可她那床實在睡不下四個人，只好在地上鋪了被子，四個人一起打地鋪。

眼珠子轉了轉，喬春這才發現他們母子三個人已經睡在床上了，想來是唐子諾將他們抱上來的吧。喬春想到自己在睡夢中被他抱在懷裡，心跳忍不住加速。

喬春緩緩抬起右手，愣愣地看著出神。昨晚睡覺時，他拉著她的右手睡，想著想著，她嘴角的弧度不知不覺中揚了起來。

唐子諾練武回來，推開房門入眼的，便是喬春那一臉嬌美的笑容，一時之間竟是看癡了。他何其有幸，擁有這麼一位才貌雙全的美嬌娘。

「爹爹。」睡在外側的果果睜開眼睛，扭過頭看著門口的唐子諾，甜甜喚了一聲。

喬春趕緊放下手，坐起身來，有點窘迫地看了從門口走進來的唐子諾一眼。只見他俊逸的臉上泛起柔柔的笑容，一身銀色長袍在陽光照耀下，彷彿籠罩上一層光圈。

唐子諾從屏風上拿下他們母子三人的衣服，走了過來，輕輕遞到她面前，接著低頭摸了摸果果的頭，笑道：「果果，咱們的小男子漢，早安啊！來，爹爹幫你穿衣服。」

「嗯。」果果開心地點了點頭，雙眼閃閃發亮。這是爹爹第一次幫他穿衣服呢！

喬春手裡拿著他遞過來的衣服，感動地看著他們父子倆的互動。原來不管她多麼用心地愛果果和豆豆，終究不能母代父職。

喬春俐落地穿上衣服，剛坐在梳妝檯邊，豆豆也醒了過來。她的小手揉了揉眼睛，坐起來看著屋裡的爹娘，甜甜道：「親親、爹爹、哥哥，早安！」

「豆豆，早安！」喬春等人柔聲應道。「豆豆，妳等一下，娘親梳好頭髮，就過去幫妳穿衣服。」

「爹爹，您幫豆豆穿吧，我自己來就可以了。」果果抬起水汪汪的大眼睛，懂事地說道。

「我們的小男子漢真棒，好懂事哦！」喬春放下梳子，扭過頭欣慰地看著果果。

「娘親說過，果果是個小男子漢，一定要學著照顧娘親和妹妹。」果果笑了笑，挺著胸膛，一本正經地說著。

「嗯。」喬春輕應了聲，眼眶微紅，頓時心疼起這個孩子。

在二十一世紀，這個年紀的小孩都還在吵著要人疼惜，可她的寶貝卻已經懂得替娘分憂，懂得保護至親至愛的人了，看來單親家庭的孩子果真早熟很多。現在他們的爹爹回來了，他們也該擁有無憂無慮、天真爛漫的童年了吧。

不一會兒，兩個小傢伙穿好衣服，就手拉著手，蹦蹦跳跳地跑出門外去了。

喬春透過銅鏡看著唐子諾，忽然有點緊張，她輕咳了兩聲問道：「二哥，你們昨晚的事情都順利嗎？錢夫人和半邊頭那些人都被逮捕了嗎？三哥知道這事了沒有？」

唐子諾看著鏡子裡的喬春，心裡忍不住冒出無數酸泡泡。

二哥？她居然叫他二哥？不是該叫相公嗎？再不濟也該叫聲子諾吧？還有，她竟然一大早起來就關心錢財的狀況，他們這些年來到底有什麼交情？

喬春見他英眉緊皺，半天不吭聲，心不由得往下一沈。不會是沒捉到錢夫人的尾巴吧？那接下來的事情不是會很棘手？錢財的處境也會變得更加難過吧？雖然他們現在已經靠茶葉賺了不少錢，但還不足以讓錢財扳倒錢夫人。

喬春驟然起身，轉身上前抬眸看著神色怪異的唐子諾，急聲問道：「難道我猜的那些都是真的？三哥他……唔……」

醋意難擋的唐子諾看著那一張一合的唇，俯首堵住她那沒完沒了的三哥話題。

喬春渾身顫慄，覺得一股火燄直接從他灼熱的唇瓣竄入她體內，整個人都燃燒了起來。她瞪圓了眼珠子，對上他靠得極近的眉眼，雙眸逐漸放大，眼底的迷離之色更濃，耳朵彷彿能聽見擂鼓般的心跳聲。

她是太久沒跟人接吻了嗎？怎麼好似天雷勾動地火，感覺這麼震撼？

直到她覺得自己快要窒息時，唐子諾才將唇瓣撤離。感受到那股熱度離自己而去，喬春頓覺悵然若失。

「妳接吻時都不閉上眼睛的嗎？」耳邊忽然傳來唐子諾的揶揄。

大腦嚴重缺氧的喬春愣愣看著他，不自覺地伸出粉嫩的丁香小舌舔了舔自己的唇瓣，臉上露出苦惱之色。怎麼嘴唇還是酥酥麻麻的？看來自己果然太久沒接吻，完全沒定力。

「春兒？」唐子諾看著她的小動作，小腹一緊，黑眸中盛載著滿池柔情，定定地看著她。真是要命，這個女人，她不知道這個動作很撩人嗎？

「啊？」喬春回過神來，抬眸看見唐子諾眸底下的激情時，這才想起剛剛那天雷勾地火的一幕。她的俏臉瞬間燒了起來，難為情地低下頭。「你以後別這樣。」

唐子諾眼底的激情已褪去，他一臉平靜地看著她，應道：「我們是夫妻，這樣很正常。」

「我不是說過要重新戀愛嗎？」喬春猛地抬起頭，不滿道。

「是啊！」唐子諾一臉無辜地看著她。

「可是，你剛剛……」喬春氣結，朝他瞪了一眼。

真是的，他們都還沒開始戀愛，怎麼可以這麼快就接吻呢？不是該一步一步來嗎？她和二十一世紀的丈夫是閃婚，只因到了結婚年齡，對各自的事業又有幫助，所以才結婚。

來到這裡以後更猛，直接跳過戀愛、結婚，一來就挺了個肚子，還是個剛出爐的寡婦。

本以為這輩子就這樣帶著孩子和家人過日子，哪知她這個寡婦還能鹹魚翻身，英俊瀟灑的相公活著回到自己身邊。

既然自己無力改變什麼，果果和豆豆也真心喜歡他們的爹爹，加上自己對他有感覺，那她就得好好把握機會，與自己愛的人好好談一場戀愛，否則真的對不起自己。

「既然妳要重新培養感情，那我剛剛那樣，不就是為了培養彼此的感情嗎？」唐子諾一臉正經地說道。

聽見他的詭辯，喬春徹底無語。

「大哥、大嫂，吃早飯了。」桃花從半開的門縫裡探出了腦袋，看到他們兩人距離超近，眼底閃過一絲害羞和笑意，輕喚了一聲便轉身離開。

「這就來。」喬春回過頭應了聲，轉身抬步便往門外走去。

「昨晚錢夫人已經被孫大捕頭送到縣衙去了，今天一早大哥會去那裡。畢竟錢夫人的娘家還是有點勢力，如果他不在那裡坐鎮，恐怕事情會生變。」唐子諾看著已走到門口的喬春，緩緩道。「妳不用擔心三弟，李然在那裡，不會出什麼事的。」

喬春聽了秀眉輕蹙。她怎麼覺得他後面的語氣有些怪怪的？正感到疑惑時，身邊颳來一陣微風，她的手驟然被一隻大手包在掌心裡。

「你幹麼？」喬春低頭看著被唐子諾緊緊握住的手，不解地問道。

「培養感情、談戀愛，這不是妳所希望的嗎？」唐子諾沒有看她，而是拉著她的手向大廳走去，嘴角微微向上彎起。
喬春頓時語塞，半愣半呆地任由他牽走。
他的領悟能力也太強了吧？當時見他連「戀愛」是什麼都不懂，她還當他是個二愣子，可現在卻判若兩人，著實令她吃驚。
「呵呵，小倆口真是親熱。」
耳邊忽然傳來廖氏的打趣聲，坐在飯桌旁等他們吃早飯的眾人瞄了他們緊握的手一眼，緊跟著輕笑起來。
這般光明正大地秀恩愛，倒是讓桃花她們又是臉紅又是羨慕。
喬春臉色一紅，輕咳了兩聲，唐子諾這才笑著放開她的手。
早飯就在一夥人說說笑笑中吃完。
早飯過後，喬春就將今天摘茶葉的事情分工下去，大夥兒稍作休息，便忙活了起來。
「桃花，妳們幾個在家準備炒製茶葉就好，我去茶園看看，有些日子沒去了。」
「我也要去茶園，炒製茶葉等下午再開始也來得及。」桃花說道，喬夏、喬秋、喬冬也不約而同站了起來，表示贊同。
既然上午待在家裡只能等茶葉回來，不如一起去幫忙，下午她們幾個再一起炒就行了。
「春兒，就讓她們一起去吧。」喬父看著喬春淡淡道。這些日子春兒太累了，這些妹妹們可都是心疼她，他們做爹娘的就更別說了。

「這……好吧，下午我也留在家裡炒製茶葉。我倒要看看，妳們的手法熟練了沒？」喬春微紅著眼輕笑道。她又怎麼會不知道她們是在心疼她呢？

「子諾媳婦，大夥兒都在等妳開工啦！」鐵成剛夫婦笑呵呵地從大門外走了進來。

這些日子因為二妮的死和豆豆的傷，全村都人心惶惶，小孩子平日也都被大人關在家裡，直到前幾天喬春帶著豆豆回到了村裡，大夥兒才稍稍安了心。

「鐵叔。」唐子諾看著久違的鐵成剛，從桌邊站了起來，大步站到他面前，笑著輕喚了聲。他回來時並沒有驚動村子裡的人，況且除了跟家人相處，還有阿卡吉諾跟錢夫人的事情要處理，也就沒一一向熟人打招呼。

「這……這……」鐵成剛睜大眼睛盯著眼前的唐子諾，嚅動著嘴唇，就是出不了聲。

鐵嬸子的表情更誇張，抬眸看到唐子諾一剎那，居然蒼白著臉，雙腳微微打顫，伸手指著唐子諾，張大了嘴巴，說不出話來。

媽啊！怎麼大白天見鬼了?!

「鐵叔，我是子諾。」唐子諾上前握住了鐵成剛的手，滿臉笑意地看著他。

「啊！」鐵嬸子看著唐子諾握住了自家爺們的手，不由得尖叫一聲，滿臉懼意地看著他。

「弟妹，妳這是幹麼？我家子諾回來了，妳怎麼像是見到了鬼似的？」林氏看不下去了，走過去牽著她顫抖的手，拍了拍，笑著打趣。

村裡的人都以為子諾已經去了，所以一時之間才會這般驚疑不定。

「子諾，你回來啦！哈哈！」鐵成剛回過神來，感受到唐子諾強而有力的手，一邊用力拍著他的肩膀，一邊開心大笑起來。

老天有眼！唐家的日子過得愈來愈好，子諾也平安回來，真是教人歡喜啊！

「子諾真的回來了？」鐵嬸子回過神來，定睛一看，笑著伸手抹了抹眼角的淚水。她轉過頭回握住林氏的手，笑道：「唐大嫂，妳有福嘍。」

「是啊，感謝唐家列祖列宗，感謝菩薩保佑！」林氏眼角也不禁濕潤，嘴裡不停說些感恩的話。

「娘、嬸子，妳們別這樣，這是值得高興的事！」喬春抱著豆豆，輕聲笑道。

「對，這是好事，該笑。」林氏止住淚水，嘴角逸出幸福的笑容。

喬春蹲下身子放下豆豆，揉揉她的腦袋，道：「豆豆，妳乖乖在家跟哥哥一起玩，娘親去茶園看看，很快就會回來。」

「娘親，您放心，我會看好豆豆的。」雷氏身邊的果果站了出來，烏黑閃亮的眼睛裡閃過一抹堅定。

「嗯。」喬春欣慰地應了聲，又向廳裡的人道：「那我們先去茶園，柳伯伯，您在家休息一下。」

「我也去。」唐子諾淺淺一笑。

「老夫也很想去看看春兒的茶園，一道去吧。」柳如風輕笑著捋了捋鬍子。

他早就想親眼看看喬春的茶園了，如果能看看她是怎麼炒製的，就更好了。他實在好奇，一個年輕的農婦怎麼會懂這麼多東西？重點是這些東西還是大齊國從來沒有過的。

大齊國的茶葉大部分由西方的晉國供給，大齊國只有少許西部地方的人栽種，但製出來的茶葉並不好，而且價格不菲，一般百姓喝不起。像喬春現在這種炒製的茶葉，無論是大齊國還是晉國都沒見過，所以他真是好奇得很。

「好。」喬春點了點頭。也好，是該讓他們見見自己苦心經營的成果了。

柳如風站在山下，抬頭望向綠意盎然的茶園，眼裡浮現驚喜。這些茶樹比他在晉國看到的要整齊很多，細看之下還會發現每株茶樹之間距離都相同，而且都修剪整齊。

「柳伯伯，走吧！上去看看，我在山頂種了一些大葉茶，柳伯伯見多識廣，上去幫春兒看看長勢好不好？」喬春笑看一臉驚訝的柳如風，輕聲問道。

「好。柳伯伯還有好多事情想問問春兒呢！」柳如風偏過頭，讚賞地看著喬春點了點頭，沿著小路慢慢往上走。

唐子諾默默跟在喬春身後，看著自家師父臉上散發出的柔光，心裡不禁為喬春感到驕傲。他知道師父只有碰到自己真心佩服的人，才會露出這樣的神情，現在他有這神情，不用說也知道是為了自己的娘子。有妻如此，夫豈不喜？

方才他到茶園時，大夥兒見到他平安生還，都感到十分驚訝，卻都真心為喬春高興，頓時了解妻子對村民的重要性與影響力。

唐子諾一邊跟著他們向上走，一邊聽喬春仔細地為師父講解，臉上的笑意愈來愈濃，盯著喬春背影的眼神愈來愈熾熱。

「啊！」

突然間，茶園那邊傳來一聲尖叫，喬春細聽之下驚覺是桃花的聲音，她扭頭緊張地看了唐子諾一眼，便拉起裙襬向聲音來源處跑去。

茶樹長得茂盛，又高了些，人要是蹲在樹下，根本就不好找，況且這會兒又沒了聲音，實在無從找起。

幾個人如無頭蒼蠅般四處尋找，周圍聽到聲音的人也放下手裡的活兒，幫忙找了起來。二妮死去的陰影還在大夥兒心裡，聽到異樣的聲音，都忍不住往壞處聯想。

第六十章　桃花情緣

最偏遠的茶樹底下，鐵百川正焦急地看著一臉痛苦的桃花。

「桃花，妳怎麼了？可是被剛剛那蛇給咬傷了？」鐵百川緊張兮兮地盯著桃花。剛剛他似乎瞧見有條蛇從桃花腳邊溜走，該不會……

「嗯。百川哥，我的腳好痛……」桃花痛得眉頭緊皺，額頭冷汗涔涔，她感覺自己的腳似乎不斷脹大，全身發冷，視線變得有點模糊。

「啊……」桃花驚愕地看著鐵百川脫下她腳上的鞋，再褪下白布襪，他的一雙濃眉皺得緊緊的，眼睛一眨也不眨地盯著自己的玉足瞧。

桃花一看，急得不得了，未出嫁的姑娘家，怎麼可以隨便讓男子看自己的腳呢？「百川哥，那個……」

鐵百川沒有看她，而是緊盯著那白皙玉足上兩個小圓齒印，他沒有絲毫猶豫，俯首直接用嘴去吸蛇毒。

「百川哥，你……你小心……」桃花感動萬分地看著鐵百川，卻忽然感到頭暈目眩，軟軟地倒了下去。

「桃花！桃花妳怎麼了？妳別死啊！要是妳死了，我要怎麼辦？桃花……」鐵百川一把抱起桃花，眸底流過濃濃的慌亂和無助，他低頭看著懷裡臉色蒼白如紙的伊人，動情地呼喚她。

「百川，桃花怎麼了?!」唐子諾看到從茶樹之間露出半個頭的百川時，心一急，運著輕功就趕了過來。

「桃花剛剛摘茶葉時，被一條蛇給咬傷腳了。」鐵百川看著一臉著急的唐子諾，焦急地說道。

「我來看看。」隨後而來的柳如風一聽，連忙從袖中拿出一個瓷瓶，倒出一顆丹藥餵進桃花的嘴裡，緊接著又搭上她的手，皺著眉細心把起脈來。

「子諾，你快點把桃花抱回去，咬她的蛇含有劇毒，我們得讓她半躺下來再清毒。」柳如風抽回了手，眉頭皺得緊緊的。

「嗯。」唐子諾沈重地應了一聲，從鐵百川手裡抱過桃花，輕身一縱，往村莊趕去。

鐵百川望著那疾如風的身影，眼底閃過一絲崇拜。

「百川，桃花是怎麼了？」氣喘吁吁的喬春站在鐵百川面前，急切地問道。唐子諾轉身一閃就飛了，柳如風也差不多，她只好找鐵百川問問情況。

「唐大嫂，桃花被蛇咬傷了。」鐵百川眉頭緊鎖道。

「啊？蛇?!」喬春臉色發白，忍不住尖叫一聲，硬是把聞聲趕來的人給嚇了一大跳。每個人都不由得跳了起來，緊張地看著地面。

喬春見地上沒有蛇影，這才鬆了口氣。

「你陪我一起回去看看吧？」喬春瞄了鐵百川手裡的鞋一眼，轉過頭對眾人叮囑：「大家細心一點，現在這個季節蟲子跟蛇比較多，只要大家別去驚擾它們，就不會有事了。大家都去忙吧。」

話剛落下，喬春便提起裙襬飛快往村莊跑去。

該死，自己要是也會輕功該有多好？看來得讓唐子諾教自己一些功夫才行。

而跟在喬春後面，手裡拿著繡花鞋的鐵百川，也暗嘆自己沒有武功傍身，不能給心愛的人安全感。

待他們兩人回到唐家時，每個人都神色凝重。

喬春走上前，伸手握住林氏頻頻發抖的手，安撫道：「娘，您別擔心，有柳伯伯在，桃花不會有事的。」

「嗯。」林氏紅著眼，鼻音重重地應了一聲，還是忍不住抽噎起來。

房門在此時開啟，唐子諾從裡面走了出來，微笑著看向守在門口的大夥兒道：「大家別擔心，桃花已經沒事，休息幾天就好了。」

說著，唐子諾看向明顯鬆了一口氣的鐵百川，又道：「多虧百川兄弟及時將一部分毒血給吸了出來，不然後果可就嚴重了。」

「這是應該的，應該的……」鐵百川見眾人都朝他望了過來，忍不住臉一紅，揚著手裡的繡花鞋，緊張得口齒不清。

「呵呵！」廖氏看他那窘迫的模樣，低頭掩嘴笑了起來。

鐵百川看著自己手裡的繡花鞋，臉紅得更厲害，他困窘地伸出另一隻手撓著自個兒的頭髮，憨笑著將鞋子遞到林氏面前。

「噗！」林氏瞧他傻愣愣的模樣，也忍不住笑了起來。

一時之間，眾人都放鬆了心情，方才那股沈悶的氣氛一掃而空。

喬春透過鐵百川看向林氏，正巧林氏也看了過來，兩人的眼神在空中交會，彼此含笑地點了點頭，達成了共識。

不一會兒，喬夏跟喬秋、喬冬她們一臉緊張地趕了回來，衝進門就大聲問道：「大姊，桃花怎麼了？」

「她被蛇咬傷，不過現在沒事了，柳伯伯正在裡面幫她上藥呢！」喬春看著滿臉緊張的妹妹們，淺淺一笑，又道：「大家都到大廳裡坐吧，待柳伯伯出來後，估計桃花也需要休息，咱們就先不要進去打擾她了。」

鐵百川臉仍舊紅得過火，他不自在地憨笑道：「伯父、伯母，大家先休息吧，我去茶園裡忙了。」說完轉身就跑走了。

「欸……」林氏看著鐵百川那逃跑似的背影，好笑地搖了搖頭。

坐在喬春身旁的唐子諾一頭霧水地看著每個人都嘴角含笑，輕聲問道：「你們在笑什麼？」

他記得以前他娘跟鐵村長家好像有疙瘩，總不讓桃花靠近鐵百川，怎麼今天看起來完全不像？

「我們在笑你妹妹終於有人疼了。」廖氏欣慰地笑了起來。

「有人疼？桃花不是一直都有家人疼嗎？」唐子諾傻傻地反問了一句。

「真是個木頭！鐵百川那個樣子，難道你看不出點什麼來嗎？」喬春沒好氣地瞋了他一眼，嘴角的笑意更濃了。

「你們是指桃花和鐵百川？」唐子諾不可思議地看著大家，隨即又緊張地問道：「桃花還那麼小，怎麼可以……」

「噗！」眾人瞧他緊張的模樣，全都忍不住笑了。他的時間還停留在三年前嗎？

「桃花馬上就要十六歲了！以前春兒十六歲就和你訂了親，十七歲成的婚，你倒是說說看，桃花還小嗎？」雷氏笑著提醒他。

「呵呵，是不小了……」唐子諾訕訕笑著，偏過頭滿懷柔情地看著喬春。

喬春瞧著他的眼神，臉色不由得一紅。忽然想到，他對妹妹的婚事都這麼緊張，要是以後豆豆長大，碰到有情人了，他會是什麼表情？喬春腦子裡瞬間浮現出唐子諾不同版本的困窘模樣，忍不住輕笑出聲。

喬春笑夠了，抬眸卻見大夥兒都盯著她看，有些窘迫地端起茶杯喝了一口茶，眼角餘光瞄到為大家添茶的喬夏，內心不禁有些感慨。

日子過得真快，轉眼自己已經來這裡三年多，妹妹們也都長大了。

「桃花和喬夏也到了訂親的年齡，看來，我們得找個媒婆問問有沒有合適的人選。」雷氏順著喬春的眼光，瞥了喬夏一眼，半是玩笑半是認真地說道。

林氏聽了，沈思了一會兒，贊同道：「嗯，是該幫她們尋一下了。時間過得真快，轉眼間，這些小丫頭片子都長成大姑娘了。」說著還不忘盯著喬夏和喬秋頻頻點頭。

「娘，您在說什麼？人家還小呢！」喬夏被瞧得面紅耳赤，嬌嗔地瞪了雷氏一眼，放下茶壺，側身坐在一邊。

「不小啦，妳比桃花還大一個月呢！」雷氏含笑提醒她，心中卻不由得低嘆。唉，自家閨女的心思她又怎會不明白？可是人家看起來好像一點意思都沒有，純粹只當她是個妹妹，如果不早日替她訂一門親事，讓她從美夢中清醒過來，只怕會愈陷愈深。

「可是娘，我……不跟您說了，反正我是不會答應的。」喬夏說著站了起來，轉身跑向後院。

「我去看看我二姊，大家喝茶！」喬秋見喬夏跑了，生怕火會燒到自己身上來，連忙跟著站起來，招呼一聲就跑開了。

「果果、豆豆，來，小姨帶你們到院子裡玩。」喬冬站起來，拉著果果和豆豆，三個人一起離開大人的世界。

喬冬同情地回過頭，瞥了後院一眼，搖了搖頭。幸好自己是最小的一個，不然恐怕她的耳根也清靜不了。

「這……你們看，這些個閨女怎麼當我是豺狼虎豹，一個個都逃之夭夭，真是讓人白疼了！」雷氏看著一個個落跑的閨女，忍不住輕嘆了口氣。

「娘，她們還小，您別操之過急。」喬春輕聲笑道。

「不小啦！桃花今天發生了這樣的事情，茶園裡又有那麼多雙眼睛看著，我就稱了他們的心好了。」林氏說著，轉過頭看著唐子諾道：「子諾啊！你是兄長，俗話說得好，長兄如父，你就抽個時間去找一下你鐵伯伯，讓他來咱們家商量一下桃花和百川的事。」

這些年來，關於桃花和百川的謠言從未斷過，背地裡早就不知被人笑了多少回。現在瞧著鐵百川對桃花的心意，她倒也放心了。都說女大不中留，既然他們彼此有意，那就成全他們得了。

「我知道了，娘。」唐子諾輕聲應了下來。

「當家的，你也說說咱們喬夏。」雷氏一看桃花的親事十之八九定了，連忙提醒保持沈默侍在一旁的喬父。

「這事還是妳這個當娘的去說會比較方便。」喬父丟下一句話，轉身就走出了大廳，坐在院子裡的石凳上看著果果和豆豆，目光悠遠，不知道在想些什麼。

「唉，你們說哪有他這樣當爹的，什麼事都推到我身上！」雷氏指著喬父的背影，氣呼呼地看著大夥兒。

「娘，您別急，我會去問問喬夏。」喬春看著七竅生煙的雷氏，連忙出聲安撫。看喬夏那麼抗拒的樣子，該不會是已經有了心上人吧？

一家人聊了一會兒，就開始忙午飯了。喬春則抽空到了工作室，開始拾掇工人們送回來的新鮮茶葉。

「春兒，妳這是在做什麼？」唐子諾尋了過來，看著喬春將新鮮茶葉倒在平竹匾裡，動作熟稔地翻動著。

「為了挑這個。」喬春沒好氣地瞥了他一眼，攤開手，將幾片老茶葉呈現在他面前。

「原來是找老茶葉，我也來幫忙。」唐子諾說著就捲起了袖子，飛快地幫忙拾掇起來。

「欸，你是幫忙，還是乘機揩油？」喬春抬眸瞪了唐子諾一眼。趁著挑揀茶葉，三不五時偷摸她的小手，難道這也算幫忙？

「春兒，妳說這話我就傷心了。我明明就是在幫忙啊，只是不小心碰到妳而已。」唐子諾一副很受傷的樣子，可憐兮兮地看著喬春。

喬春的腮幫子氣得鼓鼓的，她瞪圓了杏眼，瞄了瞄旁邊空著的平竹匾，勾了勾唇角，嘴角逸出了笑容。

唐子諾看著，心中不由得一顫。他發現自己對喬春的笑容沈迷不已，無法自拔。

「你要幫忙?真心的?」喬春淺笑著問道。

「嗯嗯嗯！」唐子諾點頭如搗蒜，卻覺得喬春的笑容有些不懷好意。

「那好，你拾掇這一竹匾的茶葉，我再弄一個竹匾，這樣你幫起忙來會更方便。」喬春輕笑著，從他身邊繞了過去，彎腰拿起空竹匾，將竹簍裡的新鮮茶葉倒了進去，飛快翻動了起來。

「春兒，我……」唐子諾偏過頭，看著喬春，剛說了幾個字，就被喬春堵了回來。

「要幫忙就快點，別廢話。」喬春轉過頭瞪了他一眼，低下頭緊咬嘴唇，小手飛快地拾掇起來，看得唐子諾目瞪口呆。

「好吧！」唐子諾摸摸鼻子，只能認栽。

「親親、爹爹，你們在做什麼?」豆豆從門外走了進來，好奇地看著他們。

「豆豆來啦！」唐子諾眉歡眼笑地放下手裡的活兒，正想蹲下去抱豆豆，不料耳邊卻傳來喬春不悅的聲音。「別想偷懶！」

「我沒有偷懶，我只是想抱抱豆豆。」唐子諾理直氣壯地應道。

「唉，終究不能幫忙。」喬春輕嘆了口氣，像是自言自語。

唐子諾伸向豆豆的手驟然抽了回來，他站起來瞄了喬春一眼，站回竹匾前，低頭對豆豆柔聲道：「豆豆乖，爹爹和娘親有事要忙，妳先找哥哥玩。」

唐子諾說著，又瞅了喬春一眼，見她仍舊低著頭，手裡飛快做著事，便向豆豆揮了揮手，也跟著忙了起來。

豆豆卻硬是不願意走，她從灶膛口端了張小圓凳坐下來，雙手托著下巴，烏黑閃亮的眼睛一眨也不眨地盯著自己的爹娘看。看了很久，她滿臉苦惱地說道：「豆豆好想長大哦！」

「什麼？」喬春和唐子諾雙雙停了下來，飛快對視了一眼，雙雙走到豆豆面前蹲了下來，問道：「豆豆，妳剛剛說什麼？」

豆豆抬眸看了爹娘一眼，又沒精神地低下頭，嘆了口氣。

這一嘆可把喬春和唐子諾嚇得不輕，本來好好的，怎麼突然變成這般模樣？兩個人又對視了一眼，心裡不禁嘀咕：難道是因為剛剛他們沒有跟她玩？

「豆豆，妳到底怎麼啦？」唐子諾伸手搭著豆豆的小肩膀，柔聲問道。

「爹爹，我好想長大哦。」豆豆抬起水汪汪的大眼睛，看著唐子諾輕聲說道。

「啊？為什麼？」唐子諾和喬春頓時鬆了口氣。還以為她怎麼了，結果是在煩惱自己沒能快點長大。

豆豆看著唐子諾回道：「因為只要豆豆長大，就可以嫁給三舅舅了。」

唐子諾聞言，雙腿一滑，一屁股坐到地上，驚愕地看著豆豆，半天說不出一句話來。

這事情太嚴重了吧？豆豆怎麼會有這麼恐怖的想法？她居然想要嫁給三舅舅？好個錢財，打不到喬春的主意，就動他寶貝女兒的歪腦筋，這也太過分了吧?!

不行，他得去找錢財說清楚！唐子諾驟然起身，氣呼呼地就要往外走。

「你要去哪裡？」喬春抱起豆豆，望著唐子諾那十萬火急的樣子，淡淡問道。瞧他火冒三丈，該不會是想到鎮上去找錢財算帳吧？

「去鎮上。」唐子諾頓住了身子，生氣地回道。

果然！喬春又好氣又好笑，如果他真去找錢財理論，那還不讓人笑掉大牙？女兒是父親上輩子的情人，這句話果然有依據。瞧，眼前這個男人就是一個活生生的例子。

「要是毀了我女兒的清譽，我可饒不了你。」喬春懶懶地回道。

「我這是要去快刀斬亂麻，省得女兒將來傷心！再說，我可不想要一個這麼老的女婿！」唐子諾著急地看著喬春，義正辭嚴地說道。

還快刀斬亂麻哩！不過就是兩、三歲小孩的童言童語，他還當真，真是笑死人了。

喬春上前幾步，將豆豆塞進他懷裡，她踮起腳尖，發現自己還是得仰著頭跟他說話，忍不住酸酸道：「你沒事長這麼高幹什麼？人家跟你說話會很累。」

唐子諾低頭癡癡地望著喬春嬌嗔的模樣，眼底的笑意愈來愈濃，他伸出一隻手將她抱了起來，與自己平視，道：「這樣還會不會很累？以後我就讓妳這樣跟我說話，行嗎？」

「啊！」喬春尖叫一聲，摟住了唐子諾的脖子，不敢置信地看著他。沒多久她回過神來，推了他的胸膛一下。「你腦子有問題啊，這個樣子能見人嗎？」

「那妳的脖子會痠，該怎麼辦？」唐子諾輕鬆地將問題丟了回去。

「你站在離我五步之外的地方，這樣就不會累了。要不，你半蹲著也行。」喬春沈思了一會兒，看著他認真說道。

這樣也行?!

唐子諾一臉驚嚇地看著喬春，這樣他多冤啊！跟自家娘子說話還得站在五步之外，如果想要靠近就得蹲馬步，也太不人道了吧？「春兒，這樣……我……我也會好累。」

「要不要隨便你，除非你希望我的頸椎勞損。」喬春發現與他抬槓的感覺還不賴，還有，他這樣抱著自己，感覺也不錯。

「頸椎勞損？」唐子諾皺了皺眉，不是很能理解。

「頸椎勞損聽說會半身不遂，會影響記憶力，還會……」喬春看著唐子諾擔憂的臉，忍不住愈說愈興奮，愈說愈停不下來。

「停！我答應。」唐子諾聽她說得自己心肝亂顫，實在忍不下去了。儘管照她說的那樣做，身心都會疲累，可是為了心愛的娘子，他豁出去了。

喬春從他手上滑了下來，轉身往門外走去，邊走邊自言自語：「這樣說話也滿好玩的，以後在自己房裡就准你這樣啦。」

唐子諾聽了，愣了一下，抱著豆豆大步追了上去，衝著她的背影不確定地求證。「春兒，妳剛剛那話是什麼意思？」

「沒有意思！」喬春頭也沒轉，直接回了他一句。

「我明明就聽到了，妳耍賴！」
「我沒有。」
「妳有。」
他們夫妻倆耍著嘴皮子，突然覺得這樣的相處方式也挺美好的。
午飯過後，喬家姊妹和桃花就開始炒製茶葉，唐子諾和柳如風則幫忙挑出新鮮茶葉中的老葉子。
唐子諾看喬春快速將新鮮茶葉撒進鍋裡飛快翻動，茶葉在鍋裡飛揚得很高，像是天女散花般的落了下來。透過不停撒落的茶葉，唐子諾看著喬春那張白皙的瓜子臉，不由得出神。自家娘子真像散茶的仙子，怪不得外頭的人都稱她是茶仙子。只是她這樣揉茶，那白嫩嫩的小手肯定磨出繭來。唐子諾皺著眉，看著她手被茶葉染成淡綠色，不由得感到心疼。
不行，他得調製出護手的膏藥來，還得要香噴噴。
「春兒，妳的茶葉多久摘一次？」柳如風也覺得她們這樣似乎累了一點。
「夏天的話五天一次，春天、秋天隔七天一次，快到冬天的時候就得封園，等來年開春天暖後，再開園採摘春茶。」喬春頭也不抬，繼續翻弄鍋裡的茶葉。
「那不是很累？就妳們姊妹幾個炒而已？」柳如風輕蹙著眉，轉過頭看著一樣忙著炒製茶葉的喬夏、喬秋和桃花，輕聲問道。

「不累，柳伯伯，我們不累。」喬夏接過腔，飛快地抬頭看了柳如風一眼，嘴角高高翹了起來，緊接著又低頭開始揉搓茶葉，笑道：「我覺得一家人開心生活在一起，做什麼都不累。要說累，應該是大姊最累，她生果果和豆豆時，早產又大出血，差點就不行了。」

說著，頓了頓，又道：「大姊這些年來一個人撐著這個家，才是真正辛苦，所以大姊夫，你以後可得好好補償我姊，不然我們可不饒你。」

「沒錯！」喬秋和桃花同時抬眼，眸光直直射向唐子諾。

唐子諾早就聽得心痛如絞了，這會兒她們的威脅，他倒覺得很溫馨。起碼他知道這些年來喬春不是一個人，在自己缺席的日子裡，她還有家人陪伴。只不過，想到她生產時所受的苦，他還是很心疼。如果她那時沒撐下去，他該怎麼辦？

「妳們放心，我一定會好好待她，既然我回來了，就一定不會再讓她獨力支撐這個家。」唐子諾定定地看著喬春，深邃的黑眸中柔光四溢。

「我也會在一旁監視，如果子諾對不起春兒，我第一個不放過他！」柳如風抬頭狠狠地瞪了唐子諾一眼，好像他已經做了什麼對不起喬春的事了。

唐子諾微微怔了一下，輕蹙英眉。他怎麼覺得自己在他們心目中的信任指數不高呢？他這些年缺席還不是因為受傷失憶，不然他怎麼可能丟下美嬌娘不理？

也罷！唐子諾聳了聳肩，反正妻子還在身邊，他有的是時間跟機會證明自己。

第六十一章 百川立志

「唉……」喬冬坐在院子裡的石凳上，雙手托著下巴，秀眉緊蹙，重重嘆了一口氣。她還以為這次可以跟大哥哥相處久一點，沒想到他卻派人來說他不回來了。

喬冬偏過頭朝大廳裡望了一眼，看著大夥兒爭相詢問那一臉酷酷的李大哥。

「李兄，這次可多虧了你忙前忙後。」唐子諾看著李然笑道。真是大快人心，這些惡人都吃下自己親手種的惡果。

在確實的人證、物證面前，劉氏父子對貪污及刮取民脂供認不諱，被流放去西部修建城牆，錢劉氏及半邊頭的徒弟們因有幾起命案在身，被判斬首示眾，至於錢滿江則因半邊頭給的解藥無效，繼續暈睡，幾乎成了一個廢人。

李然放下手裡的茶杯，笑道：「唐兄客氣了，王爺要轉達的話也已帶到，我下午就回去。」

「好。」唐子諾微笑頷首。

「現在錢財也不必處處看人臉色了，真好！」喬父想到錢財從此在錢府不必再受氣，便咧嘴笑了起來。

「是啊！」大夥兒由衷地笑了。這些人平時作惡多端，終究是惡不過天！

眸光輕轉，喬春看著笑得合不攏嘴的喬夏時，腦子裡某種猜測慢慢成形。怪不得這丫頭對訂親之事如此抗拒，原來她真的有心上人了，而且這個人還是她非常熟悉的人。

她以前怎麼就沒發現呢？呵呵！一個熱情如火的喬夏，一個溫文儒雅的錢財，兩個人組合在一起，倒是滿相配的。

喬春想著，嘴角不由得高高翹起，她相信喬夏一定能溫暖錢財的心，不過，這事看來還得她推波助瀾一下才行。

「伯母，子諾大哥，我有事想找你們。」喬春還在思索喬夏跟錢財的事情，鐵百川就突然從門外走了進來，有些著急地看著林氏和唐子諾。

眾人先是一愣，隨即輕笑了起來。

昨晚鐵龍和林氏、唐子諾已經坐下來談定了鐵百川和桃花的事情。由於鐵百川還在守孝期間，所以訂親不另外舉辦儀式，也不寫文書，只是雙方家長口頭應了下來。這會兒，大夥兒都已經當他是自家人了。

「百川，你有什麼事情嗎？」林氏笑咪咪地看著鐵百川。她現在才發現這小夥子長得還不賴，濃眉大眼、鼻高唇厚，身材也算得上高大健壯。只能說是丈母娘看女婿，愈看愈有趣了。

鐵百川被林氏看得有點不好意思，不禁臉上一紅，伸手撓頭。

「百川，你……」鐵龍急急從門外跑了進來，不知所措地看看鐵百川，又看看唐家的人，神色有點尷尬，又有些生氣。

「鐵伯伯，你們這是怎麼啦？」喬春眉尖輕蹙，輕聲問道。看他們父子倆的神情，她直覺不是什麼好事。

「伯母，我……」鐵百川看著林氏，打算開口。

「百川，你不能說。」鐵龍急得大聲喝止。

大廳裡的氣氛瞬間變得凝重，每個人都收起笑容，疑惑地看著鐵家父子。

「鐵大哥，你讓孩子說話。」林氏皺著眉頭站起來，阻止了鐵龍，又扭過頭看著鐵百川道：「百川，你有什麼事要跟伯母說，就在這裡說吧。都是自家人，不用迴避。」

鐵百川聞言跪在地上，仰起頭一臉堅定地說道：「請你們原諒我！我現在還不能跟桃花訂親，也請唐大嫂終止我們的長工協議。」

「什麼？」

大夥兒臉上驟現怒色，很是不理解地看著鐵百川。他明明就喜歡桃花，為什麼這會兒他不願意跟桃花訂親呢？桃花要是知道了，一定會很傷心！

「鐵百川，你是什麼意思？我們家桃花配不上你嗎？還是你根本就不喜歡桃花？你現在就給我說清楚！」唐子諾一個箭步上前，抓起鐵百川的衣襟，用力搖晃著。

「唐子諾，你放手，聽他說。」喬春臉色沈重，嘴唇緊抿，眼睛一眨也不眨地盯著鐵百川。

鐵百川不是個不負責任的人，他這麼做應該有原因。可不管是什麼原因，喬春也覺得他不該傷桃花的心。

唐子諾回過頭看了喬春一眼，憤憤放開了手，靜待鐵百川的解釋。

「我想去投靠永勝王，上戰場，做個頂天立地的好男兒。等我擁有保護心愛的人的能力後，我就會回來。如果桃花願意等我，我一定不會辜負她；如果她不願意等我，我也會祝福她。」

此時偏廳門下傳來了清脆的鼓掌聲，桃花笑著站在那裡，臉上不見半點傷心，反而散發出驕傲的神情。

「百川哥，你說得真好！我支持你，放心去吧，無論多少年，我都會等你，只求你平安歸來。」桃花看著鐵百川輕聲道。

鐵百川癡癡地看著桃花，黑眸驟然發亮，嘴角逸出笑容。「桃花，我……」

「百川哥，你不要說了，我都明白，真的！」桃花輕輕點了點頭，兩個人的眼光就那樣癡纏在一起，看得眾人又是感動，又是著急。

「不行！桃花，妳就要十六歲了，能等多少年？一個女人能有多少青春年華？我不答應。」林氏看著桃花，堅決反對。

她不想讓人家在背後說桃花的是非，這些年她已經聽得夠多了！

「娘，不管您答不答應，我已經決定了。我這輩子等定他了，除了他，我誰也不嫁。」

桃花眼神中沒有絲毫猶豫。

林氏氣急了，衝上前抬起手朝桃花的臉上搧了過去。

「娘，您打吧！您打死我，我也不會改變主意。」桃花將臉送到林氏面前。

「妳……」

林氏又揚起手，正想再給桃花一掌，卻見鐵百川擋在桃花身前，雙眼滿懷企求看著她道：「伯母，您別打桃花。這都是我的錯，是我惹您生氣，您就打我解解氣吧！」

鐵龍看著林氏放下手，火大地上前甩手給鐵百川兩道清脆的耳刮子，大聲怒罵：「百川，你快點認錯，說你不走了，說你要訂親，會好好對待桃花。否則你看我今天打不打斷你的腿，我倒要看看，你腿斷了以後還能上哪兒去？」

鐵龍說著，扭頭四周張望，抬腳就去拿牆角的竹扁擔。

喬父見鐵龍這般失控，連忙走過去拉住他，大聲喝道：「鐵兄弟，你這是想幹什麼？孩子就算有錯，好好跟他講講道理就可以了，你非要把他給打殘嗎？」

大夥兒眼看著情況就要失控，趕緊走上前將桃花和鐵百川圍在中間，紛紛向林氏和鐵龍求情。

「親家母，妳不能這麼著急，有話好好說，可別嚇壞了孩子。」雷氏伸手抓住林氏的手，輕聲安撫道。

「妹子，他們都是好孩子，可不能這般對待，好好說就行了。」廖氏抓住林氏另一隻手，勸解著。

「娘，桃花不是小孩子了，她有自己的想法。」喬春替桃花轉述她的心聲。

其實林氏看到桃花臉上的紅指印時就後悔了，但一聽到喬春這麼說，火氣立刻上來，扭頭就衝著喬春大吼。

「春兒，這些年來妳明著寵桃花，我看得出來，但暗著是怎麼教她的，我就不知道了。我只知道桃花變得愈來愈不聽話，想法也愈來愈大膽。一個姑娘幹麼學男子識文寫字，不好好在家做女紅？

「現在倒好，她不僅能識文寫字，還變得能言善道，我說的她都當成是耳邊風，倒是對妳的話深信不疑。她眼裡還有我這個娘嗎?!」

喬春徹徹底底傻了！

眼淚順著她的臉頰不停往下流，她怔怔地看著林氏，腦子裡一直迴盪著剛剛那些指責。她怎麼變成教唆桃花變壞的犯人了？女子識文寫字，就是十惡不赦？

「娘，我沒有……」喬春的話剛到喉嚨就梗住了。

「娘，您到底在胡說些什麼？」唐子諾錯愕地看著林氏，又轉過頭心疼地望著喬春。娘怎麼可以這樣說春兒？這些年來如果不是她，唐家早就不知變成什麼樣子了！

「娘，您不能這樣說我嫂子，您要打要罵就衝著我來！」桃花崩潰了，她怎麼也沒想到娘會失去理智地責備起大嫂。

林氏本來有些悔意，後悔自己氣急之下說出那般傷害兒媳婦的話，可現在聽到兒子的指責、女兒的袒護，她的理智瞬間被拋向九霄雲外。她衝著喬春再次怒吼：「瞧瞧那兩隻白眼狼，全都向著妳，他們現在根本就沒有把我這個做娘的放在心上。妳滿意了沒，開心了沒？」

「我……娘，我……我真的沒有。」喬春流著淚，哽咽地解釋。

「親家母，妳怎麼這樣？我家春兒到底錯哪兒啦？如果不是春兒，你們唐家能有今天嗎？妳可別過河拆橋，自己沒盡到做娘的責任，就遷怒我家閨女！」雷氏頓了一下，接著又道：「妳要是這般不待見我家閨女，乾脆叫妳兒子寫一封休書，咱們兩家老死不相往來。春兒苦哈哈在你們唐家當奴做隸也就算了，妳居然還這般指責她，我實在看不下去了！」

雷氏說完還不解氣，看著喬春眼角的淚水，又衝著唐子諾吼道：「唐子諾，你快點寫休書，咱們喬家立刻搬走！」

「娘，您別這樣！這不是淨給大姊添亂嗎？」

「就是啊！娘，大姊怎麼會離開這裡呢？果果和豆豆怎麼辦？」

喬夏和喬秋看著愛女心切的雷氏大發雷霆，連忙將她拉到一旁，不停地安撫。

唐大娘也實在過分，如果不是考慮到大姊難做人，她們早就發飆了。她是老眼昏花了，還是這些年油水吃多了，心被豬油給遮得看不見了？難道大姊這些年來為唐家所做的一切還不夠嗎？

「哇啊……」果果和豆豆被這場景嚇得哇哇大哭起來。

喬春吸了吸鼻子，伸手牽起果果和豆豆，大步往房裡走去。

「春兒，妳……」唐子諾呆了一下，這才心急地撇下大廳裡的人，向愛妻和寶貝們跑去。

可當唐子諾走到房門口時，門已經被用力關上，唐子諾苦惱地摸了摸鼻子，看著緊閉的房門，不由得長嘆一聲。

這可怎麼辦？手心手背都是肉，他哪一邊都得罪不起。不過這事還真是娘錯了，再怎麼生氣，也不該將怒火往春兒身上發啊！

唐子諾如鬥敗公雞似地回到大廳，林氏怔怔地看著他，眼裡閃過一絲複雜的情緒，她掙開廖氏的手，越過兒子，大步走回房去了。

「砰！」一聲關房門的巨響，這聲音像一把巨錘狠狠捶打著唐子諾的心。

「大哥，對不起！」桃花紅腫著一邊臉，眸裡滿是歉意地看著唐子諾，嗚咽道。

「桃花，這不是妳的錯。」唐子諾輕輕拍了桃花的肩膀一下，柔聲道。

說著，他越過她和鐵百川，來到喬氏夫婦面前，直直跪了下去，輕聲道歉。「岳父大人、岳母大人，請你們原諒小婿。都是子諾不好，讓春兒傷心，讓你們難過了。我一定會好好勸勸我娘的，不會讓事情惡化下去。這些年是我們唐家虧欠春兒，我一定會好好補償她。」

喬父低下頭看著唐子諾，眸底閃過一抹欣慰，連忙走到他面前，將他扶了起來，拍拍他的肩膀道：「男兒膝下有黃金，以後別動不動就下跪。你的心意我們明白，可是你確實該跟你娘溝通一下。剛剛如果不是怕你和春兒難做人，我定會找你娘理論。」

雷氏抹了抹眼角的淚，吸了吸鼻子，看著唐子諾道：「如果還有下一次，你也不用寫休書了，我們來寫就好。我會立刻帶春兒和果果、豆豆回喬子村。反正，那兩個孩子你也沒盡過什麼責任，我可受不了我家閨女這般吃力不討好！」

喬父看著唐子諾窘迫又愧疚的臉色，連忙扯了扯雷氏的衣角，輕聲道：「孩子她娘，妳別生子諾的氣。這事也不該怪他，妳看他……」

「你閉嘴！女兒不是你懷胎十月生的，你就不心疼是嗎？」雷氏生氣地揮開喬父的手，氣呼呼地瞪著他，也轉身回房去了。

「砰！」——又是一聲關房門的巨響。

唐子諾更加氣餒，滿臉無助地看著喬父和柳如風。

「子諾，為師陪你們翁婿倆喝酒去，李然，你也來吧。」柳如風一時之間也不知該如何安慰徒弟，想到這番吵鬧下來，自己的心情也不是很好，便出聲提議。

「好。」唐子諾應了聲，轉過頭看著喬夏，扯了扯嘴角道：「大姨子，妳可不可以幫我們弄幾樣下酒菜？我們會在院子裡的石桌那裡喝。」

「鐵伯伯、百川，你們也一起來。」唐子諾輕聲招呼鐵家父子。

鐵百川看著桃花，黑眸中閃過濃濃的歉意和苦惱，低聲道：「桃花，對不起！妳等我幾年，我一定會回來找妳的。」

「你去做你想做的事情吧，我等你！」桃花深深看了他一眼，轉過身，命令自己不准再回頭。可回到房裡以後卻還是沒能忍住，趴在床上大哭了起來。

她不僅連累了大嫂，讓她和娘的婆媳關係變糟，還害唐、喬兩家人的關係變得尷尬，更讓大哥夾在中間左右為難。

就算不同意她等百川，娘也不該說出那些話啊！桃花愈想愈傷心，淚落得更凶了。

鐵百川一直朝桃花離去的方向凝望，直到唐子諾喊了他幾聲才回過神來。

他是不是做錯了什麼？可是，他真的想讓自己變強，強到能夠保護桃花和他們未來的家。難道他這樣想不對嗎？

「喬伯伯、柳伯伯，我是不是做錯了？」鐵百川站在石桌邊，看著喬梁和柳如風，困惑地問道。

「你的想法沒錯，只是方法用錯了。以後若真的上了戰場，可不能這般魯莽。」柳如風抬頭慈祥地看著鐵百川。雖然他不經意傷了很多人的心，可是他想把自己變強好保護心愛的人，這一點沒有錯。

「李兄，既然百川一心效國，想鍛鍊自己的能力，你走的時候就帶他一起去找大哥吧，這樣路上我也放心一點。」唐子諾看著一臉堅定的鐵百川，轉過頭對一旁的李然輕聲說道。

既然他心意已決，桃花也不介意，那他這個做大哥的也沒什麼好說的。

「好。」李然點了點頭。

「子諾哥，你不怪我了嗎？」鐵百川意外地看著唐子諾，他還以為他會暴打他一頓，沒想到他居然還請人帶自己去找永勝王。

「百川不能走，我不答應！」鐵龍說完，端起酒杯往自己嘴裡一口氣灌了下去，眼神堅決。

「爹，您為什麼還不同意？」鐵百川不解地看著鐵龍。連子諾大哥都沒有意見了，爹怎麼還是不肯讓他走？

「你沒看到因為你的不懂事，你伯母和大嫂鬧成什麼樣了嗎？你把事情搞砸，還要拍拍屁股走人？我鐵龍可沒有這麼不負責任的兒子。」鐵龍見鐵百川一副不解的模樣，很是生氣。

「爹，我已經知道錯了。可是，我這次一定要走。」鐵百川的態度很是堅定。

鐵龍將手裡的酒杯重重往石桌上一放，怒目圓瞪，眸中燃起了兩簇火苗，罵道：「你怎麼就這般不讓人省心？我平時是這樣教你做人的嗎？」

「我……」鐵百川頭垂了下去。

「鐵伯伯，您別生氣！這次百川的做法雖有些不妥，但他的出發點是好的。我家的事，我和我岳丈會處理好，您不用擔心。既然百川一心一意要去，您就同意吧。」唐子諾定定看著鐵龍，語氣中不見憤怒和指責。

「鐵兄，這事你就遂了百川的意吧，孩子大了，有自己的想法。」喬梁看著鐵龍勸道。

「喬兄說得沒錯，鐵兄，如果不讓孩子離開自己的羽翼，他怎能學會自立自強？」柳如風也加入了勸說行列，意味深長地瞥了鐵百川一眼。

當年他選擇離開蘭谷闖蕩天下，卻失去和蘭心相守一輩子的機會，只能在她生辰時派人送上他特地蒐集來的蘭花，聊表祝福。他只希望百川不會步上他的後塵，也期盼他和桃花這兩個年輕人能把握相知相守的幸福。

「好男兒志在四方。」一向不太愛說話的李然，酒水下肚後，看著空酒杯淡淡拋出這麼一句。

「爹，您就答應我吧！我一定會回來，不會辜負桃花。」鐵百川信誓旦旦地向鐵龍保證。

鐵龍緊皺著的眉頭舒開了一點，端起不知何時已被李然續滿的杯子，一口將杯中的酒喝了下去。「你去吧！記得一定要平安回來，可不能忘了家裡還有桃花在等你。」

「嗯，我知道了。」說完，他也按唐子諾的指示坐了下來，幾個大、小、老男人坐在一起，邊喝邊聊暫忘心裡面的不佳情緒。

第六十二章　婆媳和解

「娘親，您不要哭了。」

「親親，您別哭嘛……」

果果跟豆豆兩個小傢伙跟著喬春哭得唏哩嘩啦，還不忘出聲勸解。

「嗯，嗚……」喬春抽噎著點了點頭，但眼淚還是忍不住落了下來。

這教她如何不傷心？雖然知道林氏說的是氣話，可多少也表示她心裡有這樣的想法。自己這些年來可是把她當成自個兒的親娘，剛剛那些話實在讓她一時之間接受不了。

「親親，您再哭就梨花帶水了，會不好看的。」豆豆想起了娘親在自己哭紅鼻子時說的話，抬起淚花閃閃的大眼睛，定定地看著喬春勸道。

「娘親，您眼睛已經哭腫了，雖然不是很好看，但是子不嫌母醜，就算將來我娶了媳婦，還是會覺得娘親是最漂亮的。」果果烏黑明亮的眼睛裡閃爍著肯定。

「呵呵！」喬春終於破涕為笑，她伸手揉摸著兩個小傢伙的腦袋，眸底那淡淡的憂傷已慢慢褪去，取而代之的是濃濃的幸福。

「豆豆，那個詞叫梨花帶『雨』，可不叫梨花帶『水』。果果也是，將來等你長大娶了媳婦，生了小孩，娘親就老了，不再漂亮了。」喬春低頭看著兩個小寶貝，目光悠遠地說道。

突然間，喬春明眸中閃過一道光芒，她像是想通了什麼似的，站起來牽著兩個小傢伙就往林氏房間走去。

「娘，您開開門，春兒有話要跟您說。」喬春輕輕拍打著林氏的房門。

她剛剛突然明白林氏的心情了。她一定是看著兒女長大成家了，不再以她為中心，內心變得空蕩蕩的，所以才會一時心急，說出那般傷人又傷己的話。

林氏拉開房門，眼睛紅腫地看著喬春，默默側開身子讓她進房，又重新關上了門。

她剛剛看見喬春帶孩子們回房，看到子諾眼底的為難時，她就徹底清醒過來，對自己說過的那些話也萬分後悔。

她不知道自己怎麼會那般口不擇言，這些年來，如果不是春兒撐起這個家，她和桃花早就……

「春兒……」林氏輕聲喚著喬春，想說些什麼。

「娘，對不起！」喬春站在圓桌邊，眸底聚滿誠意地說道。

「不是的，春兒，是娘錯了。娘不該說那些傷人的話，請妳原諒娘，也別生子諾的氣了，好嗎？」林氏說著，大步朝喬春走了過來。

「您別再罵我親親。」豆豆圓滾滾的身子擋在喬春身前，抬眸看著林氏，一副母雞護小雞的緊張模樣。

「對，奶奶，您別再罵我娘親了，我娘親是最好的！」果果也移步擋著，抬頭看著林氏，黑眸中夾帶一絲不滿。

他要保護娘親，剛剛在大廳裡，奶奶那樣大聲罵娘親，害娘親哭得那麼傷心，他看得很難受。

「我……我……嗚嗚……」林氏看著孫兒、孫女護在他們娘親面前，還有稚臉上的不滿，頓時覺得無地自容，心底的愧疚更深了。

「果果、豆豆，你們讓開，不能這樣跟奶奶說話。你們不記得娘親是怎麼教你們的嗎？」喬春看林氏又低聲哭了起來，連忙拉開身前的果果和豆豆，頗為嚴肅地說道。

「記得！小孩子要尊長輩、愛家人。」果果和豆豆異口同聲說道。

「那你們該怎麼做？」喬春輕輕應了聲，繼續問道。

「奶奶，對不起！但是，請您不要再罵娘親了，那樣我們會不開心。」果果和豆豆異口同聲向林氏道歉，同時也向她表明自己的意思。

林氏淚眼婆娑地看著他們，輕輕點了點頭，哽咽道：「放心，奶奶再也不會罵你們的娘親了，剛剛是奶奶鬼迷心竅，對不起！」

「沒關係，娘親說過知錯能改就是好孩子。」果果抿唇一笑，語氣老成地說道。

喬春欣慰地看著果果和豆豆，握緊林氏的手，說道：「娘，這不是您的錯，而是我們這些小輩忽略了您的感受。我們忘了您也會孤單，忘了您也需要我們的關注。」

喬春頓了頓，又道：「娘，子諾和桃花是您的孩子，不管他們身在何處，他們都一樣愛您，請您一定要相信這一點。桃花她長大了，不再是小丫頭了，她有自己的想法。所以，娘，我們愛她的最好方法就是讓她自己作主。當然，身為家人，我們也要適時提供意見給她。」

喬春儘量將自己的理念說給林氏聽，至於她能聽進多少，她無法決定。林氏畢竟是古代婦女，她的思想裡都是婦女的三從四德，不可能一夕之間改變。

「春兒，妳的意思我明白了。剛剛果果和豆豆說的『愛家人』點醒了我。我待會兒就去桃花房裡找她，告訴她我的想法。」林氏的表情豁然開朗，臉上露出了淡淡的笑意。

「嗯，那我去找我娘親。」喬春開心地點了點頭，牽過果果和豆豆，抬步走出房門，就要往雷氏房間走去。

「春兒，妳先代我跟親家母說聲對不起，我自己會再另外找機會跟她談談。」喬春背後傳來了林氏的聲音。

「我知道了。」喬春輕快地應了聲，帶果果和豆豆離開。

快到雷氏房門前時，喬春頓住了腳步，低頭輕聲詢問那兩個小傢伙。「果果、豆豆，你們知道待會兒要跟姥姥說些什麼嗎？」

她算是看明白了，只要這兩個小傢伙發動嗲功，保證能將雷氏收服。

思。

「娘親，您放心！我明白，嘿嘿！」果果向喬春比了個OK的手勢，他當然明白娘親的意

「親親，我也知道。」豆豆抬頭，眼睛眨巴著，聲音軟軟地道。

「嗯，走吧。」喬春嘴角高高翹起，眸底閃過一絲得意。有這麼厲害的寶貝在身邊，她就不信娘不乖乖繳械投降。

在喬春眼神示意下，果果和豆豆站在雷氏房前，舉起手，拍打雷氏的房門，甜甜軟軟地道：「姥姥，您在房裡嗎？」

「唉唷，我的寶貝們啊！」雷氏笑著伸手牽起果果和豆豆，看著在一旁靜靜站著的喬春，眼眶一紅，轉身走進了房裡，讓他們兩個在她腿上坐下。

「姥姥，我不是您的寶貝。」豆豆表情嚴肅地看著雷氏，糾正道。

雷氏微蹙著眉，愕然地看著豆豆，不明所以地問道：「豆豆，妳怎麼不是姥姥的寶貝？」

「豆豆是親親的寶貝，姥姥的寶貝是親親。」豆豆認真地說道。

「哈哈！」雷氏被豆豆的話逗得開懷大笑。

豆豆則轉過頭，對喬春眨了眨眼，看得喬春也是笑意盎然。

「娘，您把果果和豆豆放下來吧，這樣對您的腿來說太重了。」喬春伸手準備去抱豆豆，可雷氏卻是身子一閃避開了。

「我就是喜歡抱他們。」雷氏低頭逗弄著果果和豆豆，眼裡滿是歡喜。
「我們也喜歡姥姥！」果果、豆豆兩個人重重在雷氏臉頰上親了一口，甜甜笑道。
雷氏的眼睛笑瞇成了一條縫，低下頭在果果和豆豆臉上各留下一吻。
「姥姥，您和果果在一起開心嗎？」果果揚起稚臉，那宛如黑寶石般的黑眼睛，眨巴眨巴地看著雷氏。
「開心！」雷氏笑著點頭。
「會不會離開果果和豆豆？」豆豆緊接著問。
「不會，姥姥可捨不得！」雷氏說著，摟緊了兩個孩子。
果果和豆豆相互交換了一下眼神，雙雙抓著雷氏的手，搖晃著撒嬌道：「姥姥，果果和豆豆也很喜歡您，喜歡和您、姥爺、奶奶、爹娘、小姨、姑姑住在一起，如果分開了，我們會很傷心。」
果果抬起水汪汪的大眼睛，骨碌碌地轉了轉，又道：「娘親說，如果心情不好，胃口就會不好；胃口不好，身子就會長不高。以後我和豆豆可能就只有這麼高了。」
雷氏聽了，將果果和豆豆摟得更緊。「誰說我們要分開？到底是誰說的，姥姥找他去！」
「您！」兩個小傢伙齊齊伸手指著雷氏道。
「我？我哪有說過？」雷氏皺起眉頭。

「那姥姥的意思是不會離開我們了？」果果再接再厲地求證。

「嗯。」雷氏肯定地點了點頭。

果果和豆豆雙雙抬頭看著喬春，開心地笑道：「娘親，您聽到了沒，姥姥說她不生氣了。」

「呵呵，果果和豆豆真乖，果然是姥姥的開心果！」喬春勾起唇角笑道。

「我還是生氣啊！春兒，妳婆婆那些話實在過分，娘聽了可心痛了。」雷氏臉上的笑意隱去，看著喬春悶聲道。

她的閨女，自己看著都心疼，哪受得了別人當她的面責罵？再說，這些年春兒為唐家做的事情，別說是山中村，就是整個和平鎮，又有誰不知道？林氏真的太不知好歹了！

喬春看著雷氏氣鼓鼓的模樣，便走到她跟前，蹲下身子，抬眸定定看著她，道：「娘，您疼愛春兒，春兒都明白。可是我婆婆剛剛已經跟我道歉了，她也只是一時氣糊塗了，您可別跟她較真，誰沒有氣頭上胡亂說話的時候？平日婆婆待春兒也極好，這些娘也都知道吧。」

豆豆看著喬春緊鎖的眉頭，轉過頭看著雷氏，軟軟道：「姥姥，我奶奶剛剛已經說過對不起了。」

「嗯，我也聽到了。姥姥，我娘親說過，一家人不能有隔夜仇。」果果點了點頭，對雷氏說起教來。

「噗！你娘親的話，你倒是句句都聽了進去。長大以後娶了媳婦，可不能忘了你娘。」

雷氏聽著果果小大人般的語氣，忍不住笑出來，伸手刮了刮他的小鼻子。

「不會，娘親在果果心裡最重要，媳婦兒也不能比！」果果很是認真地說道。

雷氏和喬春聞言都被逗得開懷不已，一家人心裡的疙瘩，就這樣被果果和豆豆的童言趣語給巧妙解開了。

第六十三章　夫妻鬥嘴

大夥兒依依不捨地將鐵百川和李然送出門，繼續照原本的步調生活，只有桃花過起兩地相思的日子。

「春兒，謝謝妳！」唐子諾趁午休時閃進房裡，從身後摟住正站在書桌前畫草圖的喬春。他將下巴抵在她肩膀上，湊在她耳邊，由衷地向她道謝。

他本以為自己得過上一段當夾心餅的日子，結果今天一早卻見他娘和丈母娘有說有笑地張羅早飯。細問之下，喬夏才告訴他，這一切都歸功於喬春和那對小寶貝。

那一瞬間，唐子諾覺得自己真的太幸福了，有這麼美好的娘子和孩子。只是一個上午喬春都忙著炒製茶葉，他一直沒有機會單獨與她相處，也沒能好好跟她說聲「謝謝」。

唐子諾嘴裡吹出的風拂上喬春的耳朵，酥酥癢癢的。她臉上飄過一朵紅雲，嬌嗔：「你鬆開，好癢！」

「呵呵！我不要！」唐子諾反而摟得更緊，深邃的黑眸裡閃過一絲狡黠，突然張嘴咬了下去。

「你幹麼?!不要……」喬春手中的筆輕輕滑落，墨水在宣紙上慢慢暈開。熱氣迅速的蒸上臉頰，她的身子繃得緊緊的，雙腳發軟。如果不是唐子諾緊緊摟著她，估計這會兒喬春已經滑落到地上去了。

唐子諾感覺到了喬春的緊繃，雙手越發收緊。他已不能滿足於這點甜頭了，嘴唇開始輕移陣地。

喬春的水眸中染上一抹緋色，激起圈圈漣漪，她輕啟粉唇。「你……」剛吐出一個字，喬春就被自己充滿情慾而顯得沙啞的聲音給嚇了一大跳，心中暗暗一驚：自己什麼時候變得這麼不堪一擊，敵人才剛剛進攻，自己就淪陷了？

唐子諾聽到喬春沙啞的嗓音，下腹不由得一緊，扳過她的身子，癡迷地看著她。那光潤水漾的櫻唇，讓他好想一口吞下，再細細品味、狠狠輾轉，嘗盡她所有的美好。

喬春抬起水汪汪的大眼睛，看著唐子諾的喉結上下滾動，感覺到在她耳邊的呼息聲愈來愈重。她不禁有些失神，也有點害怕。

唐子諾猛然俯首含住她嬌嫩甜美的唇瓣，她身上淡淡的幽香撲進他的鼻腔，讓他的身體瞬間變得躁熱無比。他心底驀地生出想要將她壓在身下狠狠占有的強烈慾望。

「嗯……」喬春緩緩閉上了眼睛，嘴裡不由自主地逸出細碎的呻吟，雙手緊緊抓住他腰間的衣服。

那呻吟聲像是鼓舞，激得唐子諾一把將喬春推倒在書桌上，身子覆了上去，大手悄然覆上那突起的山丘，四處遊走。

「爹爹、親親，你們在玩什麼遊戲？我也要玩！」書桌邊驟然響起豆豆興致勃勃的童音。

唐子諾心中不由得一驚，趕緊鬆開喬春，俊臉一片緋紅，窘迫地低頭看著一臉好奇的豆豆，嘴唇嚅動著，卻一個字也說不出來。

喬春狼狽地站起身，紅著臉瞋了唐子諾一眼，隨後走到豆豆面前，彎腰抱起她，柔聲道：「豆豆，剛剛娘親的眼睛裡不小心進了沙子，妳爹爹在幫娘親吹沙子，可不是在玩遊戲。」

「真的嗎？」豆豆歪著腦袋，不太確信地反問。以前奶奶眼裡進了沙子，廖奶奶都是站著幫她吹的，為什麼爹爹要壓在娘親身上吹呢？

「當然是真的，娘親什麼時候騙過豆豆？」喬春一臉平靜地看著豆豆，肯定地點了點頭。

「可是，爹爹為什麼要壓在親親身上吹呢？不是應該站著？」豆豆很是疑惑地望著喬春反問。

喬春滿臉黑線，尷尬輕笑著對豆豆解釋：「那是因為奶奶是上眼皮進了沙子，娘親是下眼皮，所以要躺著。」

「原來是這樣！」豆豆笑了起來，不再纏著這個問題不放。

唐子諾冷汗涔涔地看喬春抱著豆豆出了房門。她還真能掰，黑的都被她說成白的了！

唐子諾低頭鬱悶地瞅了一眼突起來的長袍，內心忍不住嚎叫，還有一絲後悔。

自己怎麼就忘記門上門呢？真是可惜啊，差一點就可以吃到肉了！

唐子諾正懊惱著，眼角餘光一瞥，瞄到桌上幾張已經畫好的草圖。唐子諾拿起草圖，看著那流暢的線條，怔怔出神。

他記得喬春並不識字，作畫就更別說了。現在這紙上草圖的功力可不低，並不是兩、三年的訓練就能擁有的。自己這些日子一直沈醉在與妻子重逢的美好中，就算覺得奇怪，也沒去深思她跟以往大不相同的問題。

她真的是春兒嗎？一個人再變，不可能連腦子都變了吧？看她的性格與才能，根本判若兩人！

兩人？唐子諾被自己這個想法嚇了一大跳。

「爹爹，三舅舅來了。」果果興沖沖地跑了進來，看著正在院子裡挖坑造鞦韆的唐子諾，開心地說道。

由於豆豆十分想念在霧都峰養病時有鞦韆可以盪的日子，因此唐子諾便替她在家裡再打造一座鞦韆。

「好，爹爹洗把手臉就來。」唐子諾抬頭應了一聲，看著高興的果果，突然想起一直嚷著要嫁給三舅舅的豆豆，臉上不由得湧上幾分焦色，衝著果果問道：「豆豆呢?!」

「豆豆在大廳裡跟三舅舅玩，娘親也在。」果果如實回答，並沒有發現自家爹爹有什麼不對勁，轉身就往大廳走去。三舅舅買給他的積木船，他還沒開始組裝呢！

「錢財，你放下豆豆！」果果只覺耳邊颳過一陣風，只見他爹的影子一閃，人就不見了。

哇！爹爹好厲害啊！果果怔怔地盯著偏廳的門，滿臉崇拜，此時他腦海裡突然閃過一道亮光，轉身就往房裡跑去。

「咳咳……」錢財聽到唐子諾氣急敗壞的聲音傳來，被嘴裡的茶水給嗆了一下，彎著腰急促地咳嗽起來。

「咳咳，二哥，你這是怎麼啦？」錢財偏過頭困惑地看著剛剛進到大廳裡的唐子諾，英眉輕蹙。

「你想幹麼？」喬春看著唐子諾那緊張兮兮的模樣，忍不住翻了個白眼。還真是一個奇葩，哪有人像他這樣把兩、三歲小女孩的話當真的?!

唐子諾站在錢財面前，氣呼呼地瞪了他一眼，又滿腹委屈地看著喬春，把那些威脅的話全部擱在肚子裡。

錢財被瞪得有些莫名其妙，一頭霧水地看著他們兩夫妻之間的眼神交流。

「三舅舅，豆豆好想您哦！」豆豆抬起稚臉，天真爛漫地笑了起來。

「真的嗎？那怎麼一點表示都沒有？」錢財將臉湊到豆豆面前，笑咪咪地說道。

豆豆聽了，便嘟起小粉唇，飛快在錢財臉頰上親了一下。

「啊！」錢財突然驚叫一聲。

唐子諾將豆豆從錢財懷裡撈了過來，隨手將錢財一推，可憐了毫無防備的錢財，就那樣被推倒在地上，來了個四腳朝天。

大廳裡的人被唐子諾這一連串的動作給震得目瞪口呆。這是怎麼回事？

「唐、子、諾。」喬春回過心神，雙目圓瞪，怒火沖天地對著唐子諾吼了起來。

眾人還沒從剛剛的震驚中回過神，又被喬春的獅吼給嚇了一大跳。只見她眼中竄出兩道火苗，狠狠地瞪著唐子諾。

這又是怎麼回事？他們夫妻倆今天的行為實在太奇怪了！

唐子諾抱著豆豆，緩緩看向喬春，訕笑著道：「春兒，妳別生氣！我不是故意的，我只是不小心多用了一點力氣……」

喬春狠狠剐了他一眼，走到錢財身邊，將他扶了起來，輕笑著道歉：「三哥，對不起！二～～哥，他可能吃錯藥了。」

二哥?!

在場的人，包括錢財、唐子諾在內，全都被喬春那刻意拉長音的那聲「二哥」給嚇得不輕。

就算不叫相公，也該叫一聲子諾吧，怎麼會是二哥呢？

唐子諾心裡更是七上八下，他知道他闖禍了，喬春一定是生氣了。「春兒，我……」

「二～～哥，你該叫四妹的。大家都知道，我因為當時受了太大的打擊，所以選擇性地將你在我腦子裡的記憶給封住了。我現在只記得你是二哥，我是四妹。」喬春扭過頭，笑容可掬地看著他。

眾人無不睜大眼睛看著他們，腦子根本跟不上驟變的劇情。

「春兒，他真的是妳相公！他叫唐子諾，是我的兒子！」林氏擔憂地走過來，心疼地看著喬春說道。

剛剛聽喬春說起「當時受了太大的打擊」，讓她想起了那年她義無反顧的撞牆之舉。不管是為了子諾，或是為了唐家，春兒確實受了不少苦。

「娘，我不記得了。」喬春淺笑道。

「可你們這些天不是住……住在一起嗎？」林氏老臉一紅，斷斷續續地說著。

「我們都是分開睡，要不就是果果和豆豆睡在中間，我和他沒有什麼。」喬春說著垂下了頭，眸底閃過一絲狡黠。

「真的沒什麼？」眾人皆不可思議地看著唐子諾，眼中浮現同情。

錢財嘴角噙著一抹淡笑，幸災樂禍地看著唐子諾吃癟，突然覺得剛剛被他這麼一推倒是值得，至少他聽到這麼勁爆的內幕消息。

喬夏看著錢財嘴角的笑，內心更是酸澀。他是在為大姊和大姊夫沒有實質關係而竊喜嗎？他是在為大姊不記得大姊夫而開心嗎？他心裡就只有大姊，從來都沒有發現旁邊還有個自己嗎？

「三哥，你等一下，我去拿個東西給你嚐嚐。」喬春說著便轉身往後院走去。

「二哥，到底是怎麼回事？」錢財見唐子諾怔怔地盯著喬春的背影，打趣地問道。

「不要你多管閒事。」唐子諾負氣地抱著豆豆坐到錢財對面。

「子諾，真的沒事？」柳如風滿臉興味地看著唐子諾。他剛剛可是沒有錯過喬春眼中那一閃而過的狡黠，看來自家徒弟想要重擄美人心，得再費些時間和精力。

「沒事，師父不用擔心，春兒只是生氣了。」唐子諾掃了眾人一眼，輕聲道。這一切都怪錢財！

「爹爹，我想去三舅舅那裡。」豆豆皺著眉頭道。

「豆豆坐爹爹這裡就好，妳不是說很喜歡爹爹嗎？」唐子諾低下頭，柔聲地誘哄。他不想再讓豆豆坐到錢財那裡去。

「可是爹爹的手好髒哦，全是泥巴。三舅舅身上香香的，豆豆好喜歡。」

手好髒？泥巴？

唐子諾低下頭，這才想起自己剛剛沒有洗手就過來了。

「那爹爹去洗手，豆豆千萬要等爹爹回來哦！」唐子諾放下豆豆，伸手想揉揉她的腦袋，可瞥見自己滿是泥巴的手，又窘迫地抽了回來。臨走之前不忘叮嚀豆豆，順便扭過頭朝錢財瞪了一眼。

春兒居然當著大家的面揭穿他們私底下的相處情形，看來自己得想個辦法直接化身為狼，將她這隻綿羊吃乾抹淨才行，不然自己就別想在眾人面前抬起頭來了。

第六十四章 鬪新茶

待唐子諾洗了手臉，換了套衣服出來時，喬春已在沖泡茶湯，飯桌上還擺著幾個磚塊似的東西。

「來！大家都喝喝看這茶跟我們平時喝的有什麼不同？」喬春微笑著將茶挪到眾人面前，大家都一臉困惑地看著她，又悄悄瞥了一眼桌上的黑磚塊。

這磚塊也是茶葉？能喝嗎？

錢財朝喬春點了點頭，端起面前的茶湯，輕啜一口，再閉上眼睛，靜心感受茶香。這茶的口感醇厚飽滿、茶香濃郁縈繞，與綠茶截然不同，與紅茶也不大一樣。

錢財驚喜地睜開眼睛，眼神發亮地看著喬春，笑道：「四妹，這茶既不是紅茶，也不是綠茶，到底是什麼茶？妳以前怎麼沒有拿給我們喝過？這是妳用新方法製出來的茶嗎？」

柳如風也是一臉好奇地看著喬春，這茶他從沒見過，但它的味道卻是最好的，他對喬春可真是愈來愈好奇了。

喬春見大夥兒都好奇地看著自己，便向他們解釋：「這茶是我用山頂那幾棵大葉茶製的，那些茶樹還是二哥當年送的呢。它叫普洱茶，能降脂肪、降血壓、抗動脈硬化、防癌、抗癌、護胃、抗衰老、醒酒。」

眾人愣愣地看著她，柳如風的內心更如驚濤駭浪般翻騰著。眼前這女子哪是什麼農婦，根本就是九天之外的仙子！

「春兒，妳怎麼會知道這麼多東西？」唐子諾疑惑地看著喬春。

她絕對不是喬春。喬春是個內向的女子，精於女紅，完全不識字，可她恰恰相反，她完全不會女紅，卻能識文寫字，博學多識。這到底是怎麼回事？

「這個問題我已經說過很多次了，大夥兒都知道。你得空了，可以問問桃花。」喬春眉尖輕蹙，晶眸清亮，直視唐子諾探試的目光。

說著，她將目光調向柳如風，對著他淺淺一笑，問道：「柳伯伯，您覺得春兒製的這茶味道怎樣？」

柳如風在這些人中算是見多識廣，這個問題問他最合適不過了。

「這茶湯色紅亮，口感醇厚飽滿，而且茶香濃郁，絕對是茶中極品，是我喝過最好喝的茶。」柳如風看著喬春微笑道。

他沈吟了一會兒，又道：「春兒，聽妳剛剛說起這茶的功效和成分，我覺得這茶算得上是養生茶，如果製得出來，也可能被列為貢茶。」

柳如風畢竟是個大夫，聽到喬春的介紹，他明白普洱茶對人體極有益處。皇宮裡那些達官貴人們平日都吃山珍海味，應該多喝這茶。

喬春沒聽進柳如風說了「貢茶」兩字，她現在整個人就沈浸在柳如風剛剛說的「養生茶」三個字裡。
倒是眾人聽到「貢茶」，個個都情緒澎湃。如果他們能製出貢茶，那唐家茶園的地位將不可同日而語。
過了一會兒，喬春的嘴角慢慢向上翹起，晶眸裡閃過一道亮光。
二十一世紀有很多養生茶，其中女性熱衷的花茶最受歡迎。愛美之心，人皆有之，如果她能調配出花茶來，那女性的茶市場也相當可觀。
「柳伯伯，如果我想配製養生茶，您可以幫忙嗎？」喬春問道。
「春兒有什麼想法嗎？如果伯伯幫得上忙，倒是萬分樂意。」柳如風唇角輕揚，眸底浮現出濃濃的好奇。不知喬春又想到什麼新鮮玩意兒？
「我想配置花茶，專門提供女子飲用。我知道一些花茶配在一起，可以美容養顏，甚至調理身子。柳伯伯對藥性比較熟悉，所以春兒想請柳伯伯幫忙看看材料分量是否妥當。只是……我不知道哪裡買得到乾燥過的花？」
喬春一口氣說出自己的打算，只是這個地方有什麼花、是否有乾燥過的花？她倒是一無所知。平常她只見過菊花、薄荷、蒲公英、荷葉這些山村物種，其他玫瑰之類的花卻從來沒見過。
「花茶？專門供女子飲用？」柳如風不確定地看著喬春，重複了一遍自己剛聽到的內容重點。

「沒錯！」喬春點了點頭。

「這個有意思，柳伯伯先應下了。」柳如風爽快地答應了，他轉過頭看著錢財笑道：「錢財，看來你真的遇到千載難逢的貴人了。春兒腦子裝著這麼多點子，你想不財源滾滾都難！」

「柳伯伯說得極是，自從遇到四妹，我不僅名利雙收，更學到不少關於茶的知識。四妹總是能讓人覺得喝茶是一門學問、一種享受。心情浮躁時，只要親手沖泡茶湯，心也就變得平靜如水了。」錢財唇角微微上翹，逸出一抹溫和的笑意。

「三哥，那你知道哪裡有賣乾燥過的花嗎？」喬春的心忍不住雀躍起來。如果有材料，一切就好辦了。

「這我就不清楚了。」錢財停頓了一下，看喬春輕蹙著眉，又道：「聽四妹說來，這花茶確實是好東西，不如我們考慮看看自己種花？還有，這大葉茶只有六棵，實在少了點。」

錢財說著，抬起頭看著一直盯著喬春看的唐子諾，輕笑著搖頭問道：「二哥，當初那些大葉茶樹你是從哪裡弄來的？能不能找人買一些，我打算讓四妹買地專門種大葉茶。」

普洱茶也是好東西，前陣子皇宮裡已經有人到京城的茶莊裡取了炒製的綠茶，如果評審通過，就會被列為貢茶。

「那茶樹是我替大哥到西部辦事時，找一個山裡的老人要的，茶樹數量不多，而且他不喜歡被人打擾，只怕有困難。」唐子諾挨著喬春坐了下來，提起茶壺往茶杯裡倒茶，端起茶杯輕啜了一口，頓時被那滑口香醇的茶香味給閃了舌頭。

這茶比他在老人那兒喝過的還要好，也不知喬春怎麼製的。

唐子諾想著想著，瞥了飯桌上那黑磚塊一眼，心裡不禁嘀咕：好喝是好喝，可這茶的造型也太難看了一點吧？還有，這麼一大塊磚，沖泡的時候取茶葉也是件難事。

「春兒，這茶葉像磚塊似的，沖泡的時候該怎麼取茶？」唐子諾看著喬春，問出了自己的疑問。

眾人一聽，也都來了精神，全都睜大眼睛看著喬春。

「先用茶刀從茶餅側面沿邊緣插入；再稍用點力，把茶刀再往茶餅裡推進去一些；然後向上用力，把茶餅撬開剝落；最後再用同樣的方法順著茶葉間隙一層層撬開，這樣茶磚就可以慢慢撬散了。」

喬春從袖子拿出了一把精美的小匕首，拿起桌上一塊茶磚，一邊示範，一邊解說。末了，她看著錢財輕聲說道：「三哥，我這些年從那六棵樹上留了一些茶籽，我自己來育苗就行了。」

「四妹會育茶樹苗？」錢財有些意外地看著喬春。

「其實我一開始也不太會，是這兩年多來慢慢摸索出來的。除了那些大葉茶，原本的茶樹也留了很多茶籽。我打算這陣子開始培育茶樹苗，明年秋天再移苗栽種，如果三哥想開春時再買地種茶樹的話，直接買茶樹苗來種，可以提前收成，我育的那些茶樹苗，屆時再另外買地來種。」

喬春說著頓了頓，接過唐子諾遞過來的茶，喝了一口潤了潤喉嚨，又道：「大葉茶今年育苗，明年移種，距離收成還要過很久，而且它要種在有一定高度的山上，一般的地裡可不行。」

錢財黑眸微垂，白皙又修長的手指在桌面上輕輕敲著，似乎正在考慮事情，過了好半晌，他才抬頭看向喬春，薄唇輕啟。「四妹，擴種茶園明年開春勢在必行。妳去找鐵村長商量一下買地的事，再畫一張區域圖給我，我來安排購買茶樹苗。現在這些茶葉的量實在供不應求，所以能種多少，咱們就種多少。至於那些妳育的茶樹苗，咱們明年視情況再移種。」

唐子諾微微不悅，瞪了錢財一眼，暗道：你當我家娘子是你的工人不成？那麼多工作量，還不把她給累壞了?!

「四妹，妳準備多請一些長工吧。天色不早了，我得回茶莊處理事情。大家慢慢聊，我先告辭了。」錢財站了起來，向大廳裡的人辭別，轉身便帶著小廝離開了。

喬夏癡癡目送錢財離開，直到他的身影消失在視線裡，還捨不得抽回眼光。

喬春瞥了她一眼，輕嘆了一口氣。唉，自古多情空餘恨，多情總被無情傷！

喬春看著錢財剛到時交給她的請帖，突然間腦門一亮，內心驟然浮現出一個計劃。

第六十五章 寶貝心願

「娘親，大舅舅送我的寶劍呢？」果果氣喘吁吁地從後院跑進大廳來，垮著眉頭問道。剛剛爹爹跑到大廳以後，他就回房間找了半天，卻沒看到寶劍的影子，一定是娘親收起來了。

喬春低頭看著滿頭大汗的果果，抽出手絹溫柔地幫他擦拭乾淨。「果果，你找寶劍做什麼？你現在還小，可不能玩那鋒利的東西。」

那把寶劍被她藏在唐子諾的箱子裡。刀劍無眼，她可不希望孩子們不小心被傷到了。

「我要拜師。」果果抬起小臉道。

「拜師？好端端的拜什麼師？」喬春輕笑了聲，看著一臉認真的果果。

大廳裡所有人都眨了眨眼，不敢相信自己的眼睛和耳朵。呵呵！真不知果果那機靈的小腦袋又在盤算些什麼？

「我要拜爹爹為師，爹爹的武功好厲害哦！」果果眼睛裡閃爍著星光，一臉崇拜地看著唐子諾。

唐子諾咧開了嘴，興奮地走過去抱起果果，笑道：「果果要跟爹爹學武功？」

「嗯。」果果像是小雞啄米般地直點頭。

「哈哈！虎父無犬子！只要果果願意學，爹爹就教你武功。」唐子諾高興得仰頭大笑。

喬春不由得翻了個白眼，瞧他那得意的模樣，還虎父無犬子咧！果果是她千辛萬苦生下來的好不好?!

「果果，你還小，不急。等你長大以後，再讓你爹教你。」林氏瞧他們父子倆親暱的模樣，眼睛都笑彎了。

「就是，果果還太小，可不能舞刀弄槍，傷了自己可怎麼辦？」雷氏笑著搖了搖頭，接下林氏的話。

「不行，我就是要學！娘親說過，少壯不努力，老大徒傷悲。」果果不滿地嘟起小嘴，摟緊了唐子諾的脖子，堅決地說道。

唐子諾聽著果果的話，抿唇輕笑，轉頭向喬春看去。兩人沈默以對，黑眸中暗波流淌，彼此各懷心思。

喬春看著他眸光閃爍，臉上似是罩著一層柔光，連忙收回眼，看著果果柔聲道：「果果，習武可是很辛苦的，你可不能三心二意，更不能一時興起，必須持之以恆。你還記得娘親跟你說過的聞雞起舞的故事嗎？你做得到嗎？」

既然孩子有心要學，能強健體格也是不錯，但她可不希望小孩子從小就養成半途而廢的習慣。

「嗯，果果明白。」果果清亮的眼睛閃過一道喜色，他知道，娘親這話的意思是同意了。

「我要學醫術。」坐在柳如風懷裡的豆豆，不甘落於人後，興奮地朝果果瞅了一眼，堅定地說道。

「哦？」柳如風雙眉一聳，睜大眼睛看著懷裡的豆豆，問道：「豆豆想學醫術？讓柳爺爺教妳好不好？這樣以後豆豆長大了，就是一個懸壺濟世的女大夫了。」

柳如風眉眼含笑地看著豆豆和果果，心裡很是欣慰。小小年紀不僅懂事，還很好學，喬春這個娘親教得可真好！

「柳爺爺，為什麼要懸壺濟世？每天頭上頂著一個茶壺，不會累嗎？這樣頭也不能低呀，還怎麼幫人治病啊？」豆豆抬起水汪汪的大眼睛，輕蹙著嫩眉，雙眼冒出無數個問號。

唐家大廳裡笑聲瞬間貫穿屋頂，破瓦而出。豆豆果然是唐家最天真無敵的小甜心！

「看來豆豆學醫之前，得讓柳爺爺先教妳識字才行，不然以後怎麼看醫書？怎麼寫藥方子？」喬春看著豆豆，寵溺地笑了。

「這個沒問題，只要豆豆願意學。」柳如風一口就應了下來。想不到自己還能收個小女娃當徒弟呢！

「不行！」唐子諾一臉緊張地反對。

大廳裡的人全部扭頭看向唐子諾，不明白他為什麼反對？

「哇……」豆豆頓時小嘴一癟，哭了起來，吸著鼻子抽噎著。「爹爹不公平，只讓哥哥習武，不讓豆豆學醫術！」

喬春美目圓瞪，看著唐子諾，不悅地問道：「為什麼？柳伯伯教豆豆學醫術不是一件好事嗎？」

唐子諾被喬春這一瞪，不禁有些驚慌，但還是堅持自己的意思。「就是不行！」

一個陰差陽錯的義兄妹已經夠讓他心煩了，現在還要讓自家師父教女兒醫術，那他們一家人的關係不全亂了套？以後豆豆要叫他爹爹還是師兄？

「哇……」豆豆紅著眼，淚水狂飆，抬眸可憐兮兮地看向喬春。只有娘親能幫她了，反正爹爹最聽娘親的話了。

「你今天要是不說出個理由出來，這事你就別想作主了。」喬春不疾不徐地說道。

「就是啊！子諾，這明明是好事，你為什麼要反對？」林氏看著兒媳婦不大高興的樣子，立刻心急起來。他們本來就需要培養感情，現在若因為豆豆的事把關係弄僵了，可是大大不好。

「子諾啊，這事你不該反對的。」

「大姊夫，既然豆豆喜歡，讓她學也好。」

「可不是嘛！你該不會認為女子無才便是德吧？」

大夥兒你一言我一語，好生勸解著唐子諾，他們可不願意看到他們夫妻倆的關係愈來愈僵。

唐子諾心一橫，顧不上什麼面子了，急聲道：「我可不想讓豆豆以後喊我師兄，所以不行！」

大家你看看我，我看看你，彼此心領神會，很有默契地彎腰抱著肚子大笑起來。

哈哈哈！他該不會是被那「二哥」兩字給嚇出後遺症來了吧！

喬春也忍不住掩嘴輕笑，瞥了唐子諾那紅透了的俊臉一眼，笑道：「柳伯伯只是教豆豆醫術，可沒說要收她為徒，你會不會太杞人憂天了？噗……」說著，忍不住大笑了。

是啊，自己好像神經過敏，真是想太多了！唐子諾聽了喬春的話，窘迫地撓了撓頭，訕笑了起來。

「我柳如風這輩子只有唐子諾這一個徒弟，所以子諾，你放心，我不會收豆豆做徒弟的。以後，豆豆只會叫你爹爹，絕不會叫你師兄，哈哈哈！」柳如風抬頭看著唐子諾打趣道。

屋子裡的眾人更是開懷了。豆豆明白事情有了轉機，也收起了眼淚，甜甜地笑了。

第六十六章 坦白真相

經過白天那一齣「二哥」事件，林氏和雷氏私底下商量了一會兒，使出小計將果果和豆豆各自抱回自己的房裡睡覺，為他們夫妻倆留下充分的私人空間。

昏黃色的油燈光芒籠罩在房裡，圓桌上擺著一個黑陶質地的熏爐，爐芯外由黑陶鏤空籠住，看起來很是樸質，卻又不失大器。熏爐裡香煙裊裊，香氣飄蕩在空氣中，整個房間都瀰漫著淡淡幽香。

這是唐子諾親自調製的安神香，他希望喬春和孩子們能夠睡得香香甜甜的。

此刻唐子諾正坐在圓桌邊，桌上擺滿了瓶瓶罐罐，他正聚精會神地搗鼓著藥草與香料，偶爾會抬頭看看正俯首在書桌上畫草圖的喬春。

在溫暖的燈光下，幽香陣陣的房裡，唐子諾不禁被喬春專注的神情所吸引，嘴角微微翹起。

他飛快收拾好桌上的東西，手裡拿著一個白色瓷瓶，抬步緩緩走向書桌。

唐子諾走到書桌旁站定，沒有出聲，只是靜靜看著喬春手法嫻熟地畫著杯子上的花樣。他從來沒有看過兩朵花並長在一個花蒂上的，看起來就像一對情人依偎在一起。

這兩朵花該是幸福的，因為它們可以一起迎接朝陽、承接雨露，並肩凝望彼此最絢麗的時光，再一同慢慢凋謝，落土為泥。

「一生相守相望，多美好的寓意！」唐子諾端詳喬春筆下的草圖，情不自禁道出內心的想法。

喬春身子動了一下，並沒有抬頭，繼續勾畫著草圖。過了好一會兒，她才放下手裡的筆，微笑著打量草圖，這是她為巧兒和錢歸的婚禮畫的。

今天錢財來拜訪時，順道將請帖交給她。喬春沒想到這麼多年一直癡戀著錢財的巧兒，居然被錢歸抱了回家，看來巧兒與錢歸之間發生了許多她不知道的故事。

如今巧兒和錢歸都是錢財茶莊裡的大掌櫃，就像是錢財的左膀右臂一樣，缺一不可。錢財說他娘已經認了巧兒為義女，所以他會在錢府為他們操辦婚事，像嫁妹妹般將她送出閣。這些年來巧兒對三哥的情意，三哥又怎會不明白呢？或許這是他對巧兒的一種補償吧！

說到錢財的生母，在原本的錢夫人被斬首後，就被錢萬兩迎回錢府。錢萬兩內心其實一直惦記著那個溫柔婉約的前妻，如今也算重拾夫妻之情了。

「這是我為巧兒和錢歸備的禮物，幾天後他們就要成親了，希望他們會喜歡。」喬春滿意地看著草圖緩緩道。

唐子諾看著喬春微翹的唇角，愣了下神，才柔聲問道：「這花兒真好看，它叫什麼花？」

「並蒂花。」

「真美！他們一定會喜歡的。」唐子諾低頭用熾熱的眼神盯著喬春，很是肯定地說道。

「希望嘍！」喬春輕應了聲，盯著畫的目光漸漸變得悠遠。「還記得巧兒這麼多年一直暗中喜歡三哥，我還以為三哥遲早會被感動，沒想到這朵嬌美的花兒，竟然被錢歸摘回了家，真是意想不到！」

「因為三弟這些年來喜歡的人是妳！」唐子諾緊緊盯著喬春，輕嘆了一口氣，直接捅破那層紙。

以喬春敏銳的觀察力，不可能不知道三弟這些年來暗中喜歡她。他想賭一把，看看喬春對這件事的看法。

「我只要有果果跟豆豆，還有家人就可以了。」喬春輕聲說道。

「那我呢？春兒，妳以前不是這樣的。」唐子諾把話題帶到他一直心存疑惑的點上。

喬春知道唐子諾在試探她，她也不想隱瞞些什麼。

畢竟他們曾經同床共枕，她的變化或許騙得過別人，但一定瞞不了他。

所以，喬春今晚也想豪賭一把，看看自己到底有沒有看錯人。如果她贏了，那她親手將心奉上；如果她輸了，那她就帶著果果和豆豆逃了。

以她現在的財力，想要找個偏遠清靜的地方過完這一生，根本輕而易舉。只是果果和豆豆肯定會傷心，畢竟他們需要父愛，也需要家人。

喬春想到這裡，又猶豫了起來。賭，還是不賭呢？

唐子諾的眼光緊緊鎖在喬春的臉上，看她沈默不語，皺起眉頭，又捏緊了拳頭……他的問題有那麼難回答嗎？還是她真有什麼不能說的秘密？

「你相信這個世界上有異界嗎？」喬春抬起頭，直勾勾地看著唐子諾，輕聲問道。

好吧，豁出去了！

異界？她不會真是什麼茶仙子吧？唐子諾不由得緊張起來，定定地看著她道：「春兒，妳不會是天上的仙子吧？」

喬春翻了翻白眼，緊張感頓時消失得無影無蹤，被他的異想天開惹得輕笑起來。

這一笑，星眸璀璨、風華絕代，像一朵潔白的茶花，綻放在綠意盎然的茶樹梢間。唐子諾的心弦被喬春的笑容輕輕撥動了，他深邃的黑眸浮現陣陣醉意。

「如果我是仙子，只要輕輕一揮手，不就收拾那些壞人了嗎？豆豆生病時，我輕輕用手一摸不就得了？你的想像力也太豐富了吧！」喬春瞋了他一眼，輕聲揶揄。

「那妳是什麼意思？異界指的是什麼？」唐子諾實在想不出還有什麼可能，既然不是仙子，難道是妖精？還是鬼娘子？

唐子諾蹙眉沈思，如濃墨般的英眉聳了聳，接著瞪大了眼睛，有些遲疑地看著喬春，嚅動著嘴唇，卻是一個字也說不出來。

長長嘆了一口氣，喬春徹底被他打敗，看樣子，他是把她當成妖精了。

「你能不能不要老鑽牛角尖？咱們還是換個話題吧，你再猜下去，準會把自己嚇死。」

喬春停頓了一下，看著他，突然反過來問他：「你說三哥喜歡我，那你呢？」

「妳是我娘子，我當然喜歡妳了。」唐子諾飛快地回應。

「如果我不是你娘子呢？」喬春緊緊盯著唐子諾的臉，不想錯過他任何一個表情。這場豪賭開始了，一旦開始，就不能回頭。

唐子諾愣愣地看著喬春，腦子裡一直重複她剛剛那句話：「如果我不是你娘子呢？」她說她不是自己的娘子，那她是誰？如果她不是喬春，那果果和豆豆怎麼來的？但他們確實是他的孩子啊！

燈光下，喬春看見唐子諾的黑眸中泛起層層波瀾，疑惑洶湧，他看著她，辨不清誰是誰？

時間過了很久，他們就那樣默默凝視著，誰都沒開口。

「唉……」喬春嘆了一口氣，她輸了！

喬春抖動了一下嘴角，垂頭嘆道：「二哥，如果我說我是住在喬春身體裡，一抹來自異界的靈魂，你相信嗎？」

「我信！因為妳們除了外表，沒有一樣相同。」唐子諾從震驚中回過神來，重重點頭，十分肯定地說道。

他相信她說的話，是她和原本的喬春截然不同，也無法用常理來解釋這種劇變。現在聽她這麼一說，他反倒有點豁然開朗。

喬春猛然抬頭，美目瞪得圓圓的，不敢置信地看著唐子諾。

他相信？他的心臟也太強了吧，居然沒被嚇倒！

喬春勾了勾唇角，晶眸中流光溢彩，紅唇輕啟。「三年前，她撞牆殉情後，我就住進她的身體。當我睜開眼後，我才發現自己因為受不了胎死腹中的打擊，自我放棄，卻來到了這個陌生的地方。」

喬春見唐子諾一臉平靜，續道：「我想盡辦法要回去，可是完全不曉得該怎麼做。隨著肚子裡的孩子有了胎動，我突然想開了，或許這是老天爺給我的補償。

「我和桃花去鎮上賣黃梨子和番薯時，機緣巧合之下，認識了三哥。後面的事情我想你大概已經聽說過，就不多說了。」喬春說完，抬眸看著神情複雜的唐子諾，猜不透他心裡在想些什麼？

「是我害了她。」唐子諾自責道。

喬春默默看著他，沒有說話。

「謝謝妳替我照顧家人，為我生下果果和豆豆，還把他們教育得這麼好。」唐子諾繼續說道。

喬春內心澎湃，喉嚨像是被什麼東西梗住了一樣，一個字也吐不出來。

「我對不起她，可是我知道，很清楚地知道，我愛妳！妳的性格開朗、善良大方、博學多識我都愛，我愛妳的一切……」唐子諾真摯地看著喬春，表明自己的心意。

喬春聽了，忍不住掉下眼淚。晶瑩的淚珠落在並蒂花上，暈開才剛乾透的彩墨，兩朵花慢慢融在一起，合而為一。

喬春淚眼婆娑地望著唐子諾，捨不得移開半分視線。

「妳別哭了！」一雙長著繭的手輕柔地覆上她的臉，溫柔地替她擦拭眼淚，可她的雙眼像是兩汪清泉，淚水根本停不下來。

在一聲手足無措的低吼後，唐子諾俯首舔吻喬春的淚珠。淚水淹沒了他的心，讓他疼痛不已。

喬春瞪大了眼睛，驟然停下眼淚，吃驚地看著他。

唐子諾雙手扳著她的雙肩，黑眸裡星光漸亮，像是強力照明燈，照亮了她的世界。

「妳叫什麼名字？」

「喬春。」

「真名。」

「喬、春。」

唐子諾驚訝地看著她，不確定地反問：「同名同姓？」

「嗯。」喬春點了點頭。

「不會連長相都一模一樣吧？」唐子諾微張著嘴，實在不敢相信天底下竟然有這麼神奇的事。

「如果我留的是長頭髮的話，我們應該長得一模一樣。」喬春歪著腦袋想了一下，淡淡道。

唐子諾瞪大了眼睛，不敢置信地看著喬春。這到底是天意，還是巧合？

「不過，你應該喊我姊。」喬春有些遲疑地說。

唐子諾驚魂未定地看著她，輕聲問道：「妳多大了？」

「三十歲。」喬春看著唐子諾那副吃驚的樣子，隨即垂下頭，從他身邊繞了過去，邊走邊自言自語：「這個年紀在這裡都可以當奶奶了，老了！唉……」

「一點都不老。」

喬春的手被他從後面拉住，緊接著又被他用力一扯，整個人撲進了他的懷裡。

喬春伸手摸了摸被他的胸膛撞得有點生痛的鼻子，氣呼呼地抬起頭，剛想張嘴說話，卻被他覆住了唇瓣。

喬春瞪圓了眼睛，愣愣地看著他。

「閉上眼睛！」她接吻都習慣睜著眼嗎？也太奇怪了吧？

喬春羞得差點沒找個洞鑽進去，隨即緩緩閉上了眼睛。

一陣天旋地轉，喬春的身子突然被騰空抱起，她輕聲尖叫了一下，反射性地摟緊唐子諾的脖子，醉眼矇矓地看著他一步步踏向木床。

唐子諾輕輕將喬春平放在床上，隨即覆上身子，著迷地看著她嬌美的玉容。

「我是誰？」喬春雙手推著唐子諾的胸膛，輕聲問道。
「春兒。」唐子諾一副理所當然的樣子。
「錯！」喬春不滿地嚷著。
「妳剛剛不是說妳們同名同姓？不叫妳春兒，我該叫妳什麼？」唐子諾一頭霧水，實在想不透她的意思。
這個箭在弦上的時刻，她居然還要問這種問題，這不明擺著讓他難受嗎？
「四妹。」喬春輕聲說道。
「妳不覺得這個時候叫妳四妹，感覺很奇怪嗎？」唐子諾眉頭垮下，苦著一張臉。
「不覺得。如果你這個時候叫我春兒，我的感覺更不好，我會覺得你分不清我和她。」
喬春果斷地拒絕了。
戀愛中的女人，眼裡容不下一粒沙。
唐子諾盯著喬春好一會兒，終於咬牙下定了決心。四妹就四妹吧！
「四妹。」他的聲音輕而柔，像是封藏了百年的老酒，溫醇而沈厚。
喬春心頭不由得一悸，抬眸定定看著他，目光再也移不開半分。
室內幽香瀰漫，燈光搖曳，雕花床上兩個相擁的人兒，形成了一幅旖旎的畫面。四目相視，情慾濃烈，曖昧的情緒醞釀著，等待爆發。
唐子諾伸手拉開喬春抵在彼此之間的手，讓兩個人的身體徹底疊在一起，她豐盈處的柔軟觸著他的胸膛，讓他渾身酥麻。

覆上她的櫻唇，大手四處遊走，依序慢慢挑開衣服上的盤扣、白色內襯、粉色的肚兜……唐子諾沿著喬春的脖子一路吻至鎖骨，眼神熾熱地看著那非常有料的地方，內心忍不住一陣激蕩。

終於，可以吃到肉了。

不放心地瞄了房門一眼，確定已經門上了之後，唐子諾嘴角逸出一抹邪肆的笑容，像是一朵盛開的罌粟花，令人著迷，無法自拔。

他帶著笑意的眸光深邃黝黑，醉人如酒，伸手輕輕拉下她脖上的細絲帶……

「啊！」忽然間，喬春痛呼了一聲。她柳眉緊皺、臉色發白，彎腰抱著肚子在床上打起滾來。

可惡，大姨媽居然在這個時候來報到了！

痛死啦！喬春咬牙翻滾著，額頭上開始冒出細密的汗水。

唐子諾被嚇壞了，看著喬春痛苦的模樣，心中一急，連忙將她抱入懷裡，著急地問道：「春兒，妳怎麼啦？」

「肚子疼。」喬春皺著眉，表情痛苦。

好端端的怎麼會肚子疼？前一秒他們還情意綿綿，準備做全身運動，怎麼剛要切入主題，她就肚子疼了呢？難不成是樂極生悲？

「那怎麼辦？我去找大夫，妳等著啊！」唐子諾迅速將喬春的衣服拉攏好，細心地為她蓋上被子，翻身下床、穿鞋，抬步走人。

「站住！」喬春喊住了他，咬牙切齒地瞪著他道：「你不就是大夫嗎？還要去哪裡找？」

「啊，對哦！」唐子諾訕笑了一下，飛快地返回床上，大手鑽進被子裡，一陣亂摸。

「你在幹麼？你的手往哪裡摸？」喬春忍不住臉紅耳臊，瞋了他一眼。這男人竟然乘機揩油！

「妳的手在哪裡？」唐子諾著急地看著喬春問道。他只是想找她的手，幫她把脈而已啊，只是剛剛手有點癢，嘿嘿。

「我的手在這裡，你分明就是乘機揩油！」喬春將被子裡的手抽了出來，在他面前晃了晃。

「我才沒有乘機揩油，只是太過著急了而已。」唐子諾滿臉正氣地申冤，接著接過她的手，專注地感覺脈象。

奇怪了，這會兒肚子又沒那麼痛了，果然是愛搗亂的大姨媽！

唐子諾如濃墨般的英眉愈蹙愈緊，過了好一會兒才鬆開喬春的手，嚴肅地看著她問道：「妳的月事向來都不準嗎？」

「嗯，很嚴重嗎？」喬春看著他愈來愈黑的臉色，心頭不由得一驚。

「妳從來沒找大夫看一下嗎？妳應該是生果果和豆豆時傷了子床，當時沒及時處理乾淨，事後也沒調理好，所以才導致月事失調，下腹疼痛。」唐子諾一臉不悅地看著她。平時看她凡事細心、謹慎，怎麼自己的身體就不知道要照顧呢？

唐子諾掀開被子鑽進去，將喬春圈入懷裡，伸手覆在她小腹上，暗暗將真氣凝聚在掌心，溫暖著她微涼的腹部。

喬春詫異地看著他，只覺小腹上像是放了個熱水袋，痛感頓時減輕不少。

喬春接著只覺得眼皮漸漸沈重，便輕輕合上眼簾，窩在他懷裡甜甜地睡著了。

第六十七章　推波助瀾

這天趁著有點空閒，喬春在早飯後，便對家人宣布要擇地培育茶樹苗的事。為了方便培育、管理，一家人商量後，擇了塊離家較近的地，作為培育茶樹苗的根據地。

「既然地方已經選好了，那待會兒我們就找人把那塊地的番薯挖了，理平地後，就將茶籽下地。」喬春站了起來，準備去工具室把曬乾的茶籽浸泡起來，這樣做能提高種子的含水量，也可讓種子提前發芽。

「四妹，妳要去哪裡？」見喬春要走，唐子諾連忙喊住了她。

「我去把茶籽先浸泡起來，你有事？」喬春停住腳，回首看著唐子諾，眸底閃過一絲疑惑。他這又是怎麼了？

「妳這幾天在家裡休息就好，該怎麼做，妳跟我說，讓我來。」唐子諾淺淺笑著，黑眸底閃爍著柔光。

喬春抬眸對上他的眼睛，從他眼底看到了一抹柔似春水的深情，讓人不覺沈醉其中。剎那間，喬春的心瞬間化成一朵雲絮，軟軟的，綿綿的。

「不用了，這些事情我得親自做才放心。」喬春勾起唇角對他淡淡一笑，轉身就往工具室走去。

喬父有些著急地看著唐子諾，問道：「子諾，你叫春兒休息幾天，她的身體有什麼問題嗎？」

眾人一聽，紛紛焦急地張口詢問。

「子諾，春兒她怎麼啦？」

「大哥，嫂子是不是不舒服？」

「大姊夫，我姊是不是瞞著我們什麼事？」

「爹爹，娘親怎麼了？」果果和豆豆聽著大人的話，仰起擔憂的臉，怯怯地問道。

唐子諾面色尷尬，一時之間竟不知怎麼開口。

大夥兒見他臉露難色，更是著急，將唐子諾圍了起來，不停追問。

眼見情況無法收拾，唐子諾只好從實招來。

「我……我昨晚替她把了一下脈，她生果果和豆豆時，傷到了子床，現在那個……那個來了，所以我才要她休息，待會兒我會抓些藥替她調理一下身子。」唐子諾一口氣說完，眸光窘迫地掃了眾人一眼，隨即站了起來轉身離去。

看來讓他們單獨相處還是有利於培養感情。從現在開始，得再接再厲將果果和豆豆抱到其他房裡去睡。

林氏和雷氏對視了一眼，眼神滿是笑意。

在唐、喬兩家人和長工的努力下，總算將茶籽下在一畝多的地裡，並做足了防旱和防寒的措施。

喬春站在育苗地邊，看著地上一排排的小土堆，滿意地點了點頭。

「四妹，咱們回去吧。」唐子諾說道。

「嗯。」喬春輕應了聲，轉身與唐子諾往村莊的方向走去。

深深的吸了一口山村特有的甜美空氣，聽著耳邊沙沙作響的竹葉聲，喬春突然停了下來，眸光璀璨地看著唐子諾，笑道：「二哥，我帶你去一個好地方。」

「好啊！」美人有約，當然好。唐子諾輕快地應了下來，嘴角微微揚起。

「走吧。」喬春輕輕拉著唐子諾的手，興趣盎然地往目的地走去。

唐子諾偷偷瞥了兩個人緊緊交握在一起的手一眼，嘴角彎起。

喬春的手早已被他反握包在微濕的手心裡，大熱天的，手心溢出了細汗，微微濕黏，但他們誰也不願意鬆開對方的手，只想這樣牽著一直走下去，一輩子不分開。

走了一段路，喬春停住了腳步，伸手指了指路邊的小路，示意唐子諾往下走。

「四妹，這條路通向哪裡？」細聽之下，下面好像是河。

喬春只是看著他笑，並不說話。

唐子諾輕蹙眉梢，看著雜草叢生的小路，突然在喬春面前蹲下身子，對身後微愣的喬春柔聲道：「四妹，上來，我揹妳下去。」

喬春向四周望了望，見沒有村民在附近，便順從地趴在他背上，雙手圈住他的脖子。

前世沒有好好享受過戀愛，現在有機會體會一下，也滿不錯的。人生中什麼是最重要的、什麼是可有可無的、什麼是可遇不可求的，她這個活了兩世的人算是徹底看透了。如今自己最大的願望就是守著家人，開心過平靜的生活，當然，如果能與愛人雲遊四海就更棒了。

河水潺潺的聲音傳來，唐子諾避開草叢，一躍而下，站在河床上。

「到了！二哥，你放我下來。」喬春興奮地跳了下來，迫不及待地望向河邊那果子滿枝頭的黃梨樹，伸手指了指。「二哥，你去把那些黃梨子摘下來，待會兒我回去煮給果果和豆豆吃。」

呵呵！想到黃梨子那酸酸甜甜的味道，喬春就忍不住口水直流。

唐子諾低頭看著她那副饞樣，忍不住笑了起來，著迷地看著她。「妳的表情如此豐富，真的讓我無法抗拒。」

看著她俏皮的神采，他的黑眸之中跟著閃過一抹奇異的光芒。這女人真是形象百變，靜如處子，動如脫兔，時而俏皮動人，時而賢慧柔靜，時而開朗，時而多愁善感，讓他捉摸不定，不過這樣的她……他喜歡得不得了！

「油嘴滑舌。」喬春羞紅著臉，嬌嗔道。

「妳昨晚已經嚐過我的嘴和舌，當然知道其中的味道了。」他低啞的嗓音裡，帶著幾分戲謔。

「欸……」薄薄的迷霧爬上喬春的眼眸，他也太大膽了吧，幸好這裡沒有別人。

看著喬春困窘的神情，唐子諾好心情地笑了起來，一個縱身跳向河邊的黃梨樹，不一會兒就摘下不少黃梨子。

「四妹，這些我們要怎樣帶回家？」他看著石頭上一大堆黃梨子，頭疼地問道。

「用這個。」喬春笑著從袖子裡拿出一塊花布鋪在石頭上，開始拾掇那些黃梨子，沒幾下就包好了，興高采烈地拎著。

唐子諾呆呆看著她變戲法似地拿出花布，包起黃梨子，怔怔地問道：「妳怎麼隨身帶著這麼大的花布？」

她該不會是早就已經打算來摘這個東西吧？

「有備無患啊。」喬春輕快地說道，接著指了指河，仰頭眨巴著水眸說道：「二哥，河裡有魚，我想喝魚湯。」

「我去抓，妳在岸上等我。」唐子諾想也沒想，就在岸邊撿了一些小石頭，站在河邊的大石頭上搜尋目標，只聽見石頭撲通入水的聲音，河面上就浮起幾條肥嘟嘟的魚兒。

喬春抬頭一臉崇拜地看著唐子諾，眼睛冒出愛心。

太帥了！竟然這麼容易、瀟灑、帥氣就抓到狡猾的肥魚，她也要學武功！

「二哥，我也要學武功，你教我！」喬春拿出她「心動不如馬上行動」的作風。

唐子諾輕身一縱，瞬息之間就將河面上的魚撿了回來。他滿意地看著她眼底的崇拜之情，不禁得意起來，輕啟唇瓣：「我來保護妳，我的娘子不需要學武功。」

他的語氣暖暖的，著實讓聽者心中一軟，可喬春不是一般人，聽到他斷然拒絕，頓時不滿地看向他，反駁道：「我就是要學，你到底教不教？不然我找柳伯伯教我。」

喬春給了他一個白眼，想不到他居然這麼大男人主義！

唐子諾有些傻了。平常女子不都喜歡被自己的男人保護嗎，她怎麼就不一樣？

細細打量了喬春一會兒，唐子諾才突然想起，他的娘子不是平常女子，她的想法與做法跟一般女子可是大不相同。就因為她如此奇特，自己才會深陷情海，被她吃得死死的。

「我教我教！走吧，回家了。」唐子諾走到喬春面前蹲了下來，可半天也沒見她趴上來，不禁眉尖輕蹙，回首不解地望著她。

「我不勉強人的。」喬春緩緩說道。

「不勉強，一點都不！」唐子諾連忙保證。

「好吧，咱們回家去。」喬春終於笑了起來，手裡拎著布包，趴上他的背。她算是抓到這個男人的弱點了。

「你先忙吧，我去喬夏房裡一下。」喬春將從鎮上送回來的茶具和一對慶賀喜事的彩陶人包裝好，對坐在桌前搗製藥材的唐子諾打了聲招呼，便抬步往門外走去。

該去跟喬夏攤牌了，有些事情在心裡放久了，難免會影響姊妹間的感情。有些事情喬夏應該學著爭取，尤其是感情的事。

「夏兒，妳在房裡嗎？」喬春伸手輕敲喬夏的房門，朝裡面喊了喊。

「大姊，進來坐吧。」喬夏打開房門，走到桌邊淺笑著對喬春說道：「大姊，妳怎麼有空來我房裡坐？大姊夫肯放人嗎？不會等一下就過來抓人吧？」

喬夏說著，拿著手絹掩嘴輕笑起來。

喬春瞄到桌上放了個針線籃，旁邊還放著一塊正在繡花樣的藏青色布料，喬春好奇地伸手拿過布料，只見上面繡了翠綠的湘竹。

「妳年紀也不小了，娘正在找媒婆給妳說親呢。」喬春放下手裡的布料，抬眸定定地看著喬夏，毫不意外地捕捉到她眸底閃過的慌亂。

喬夏突然用力抓著喬春的手，緊張道：「大姊，妳跟娘說一聲，我不要那麼早嫁人。」

喬春伸手拍了拍她的手背，柔聲道：「妳也不小了。」

喬夏聽了喬春的話，立刻垂下頭，眸底閃過一絲絕望。大姊都這麼說了，看來娘不會再由著她了。

「我可知道妳心裡的小秘密哦！」喬春輕輕笑了起來，對一臉愕然的喬夏眨了眨眼。

「什麼小秘密？」喬夏不知道自己有什麼秘密能讓大姊這麼神秘兮兮。

「妳喜歡三哥！」喬春宣布答案，眸光滿是促狹。

「啊？」喬夏愣了一下，一雙美目瞪得大大的，不可思議地看著喬春，害羞道：「大姊……妳是怎麼知道的？」

「噗！」喬春忍不住噗哧一聲笑了出來，喬夏那副樣子誰瞧不出她喜歡錢財？估計她娘和錢財都心裡有數。

「既然喜歡，為何不去爭取？」喬春收起笑容，正色道。

喬夏苦笑著說：「大姊，這怎麼可以？哪有姑娘家主動爭取的，要是被人知道了，還不被人笑掉大牙？」

大姊說得倒是輕巧，要是被人知道了，還不被口水給淹死？再說，如果人家不願意，她以後拿什麼臉面來見他？

「如果妳不試試看，將來會後悔的。我倒是覺得妳和他很相配。」喬春看著喬夏落寞的神情，忍不住出聲鼓勵她。

「可是……」喬夏很是猶豫。

「沒有可是，任何東西都要靠爭取才能得到。如果妳不去爭取，那妳就是敗給了自己。向他表明自己的心意，又不會少一塊肉，我相信他也不會笑妳。如果他因為這事而看低妳，那他就不值得妳愛了。」喬春繼續對喬夏灌輸現代女性的思想。

喬夏在她們四姊妹之中本來就是最開朗熱情的，所以這話說給她聽，她比較不會被嚇壞。

「三哥是一個內向的人，就算心裡有什麼想法，也不會輕易說出來。」喬春分析道。

「就像他喜歡大姊這件事，也是一直埋在心裡。」喬夏酸酸地接下喬春的話，一雙水眸直勾勾地看著她，彷彿想看穿她心底最真實的想法。

「夏兒，妳該不會是吃醋了吧？」喬春先是揚起嘴角揶揄喬夏，隨即又嚴肅地看著她道：「夏兒，妳認為大姊是墨守成規的人嗎？這麼多年過去了，如果我喜歡，早就爭取了，所以妳該明白的。」

「在我眼裡，他就是良兄益友，當然啦，如果他能成為妹夫，叫我一聲大姊也不錯。呵呵！」喬春認真地表明內心的想法，最後不忘幽了自己一默。

喬夏略帶驚詫的眸子對上喬春真摯的晶眸，整個人怔住了。好半晌她才回過神來，苦著臉道：「他喜歡的不是我。」

喬春著急地看著她道：「我剛剛不是要妳自己爭取嗎？他不說，妳說；他不過來，妳過去。俗話不是說，男追女隔重山，女追男隔層紗嗎？」

喬夏眼裡浮現出這些年來，那個溫文爾雅、處事不驚不亂，看重唐、喬兩家人，視果果和豆豆為己出的錢財，心裡頓時溫暖起來。

這般出色的一個男子，如果她就這樣放棄，以後或許真如大姊所言會後悔。

喬夏覺得有時錢財也會不經意地瞄向自己，或許他也對她有點意思，只是沒有看清自己的心而已。沒錯，他不說，就讓自己來說。反正不會少一塊肉，說了有一半的機會，不說就一點機會都沒有。

「好，我聽大姊的，我會去爭取。」喬夏下定了決心，抬頭對著喬春微微一笑。

「明天就是巧兒成親的日子，妳就找機會跟他說。」

「明天？這也太急了吧?!」喬夏手足無措地看著喬春，頓時緊張起來。「要不……以後再說吧？」

「再不說，娘就要給妳找人家了。」喬春繼續往爐子裡添柴火。

喬夏的心一震，可是一想到明天很快就來臨了，還是忍不住心生怯意。「大姊，不如明天妳跟我一塊兒去找三哥？」

喬春沒好氣地瞥了她一眼，內心不由得一嘆：到底是古代女子，做這種事情確實是難了一點。

「感情的事情還是要你們自個兒處理，我插手可不太好。」她雖然也希望兩人能更進一步，可是這件事她萬萬不能幫忙，否則搞不好會愈幫愈忙。

喬夏苦著一張臉道：「可是我……」

「不要再可是了。姊妹之中，一向數妳最熱情開朗，當年娘親還不是女追男，現在他們不是很幸福嗎?就連娘親沒生下兒子，爹爹也一樣愛娘親。」喬春苦口婆心地勸著。

說起她爹娘，倒也是一段佳話。

當年她爹病倒在她娘的家裡，兩個人日久生情，便不顧有婚約在身，隻身與她爹私奔到了喬子村。姥爺眼看他們生米煮成熟飯，一點辦法都沒有，便在喬夏跟喬秋相繼出生後，將她接過去由姥姥照養，直至姥爺和姥姥相繼離世後，她才回到了喬子村。

喬夏愣了半晌之後，便下定了決心。「好，我明天就找機會跟他說，就像大姊說的那樣，幸福要靠自己爭取。」

「加油，大姊等妳的好消息。」喬春用力握了一下喬夏的手。

喬夏笑著點了點頭，眸底閃過一簇亮光。「嗯，我會的！」

此時門外響起了敲門聲。

「四妹，妳在裡面嗎？」唐子諾爽朗的聲音傳了進來。

「呵呵！」喬夏看著喬春，格格笑了起來。「大姊，姊夫來抓人了！你們的感情可真好，居然還騙我們你們一點關係都沒有。我可是知道哦，這兩天果果和豆豆都不睡在你們房裡。」

「妳就笑吧，以後等妳和三哥成了親，我看你們更會你儂我儂，恨不得天天黏在一起。」喬春扯了扯嘴角，還以顏色。

「大姊，妳怎麼這樣？八字都還沒一撇呢！」喬夏羞紅了臉，不依不撓地跺了跺腳。

喬春站起來，豪氣地打了個哈欠。「我回屋睡覺了，明天還得早起，好過去看新娘子出閣。」

「妳不是成過親嗎？」喬夏的聲音忽然在她背後響起。「有那麼好奇嗎？」

喬春揮了揮手，淡淡地笑道：「我忘了。」

說著便拉開房門，與唐子諾並肩回屋去了。

在喬春離開以後，喬夏伸手拿過桌上那塊藏青色的布料，緊緊盯著，眸底罩上一層薄霧。「不知三哥的心裡有沒有我的位置？他對大姊的感情放下了沒有？」

喬夏抬起頭看向屏風旁邊的衣櫃，裡面有很多藏青色的男式長袍，都是這些年來她偷偷縫製的。希望明天自己踏出的第一步能夠順順利利，得到自己想要的答案。

「妳覺得這樣做真的行得通嗎？要是錢財那腦袋還是不開竅的話，夏兒的處境不是很尷尬嗎？」唐子諾把喬春摟入懷裡，讓她舒服地窩在自己懷裡。想到她剛剛去喬夏房裡的目的，他就忍不住擔憂起來。

這個朝代跟她那地方可不一樣，女子向男子表白，本來就是很大膽的事情，如果被拒絕，那還要做人嗎？再說，一個是自己的兄弟，一個是自己的大姨子，手心手背都是肉，情況弄僵了可不好。

「你放心吧！就算喬夏不能成功，你也該相信三哥的為人，他難道會到處亂說？我始終認為幸福可遇不可求，要是遇上了自己卻不爭取，一旦錯過，就再也回不到原點了。」喬春懶洋洋地窩在他懷裡，睡意漸漸加濃，慢慢合上了眼簾。

唐子諾聽著她的話，剎那間茅塞頓開。原來她對感情抱持這樣的看法，就現在他們的情形來看，她對自己是有感情的。想到這些，唐子諾的嘴角都快咧到耳後去了。

「四妹，我一定不會辜負妳的。妳放心，我一定會好好愛妳，好好珍惜這個家的。四妹，我……」

「你別吵了，睡覺。」喬春舒服地往他懷裡窩進去一點，嘴裡嘟囔著。

唐子諾輕輕嘆了口氣，敢情他說的這些煽情話，她是一個字也沒聽進去。不過，以後他有的是機會對她說這些話，還要確認她聽到飽才行。

唐子諾心滿意足地摟緊喬春，合上眼簾，幸福地揚起嘴角，甜甜地睡著了。

窗外的月兒害羞地躲進雲裡，半天才慢慢探出頭，羨慕地看著那對交頸鴛鴦，守候著這個溫暖的家。

——未完，待續，請看文創風118《旺家俏娘子》3

溫馨樸實、生動活潑／農家妞妞

穿越時空／經商致富／婚姻經營之動人小品！

旺家俏娘子

全套五冊

聰慧靈巧，是脫穎而出的基本條件；
找對方向，致富強國並非遙不可及。
她要讓這些人瞧瞧，一個農村小婦也能有大作為！

文創風 116 **1**

原本躺在手術檯上，默默忍受失去孩子的椎心之痛，
誰知一醒來卻穿越時空，靈魂附在一個剛懷有身孕的農婦身上！
這個與自己同名同姓的女子，丈夫為了救人被洪水沖走，
頓時從新嫁娘變成寡婦，空有副漂亮皮囊，日子卻過得苦哈哈。
看著滿臉悲苦的婆婆與小姑，還有窮得什麼都不剩的家，
喬春下了決心，定要發揮所長，讓這家人徹底翻身！

文創風 117 **2**

先是合夥對象的弟弟上門鬧事，害她早產；
接著還有他那仗勢欺人的母親，不甘被黃口小兒作弄，
竟將歹毒的惡心思動到孩子身上……
面對這群不知罷休的陰險賊人，喬春在心底默默發誓，
就算得化成厲鬼，也要他們付出代價！
只是她完全沒料到，那應該已經成為天邊一顆星的丈夫，
不但好好活著，還大大方方上門認親，親暱地叫著她的小名！

文創風 118 **3**

俗話說樹大招風，這句話真是一點也沒錯！
不過就是她的茶藝了得，連頭腦都比一般人清晰、敏捷，
再加上長得漂亮一些罷了，怎麼不但大齊國皇上對她念念不忘，
貴妃嫉妒得兩眼發紅，甚至連敵國王爺都別有心思，
害得她不僅差點在村子裡混不下去，身邊的人也無辜遭殃……

文創風 119 **4**

原以為從此能平靜度日，卻萬萬沒想到，女兒豆豆生了場大病，
還被人藉機擄走，連個影兒都找不到！
這下不得了，不僅全家上下人仰馬翻，婆婆也對她不諒解，
不但白眼相待，甚至來個相應不理，當她是隱形人，
讓喬春有苦說不出，瞬間從商場女強人降格為悲情小媳婦……

文創風 120 **5** 完

色迷迷的皇帝終於伸出魔爪，更有詭異至極的國師給他撐腰，
讓他們如同砧板上的魚兒，只能任人宰割！
不，她想要一家人快快樂樂、四處雲遊啊，怎能讓惡人得逞呢？
說什麼都得化解所有困難，保全這個小小的心願，
才不枉她穿越時空走這一遭！

輕鬆好笑、令人噴飯之宅鬥大家／棠茉兒

肥妃不好惹

文創風 089 上

這個王妃實在當得很憋屈，
王爺討厭她、妃妾排擠她、下人不甩她，
不過這些都不打緊，
眼下最急的是——
她得盡快減肥成功才行！

穿回古代、還成了皇長子睿親王的王妃，這些離譜的事她都能勉強接受，
但……她上輩子究竟是造了什麼孽，做什麼這樣嚴懲她啊？
這位叫若靈萱的王妃右邊眼瞼上有個紅色胎記，像被人打了一拳似的，
而且不僅醜，還長得肥……是很肥！人要吃肥成這樣，也實在太過分了些，
有這副肥到走幾步路就喘的身子，她還能成啥事啊？
別說王爺夫君厭惡她、整個王府中沒人將她這王妃放在眼裡，
就連她自個兒攬鏡自照，都很想一把掐死自己算了！
難怪連她底下的幾個小妃妾們都不怕她，還害她掉入湖中，丟了性命，
看來，當務之急得先努力減肥才成，否則她逃命都逃不遠了，能奈對方何？
接著她得要好好露兩手，讓所有人知道，她可不是當初那隻任人欺侮的病貓！

文創風 090 中

古代的妻妾爭鬥
對她而言雖然是沒啥可看性及威脅性，
但一不小心誤入陷阱的話，
可也是會被折磨得掉一層皮呢！
瞧她，不僅是皮，連肉都掉了好幾圈……
嗯？這也算是因禍得福吧？

蛤？林側妃吃了她代人轉交的糕點後，就中毒暈死過去了？
由於糕點是林側妃的親姑姑林貴妃送的，沒道理害自個兒的姪女，
所以她堂堂王妃倒成了唯一的加害者，理由不外是妻妾間的爭寵吃醋，
呿，這簡直是笑話！一來，她若要下毒，會親自出馬讓人有機會指證嗎？
這種搬不上檯面的小兒科手段，根本是在侮辱她若靈萱的智慧嘛！
二來，她壓根兒不愛王爺夫君，喜歡的另有其人，哪來的因妒生恨啊？
他高興愛誰就去愛誰，她求之不得，最好他能答應和離，那就再好不過了，
偏偏這裡不是她說了算，他要關押她候審，她也只能乖乖就範，
慘的是，林貴妃趁王爺外出時，派人來帶她進宮「問話」，對她大動私刑，
嗚～～她該不會莫名其妙命喪宮中吧？她這也太坎坷了點吧？

文創風 091 下

古代生活太乏味，
她不找點事來做可要無聊死啦！
唔，如今呢是肥也減了，
妃妾們的迫害事件也一一解決完，
接下來不如邊開店調劑身心，
邊挑選下一任夫婿好了……

若靈萱萬萬沒想到，自個兒瘦下來、臉上的紅疤又治好後，竟會美成這樣！
這下可好，不僅夫婿君昊煬看她的眼神愈來愈曖昧兼複雜，
就連小叔君昊宇對她的愛意也是愈來愈藏不住，害她一時左右為難，
沒想到老天像是嫌她不夠忙似的，連皇叔君狩霆也來插一腳，對她頻頻示好！
唉唉，她以前又肥又醜時就遭人排擠陷害了，再這麼下去還焉有命在？
嘖，不管了不管了，她決定先把感情放兩邊，賺錢擺中間，
倘若能在古代開間肯德基及麻將館，讓百姓們嚐嚐鮮，有得吃又有得玩，
到時銀子肯定會大把大把地滾進來，唉唷喂，光想她都快開心地飛上天啦！

旺家俏娘子 2

國家圖書館出版品預行編目資料

旺家俏娘子 / 農家妞妞著. --
初版. -- 臺北市 : 狗屋, 民102.09
冊 ; 公分. --（文創風）
ISBN 978-986-328-137-5（第2冊 : 平裝）. --

857.7　　　　102016272

著作者	農家妞妞
編輯	連宓均
校對	黃薇霓　林若馨
發行所	狗屋出版社有限公司
地址	台北市104中山區龍江路71巷15號1樓
電話	02-2776-5889～0
發行字號	局版台業字845號
法律顧問	蕭雄淋律師
總經銷	知遠文化事業有限公司
電話	02-2664-8800
初版	102年9月
國際書碼	ISBN-13　978-986-328-137-5
原著書名	《农家俏茶妇》，由瀟湘書院（www.xxsy.net）授權出版

定價240元

狗屋劃撥帳號：19001626

網址：love.doghouse.com.tw　E-mail：love@doghouse.com.tw